여자, 서른

여자, 서른

초판 1쇄 2014년 9월 25일
2쇄 2014년 10월 30일

지은이 라라윈(최미정)
펴낸이 성철환 **편집총괄** 고원상 **담당PD** 유능한 **펴낸곳** 매경출판㈜
등 록 2003년 4월 24일(No. 2-3759)
주 소 우)100-728 서울특별시 중구 퇴계로 190 (필동 1가) 매경미디어센터 9층
홈페이지 www.mkbook.co.kr
전 화 02)2000-2610(기획편집) 02)2000-2636(마케팅)
팩 스 02)2000-2609 **이메일** publish@mk.co.kr
인쇄 · 제본 ㈜M-print 031)8071-0961

ISBN 979-11-5542-163-5(03800)
값 13,000원

여자, 서른

라라윈 지음

어설픈 어른,
덜컥 서른을 만나다

매일경제신문사

Prologue

스물아홉

새해가 되었다. 새해가 되었으니 뭘 좀 해보겠다고 하다가 어느덧 한 달이 지나갔다. 마침 올해 설은 1월 30일이라, 어영부영 지나간 한 달도 정리하고 새해를 맞아 마음을 다잡기도 딱 적절한 시기였다. '설이야 말로 진짜 새해지'라며 설날을 앞두고 대청소를 했다. 설 무렵이면 한 번씩 하는 청소지만, 올해는 큰 결심을 했다. 안 쓰는 것들은 제발 털어버리기로.

물건을 못 버리는 병이 있어, 수년째 쟁여놓고 살다보니 어느덧 5년, 10년, 15년 묵은 옷, 화장품, 소품 등이 한가득이었다. 먼저 화장대에 위에 올라 앉아 있는 오래된 화장품을 다 버렸다. 쓰지도 않으면서 비싼 화장품이라서, 선물 받은 것이라서, 화장대 위를 수년째 지키고 있는 것들이었다. 오래된 화장품들을 다 집어버리고 나니 스킨, 크림 하나가 남았다. 정작 쓰는 것은 이것들이 전부인데 나머지는 다 무엇이었을까.

화장대를 치워버리고 나서, 옷장을 열었다.

비싸게 주고 샀다는 이유로 몇 년째 입지도 않으면서 자리를 차지하고 있는 옷들이 걸려있었다. 드라이클리닝 하는 비용이 아깝다며 안 입은 옷도 있었다. '비싸니까', '드라이클리닝 해야 하니까' 하면서 옷장에만 몇 년째 처박아 둘 것을 뭐 하러 비싼 돈 주고 샀을까. 안 입을 옷들은 과감히 '나눔 봉투'에 담았다. 진작 욕심부리지 말고 나누었으면, 누군가는 지난겨울, 예쁜 코트를 입고 다녔을 것이다. 옷장을 비워내다 보니, 싸구려 비닐같이 번들거리는 천으로 만든 빨간색 트렌치코트도 옷장 한 구석에 자리를 차지하고 있었다.

'이 옷이 아직도 있었다니….'

빨간색 번들대는 트렌치코트를 보자 5년이나 지난 기억이 되살아났다.

* * * *

5년 전, 나는 어떻게 하면 가장 인상이 세 보일 수 있을지 궁리 중이었다. 나는 눈이 약간 처지고 흐릿하게 생긴 인상 탓에 순둥이 같아 보인다. 좋게 말하면 인상이 좋은 것이고, 나쁘게 말하자면 만만해 보인다. 그 누구도 내 얼굴을 보고 쫄지 않는다.

그러나 오늘만큼은 내 얼굴을 보자마자 상대가 쫄도록 기선을 제압할 필요가 있었다. 어떻게 하면 인상이 세어 보일 수 있을까?

무대 화장이라도 하듯, 아이라인을 위로 올려 진하고 두껍게 그리고, 눈썹도 위로 치켜 그렸다. 강렬한, 조금 부담스럽게 튀는, 번들대는 빨간색 트렌치코트도 걸쳐 입었다. 제일 높은 굽의 드세 보이는 하이힐도 꺼내 신었다. 이 정도면 꽤 세 보이는 것 같아 스스로 흡족했다.

이제 외모는 준비가 되었고, 말투를 연습했다. 유치원 선생 같은 말투로는 기선 제압은커녕 끌려다니기 십상이다. 평소처럼 "나오실 수 있나요? 언제가 편하신가요?"라면서 배려하면 오늘은 망한다. 무조건 나오라고 하고, 내 말만 하고, 독하게 보여야 한다. 수차례 연습을 해도 잘할 수 있을지 걱정이 되었다. 인상이야 아이라인으로 어떻게 했다 해도 난 연기자도 아닌데 말투를 순식간에 어떻게 바꿀 것인가.

계속 이미지 트레이닝을 하며 무어라 말할지 연습을 했다. 독하게 말하는 연습을 마친 뒤 심호흡을 하고, 전화를 했다. 아무것도 묻지 않고 다짜고짜 "난 도착했으니까 역 앞 요거프레소로 와요"라고 한 뒤에 딸깍 끊어버렸다.

성공이다. 명령조로 내 말만 하고 끊는 것을 해냈다.

먼저 요거프레소로 들어가서 문이 잘 보이는 자리를 잡고 앉았다.

문을 뚫어져라 노려보고 있었다. 두근거렸다. '그녀가 진짜로 센, 혹여 좀 놀던 여자면 어떻게 하지?' 하고 겁이 났다. 인상이 세 보이는 여자를 만나면 나도 모르게 주눅이 드는데, 오늘도 그러면 큰일이다. 요거프레소 문이 열리며 누군가 들어올 때마다 혹시 '저 여자가 아닐까?' 긴장이 되었다.

문에 매달린 종이 딸랑거리기를 수차례, 기다리다가 초조해서 죽을 것 같았다. 시계를 보니 이제 고작 3분 지났다. 기분은 몇 시간이 지난 것 같은데. 다시 전화를 했다.

"왜 아직도 안 와요?"

문 앞이라고 했다. 다시 미간에 주름을 잡고, 문을 노려보며, 몸을 의자에 비스듬히 기대 다리를 꼬았다. 한눈에 보아도 싸가지 없어 보일 포즈를 잡았다. 떨린다.

잠시 후, 문이 열리고 한 여자가 들어왔다.

이런! 강아지같이 생겼다! 작달막한 키에 통통한, 귀여운 여자였다. 어깨를 약간 넘는 웨이브 헤어에 부드럽게 말린 일자 앞머리, 포근해 보이는 차림, 동글동글하고 앳된 얼굴이었다. 허둥지둥 오느라 힘들었는지, 뽀얀 얼굴에 뺨은 발그레하게 달아올라 있었다. 귀여웠다. 외모는.

그러나 곧 그 사랑스러운 외모에 더 화가 났다.

'이런 찹쌀떡 빚어놓은 듯 말랑하게 생긴 통통한 계집애가 어디가 좋다고!'

그렇다. 그 여자는 내 남친과 바람을 피운 여자였다.

* * * *

빨간 트렌치코트를 걸칠 무렵이었으니, 아마도 9월쯤이었으리라.

불과 두 달 전, 7월. 나는 꽤 행복했었다. 동생의 결혼식 날, 대성당 입구에서 동생이 선물해 준 레이스가 달린 실크 블라우스와 하늘하늘한 남색 시폰 치마를 입고, 시종일관 웃는 얼굴로 손님들을 맞이하고 있었다. 남친도 와 있었다.

동생이 결혼을 하자, 자연스레 우리의 결혼 이야기도 나왔다. 정해진 것은 아무것도 없지만, 스물아홉에 사귀고 있으니 곧 결혼하게 될 것 같았다.

동생이 결혼을 하고 제부가 생기자, 엄마, 아빠, 동생과 제부, 남친과 나. 이렇게 세 커플 여섯 명이 모였다. 엄마는 어느새 어깨에 힘이 들어가 으쓱해 하셨다. 제부나 남친, 동생이나 내가 자랑할 만한 직업을 갖고 있어서가 아니었다. 넷이었던 식구가 늘어, 밥 한 번 먹으러 갈 때도 우르르 몰려 갈 수 있는 것이 으쓱하셨던 것이다. 화목한 대가족처럼 우리도 겉으로는 함께 밥도 먹으러 다니는 괜찮은 집이 되었다. 엄마는 너무 행복해서 겁이 날 지경이라 하셨다.

'우리도 언젠가 결혼하겠지…'라고 막연하게 생각을 하고 있었지만 우리의 결혼에 대해 구체적으로 이야기를 한 적은 없었다. 나나 남친이나 능력이 없었다. 그러던 차에 막연했던 결혼이 조금 현실이 되어 갔다. 남친이 일을 하기 시작했던 것이다.

남친은 성실하게 돈을 버는 타입은 아니었다. 더욱이 알바는 죽도록 싫어했다. 둘 다 백수가 되어 데이트 비용으로 썼던 카드값 낼 여력조차 없을 때였다. 알바라도 해서 돈을 마련해야 되는 상황인데, 자신은 창피하니 나더러 하라 했다. 그래서 주방보조 알바를 구했다. 주방보조로 첫 출근하기로 했던 날 하루 전, 아빠가 뺑소니 교통사고를 당하셨다. 경찰 아저씨는 아빠 핸드폰에 저장되어 있던 내 번호로 전화를 했고, 온 집안은 발칵 뒤집어졌다. 그 와중에 "아버지는 아버지고, 너는 알바 하기로 했으면 가야지!"라며 화를 냈던 게 당시 내 남자다. 결국은 카드값 때문에 그가 나 대신 그 주방보조 일을 하기는 했다.

그랬던 사람이 무슨 마음을 먹었는지, 택배회사 야간 상하차 알바를 나가기 시작했다. 택배회사의 알바는 밤을 새워 야근을 하는 날이 많았지만 다른 알바에 비해 돈을 잘 준다고 했다. 남친이 폼생폼사를 버리고 돈을 벌다니, 모든 일이 잘되어 가는 것 같았다.

남친은 영리하고 싹싹해서 택배회사에서도 예쁨을 받았다. 알바를 하러 갔다고 짐만 나른 것이 아니라, 문서 작업도 하고, 시키지 않은 정리까지 해서 택배회사 과장님으로부터 인정을 받았다고 했다. 정말 남친을 좋게 보셨는지, 작업장의 '고 과장님'은 걸핏하면 연락을 해서 일을 하러 나올 수 없겠냐고 물으셨다. 남친은 데이트하던 중간에도 고 과장님의 호출로 일을 하러 가곤 했다. 고 과장님은 종종 택배회사의 콩고물도 나누어 주셨다. 남친 말에 따르면, 택배배송을 하다 보면 수신인도 반송처도 불분명하여 중간에 붕 뜨는 물건들이 있다고 했다. 고 과장님은 그중에서 내가 좋아할 만한 방향제나 소품 같은 괜찮은 물건을 골라 남친 편에 보내주셨다. 도마뱀 모양 방향제, 귀여운 담요, 아기자기한 것들, 때로는 책도 보내주셨다. 알바생의 여친까지 챙겨주시다니 참 고마운 분이었다.

* * * *

그토록 고맙던 고 과장님이 바로 이 여자였던 것이다.

택배회사에서의 야근은 이 여자의 집에서 밤을 보내는 것이었고, 나에게 건네준 선물은 이 여자가 준 것을 다시 나에게 준 것이었다. 고 과장님이라고 저장되어 있던 여자는 이 여자일지라도 택배회사에서 일을 한 것은 사실인 줄 알았는데, 그는 택배회사 근처에 간 적도 없었다.

그럼 그렇지. 폼생폼사라 모양 빠지는 일은 내 등을 떠미는 남자가 제 발로 택배회사에 땀 흘리러 갔을 리 없다. 어째서 나는 몇 년을 사귀고도 사람을 제대로 알아보지 못했을까.

* * * *

고 과장이 바람피우는 여자라는 것을 알게 된 것은 우연히 발견한 쪽지 때문이었다.

어느 날 남친이 대수롭지 않게 "내 가방에서 그거 좀 찾아줘"라기에 가방을 뒤적이고 있는데, 찾는 것이 보이지 않아 가방을 샅샅이 살폈다. 그러다가 가방의 잘 쓰지 않는 포켓 한 칸에서 분홍 쪽지가 보였다. 곱게 접어놓은 쪽지의 모양새나 쉽게 보이지 않는 포켓에 끼워서 숨겨 놓은 정황을 보니, 예감이 좋지 않았다. 우선 그 편지를 꺼내어 숨겼다. 심장이 쿵쿵 뛰었다.

남친이 잠시 자리를 비운 틈에 연애편지 분위기를 펑펑 뿜어내는 분홍색 편지지를 펼쳐 읽어보았다.

"오빠가 우리 집에 두고 간 선인장처럼
내 마음이 말라가… (중략)…
오빠는 배도 나왔으면서 왜 맨날 홀딱 벗고 다녀… (중략)…
오빠가 있다가 간 날은 … (중략) … 사랑해."

피가 거꾸로 솟는다?

글쎄. 그보다 문밖에 나갔더니 너무 추워서 순간 얼어 버린 기분이었다. 분노도 신체가 정상적으로 기능을 할 때 일어나는 것이다. 너무 놀라고 당황해서 어찌해야 할 바를 알 수가 없었다. 너무 멍해져서 아무 생각도 나지 않았다.

남친은 돌아와서 왜 이리 안색이 안 좋으냐고 물었는데, 아무 말도 할 수 없었다. 당장 쪽지를 들이밀며 "이게 뭐냐"고 물을 용기도 없었다. 대체 내가 직면해야 되는 진실이 무엇인지 짐작조차 할 수 없었다. 너무 놀란 탓도 있었지만, 학습효과도 있었다. 이런 일이 처음은 아니기 때문이었다.

수년 전, 노트북을 쓰다가 사진첩에 웬 여자가 남친 방 침대 위에 팬티만 입고 엎드려 있는 사진을 발견했었다. 사진 폴더를 보니, 둘이 눈쌓인 시골에 놀러 갔다 온 사진들이 가득했다. 또 다른 여자와 데이트한 사진도 있었다.

그때는 순진하게 바로 남친에게 "이거 뭐야?"라고 도끼눈을 뜨고 물어봤고, 남친은 자신의 친구 놈이 집을 하루만 빌려달라면서 카메라도 빌려갔다고 했다. 설마 친구가 카메라로 그런 사진을 찍은 줄은 상상도 못했다고 했다.

또 다른 여자와 함께 찍은 사진 역시, 친구가 바람을 피우는데 여친에게 걸릴까봐 자신까지 끼워 넣어 따라갔던 자리라고 둘러댔다. 자신은 절대로 그럴 사람이 아니라고 노발대발 화를 내며 펄쩍 뛰는 통에, 더 이상 캐묻기도 어려웠다.

나도 놀라고 경황이 없어 그냥 넘어가고 다음날 다시 확인해 보려 하니, 사진파일은 모두 삭제되고 없었다. 그러나 낯선 여자가 팬티만 입고 남친 침대 위에 엎드려 있는 사진이 쉽게 잊힐 리 없다. 그 여자 얼굴이 생생히 기억 나 몽타주를 그리라 해도 그릴 수 있을 지경이다. 자꾸 그 사진이 떠올랐다. 아무리 생각해도 이상했다.

자신의 물건은 내게도 잘 안 빌려주는 남자가 친구에게 집과 카메라를 빌려줄 리가 없다. 또한 카메라의 구도와 찍는 스타일이 분명히 남친의 스타일이었다. 머릿속에서 그 여자 사진이 떠나질 않으니, 나도 모르게 자꾸 그 사진 이야기를 꺼냈다. 사진 속 여자 이야기를 꺼내면 불같이 화를 냈다.

"아니라는데, 너는 그렇게 나를 못 믿어? 그럼 내 친구 ○○이에게 그날 카메라 빌려가고 집 빌렸는지 통화해서 확인해 볼래? 그렇게 통화해서 남친이 여친에게 신뢰받지 못하고 있다고 확인시켜야 직성이 풀려? 너 진짜 의심도 병이다."

억울하지만 사진파일, 즉 증거가 하나도 없는 상태에서는 말을 할수록 나만 뒤끝 있는 이상한 의부증 환자가 되어갔다.

그때를 교훈 삼아 이번에는 그 자리에서 따져 묻지 않고, 조용히 있었다. 지금 따져 물으면 남친은 모든 증거를 인멸할 터이고, 나는 또 '의부증 환자', '성격 이상한 아이', '쿨하지 못한 여자'가 되어 혼자 가슴앓이를 할 것이다.

집에 돌아와 꾹 참은 울음을 터트렸다. 대관절 내가 무슨 죄를 지었기에 나에게 이런 일이 생기는 걸까. 그것도 한 번도 아니고 두 번씩이나. 나도 곧 결혼하고, 모든 것들이 잘되어 갈 것 같았는데 다 틀렸다. 한참을 펑펑 울다가, 정신을 차려 조각을 맞춰보기 시작했다.

고맙게도 그녀의 편지에는 많은 정보가 담겨있었다. 8pt 글자 크기로 꼭꼭 눌러쓴, 무려 두 페이지나 되는 편지에는 친절하게도 '우리 그날 뭐 했었잖아, 그때 너무 행복했어', '그날 우리 빕스가고 오빠가 이런 말 했었잖아' 같은 구체적 정보가 있었다. 정리해보니, 날짜, 상황이 딱딱 들어맞았다. 택배 알바 야간 근무를 한다고 밤새우는 날은 모두 그 여자와 만났던 것이다. 조각을 맞춰보니 내가 그리도 감사했던 '고 과장'은 100% 그녀였다.

드라마에서나 바람피우는 사람을 '○○ 과장'이라고 입력하여 거래처 사람이라고 우기는 줄 알았더니, 그런 일이 실제로 있을 줄이야. 그것도 나한테.

게다가 나에게 가져다 준 선물은 둘이 빕스에서 식사하고 받은 기념품이었다. 나는 그것을 받고 생일선물도 안 사주던 남자가 내 생각을 해서 선물을 주었다며 무척 기뻐하고 있었다. 몇 달간 그 기념품을 애지중지했던 내가 바보스러웠다.

참 알뜰한 남자다. 바람피우는 여자와 빕스에서 밥을 먹고, 거기에서 받은 공짜 기념품은 원래 사귀던 여친에게 가져다주고. 그러면서 자신은 천재라 생각했을까? 스스로 대단하다 여겼을까? 하나하나 밝혀질수록 허탈함과 분노가 몰려왔다.

추가 증거를 찾는 것은 생각보다 쉬웠다.

그는 상당히 치밀한 성격이지만, 꽤 오랫동안 나를 속이면서 내가 전혀 눈치채지 못하자 방심을 했던 모양이다. 최근에 흘리고 다닌 증거가 꽤 있었다. 대체 언제부터, 어느 정도 수준으로 바람을 피운 것인지 파악을 하고 나서 어떻게 할지 생각해야 할 것 같아, 우선 증거들을 차곡차곡 모았다. 그녀의 연락처도 알아두었다. 그녀의 연락처는 손쉽게 확보할 수 있었다. 고 과장이었으니까.

나의 뒤통수를 친 산더미 같은 증거를 두고, 몇 날 며칠을 곰곰이 생각했다.

'그냥 모른 채 넘어가고, 결혼을 할 것인가? 아니면 다 엎을 것인가?'

내 나이 스물여섯만 되었어도 어쩌면 고민할 것 없이 헤어졌을지도 모른다. 그러나 내 나이 스물아홉 살이었다. 9월이다. 지금 남친과 헤어지면, 나는 몇 달 후 정말 처참한 서른 살을 맞이하게 된다. 변변한 직장도 없고, 모아 놓은 돈도 없지만, 그나마 결혼할 남친이 있다는 사실 하나로 약간의 위안이 되었는데, 지금 헤어지고 나면 정말 나에게는 아무것도 없다는 생각이 들었다.

며칠을 고민하다가 남친에게 물었다.

당황했는지 남의 가방을 왜 뒤졌냐며 길길이 날뛰었다. 뒤지긴 누가 뒤졌나. 물건 찾아달라고 해서 찾다가 우연히 발견했을 뿐이지. 한참을 성을 내더니 상황파악이 좀 됐는지, 그녀가 스토커라고 이야기를 몰고 갔다. 떼어내려 해도 너무 끈덕지게 달라붙으니 자신도 잠시 정신이 이상했던 것 같았다고 둘러댔다.

남친의 말을 곧이곧대로 믿어주고 싶었는데, 그러기에는 이미 내가 확보하고 검증까지 마친 증거들이 너무 많았다. 남친의 말은 상황을 모면하기 위한 거짓말인 것이 확실했다.

남친의 입장을 들었으니, 그녀의 말도 들어보고 싶었다. 그녀의 말을 듣는다고 크게 달라질 것이 있을까. 그러나 스물아홉 내 인생을 헤집어 놓은 사건이 발생한 이상, 양쪽 이야기를 듣고 판단하는 솔로몬 흉내라도 내면서, 이 비상식적인 상황에서 정신을 차리고 객관적이 되어야만 할 것 같았다.

하지만 겁이 났다. 그녀가 어떤 여자인지 모르니. 행여 더 당당하고 뻔뻔하게 "언니, 그만 떨어지세요. 오빠는 언니 싫어해요"라고 하면 열 받아서 기함할지도 모른다. 며칠을 머릿속으로 드라마에서 본 것처럼 세 보이게 치고 나갈 수 있는 연습을 하고 나서, 그녀에게 전화를 해서 나오라고 한 것이다.

* * * *

그녀는 전혀 몰랐다고 했다. 여친이 있는지.

난 좀 더 세게 보이기 위해 곧 결혼할 사이이며 부인이나 다름없다고 했다. 그녀는 크게 개의치 않는 눈치였다. 하긴, 나라도 그랬을 것 같다. 설령 진짜 부인이라 한들 남자에게 버림받은 부인 아닌가. 그 부인이 싫으니 남자가 바람을 피우지, 좋으면 바람을 피웠겠는가.

적어도 그 남자의 선택은 그녀이고, 그 남자의 평가에서는 그녀가 이긴 것이다. 그런 상황에서 원래 사귀던 사람이 뭐라 떠들든 무슨 상관이겠는가. 한 가엾은 여자의 발악으로 보였겠지.

강아지같이 귀엽게 생긴 여자는 아기 같은 말투로 여친과 헤어졌다고 들었고, 전혀 몰랐다고 재차 강조했다. 나도 나지만, 어린 그녀가 딱해졌다. 내 남친이 나쁜 놈이다. 그러나 동병상련의 공감을 나누기에는 그녀가 좀 이상했다. 자신도 피해자라고 말을 하기는 했으나, 놀라 충격 받은 기색이 전혀 없는 것을 보니 거짓말 같았다. 만약 정말 몰랐던 상황에서 남친의 원래 여친이 나타났을 때, 그렇게 담담할 수 없었을 것이다.

하지만 그녀가 내 존재를 알았든 몰랐든, 그녀도 편치는 않았을 것이다. 양다리 걸치는 남자 옆에 있노라면 뭔가 이상하고 불편한 점이 있었을 것이다. 그녀의 귀엽고 아기 같은 인상 때문에 자꾸 마음이 약해져서, 자꾸 그녀 입장에서 생각하게 되었다.

지금 내가 그녀나 남친 입장을 이해해주고 있을 때가 아닌데, 남친과 바람난 여자의 심리 분석을 하며 그 입장을 이해하려 들고 있다. 지금 고 과장에게 공감해주고 있노라면 나는 바보 중의 바보, 병신 중의 병신이 될 터다. 고 과장이 측은해지는 느낌이 들기 시작하여, 자리에서 일어섰다. 더 있으면 그녀를 위로하며 "너도 얼마나 힘들었겠니. 언니가 도와줄게" 같은 소리를 하고 있을 것 같았다.

더 이상 초라해지고 싶지 않았다. 너희 둘이 잘 사귀라고 했다. 행복하라고 해줬다. 대신 나에게 위자료를 지급하라고 했다. 그렇게 내 할 말을 마친 뒤, 커피숍 문을 성난 사람처럼 홱 밀치며 멋지게 박차고 나왔다.

나름 성공이다.

그녀가 드센 여자가 아니라 나보다 훨씬 순둥이여서 정말 다행이었다. 그녀가 나보다 드세서 이렇게 만난 자리에서 역관광 당했으면 내 처지는 훨씬 더 초라해질 판이었다. 그녀가 순둥이라는 사실에 다시 한 번 가슴을 쓸어내렸다.

커피숍을 나오자 곧 불안해졌다. 곧이어 남친에게 분노의 전화가 올 터이다. 분명 고 과장은 내가 나오자마자, 남친에게 연락을 했을 테고, 남친은 어떻게 연락처를 알아서 그녀와 만났는지 불같이 화를 낼 것이다. 전화가 오면 받을까 말까 고민을 하고 있는데, 기다려도 전화가 오지 않았다.

'분명히 저 여자가 바로 전화를 해서 나와 만난 이야기를 일렀을 텐데, 왜 연락이 오지 않지?'

둘이 내 얘기를 하고 있을 상상을 하자 또 성질이 났다. 2:1로 싸우는 기분이었다. 5분, 10분, 15분…. 시간이 지날수록 내가 애가 탔다. 바로 전화해서 "너 지금 누굴 만난 거야?"라며 불같이 화를 낼 것이라

역관광 상대방에게 공격하려 하거나 공격을 했는데 오히려 자기가 크게 당하는 경우에 일반적으로 쓰는 신조어. 역공(counter attack).

생각했던 남친은 연락이 없었다.

한 시간쯤 지났을 때, 연락이 왔다. 꽤 차분했다. 차근차근히 설명을 하며 설득을 시도했다. 그러나 내 귀에는 아무것도 들리지 않았다. 그저 남친의 저자세가 나의 승전보로 들렸다. 이럴 사람이 아닌데, 납작 엎드리는 것을 보니 잘못하긴 했나 보다.

승전보이면 뭘 하나. 남친과 고 과장 - 그녀는 고 씨가 아니었다. 물론 과장도, 택배회사 직원도 아니었다 - 이 꼬리를 내리며 나의 성질을 받아줬다고 해서 달라지는 것은 아무것도 없다.

서른 살을 석 달 남겨 놓은 시점에서, 그나마 있던 남친에게 뒤통수를 맞고, 내 통장에는 단 돈 10만 원도 없고, 변변찮은 직업 없이 학원에서 알바나 하고 있다.

내가 생각했던 서른 살은 절대로 이런 것이 아니었는데. 내 꿈과 계획과는 전혀 다른 처참한 스물아홉의 겨울이 시작되었고, 그렇게 덜컥, 서른은 다가오고 있었다.

contents

02 어른아이, 서른

03 어떻게, 서른

/ 01 /

덜컥,
서른

* * * *

내가 꿈꾸던 서른 살은 절대로 이런 모습이 아니었다. 서른 살쯤이면 번듯한 집에 그럴 듯한 차도 한 대 굴리고, 돈 문제로 걱정도 안하고, 뭔가 근사한 커리어우먼이 되어 있을 줄 알았다. 물론 멋진 남편도 있을 줄 알았고.

그런데 서른 살을 석 달 남기고 남친이 바람피운 여자나 만나러 가는 꼴이라니. 내가 어쩌다 이렇게 불쌍한 꼴이 되었을까. 사귀던 남자에게는 배신당하고, 모아 놓은 돈은 없고 - 심지어 빚도 있고 - 직업이라고는 알바 수준의 변변찮은 강사고, 집안이 빵빵하지도 집이 잘사는 것도 아니다. 이건 남부럽지 않은 서른 살은 고사하고, 가장 불쌍한 서른 살 경진대회에 나가도 우승 후보에 오를 것 같은 꼴이 아닌가. 세상은 넓으니 나보다 더 암울한 서른을 맞이하는 사람도 있겠지만, 적어도 내가 아는 사람들 중에는 나의 서른 살이 가장 한심해 보였다.

정말 어쩌다 내가 이렇게 되었을까. 내가 뭘 잘못했을까.

서른 살을 목전에 두고 이런 상황이 벌어지자 망연자실해졌다. 일이 틀어지기 시작한 시점을 생각해보니, 대학교를 원하는 대로 못 간 것부터 내 인생이 틀어진 것 같았다. 원인을 찾아 생각의 흐름은 어느덧 멀고 먼 어린 시절까지 흘러갔다.

나는 근사한 스무 살을 살고 싶었다.

중2 때, 내가 알고 있는 인생을 근사하게 사는 유일한 방법은 '서울대에 가는 것'이었다. 연예인이 되어 스무 살에 유명인이자 부자가 되기에는 평범한 외모였다. 음치에 몸치여서 가수를 하기는 힘들 것 같고, 모델을 하기에는 작았다. 무엇보다 끼가 없었다. 그래서 중2부터 서울대를 가기로 마음먹고 조금씩 준비를 했다.

엄마, 아빠가 시키신 것이 아니었다. 아빠는 책 읽다가 눈 나빠지면 안 된다며 밤에 공부하고 있으면 불을 끄시는 분이었고, 엄마 역시 단 한 번도 공부하라는 이야기를 하신 적이 없다.

하지만 고등학교에 입학하고부터 서울대를 향한 나의 극성은 극에 달했다. 나는 서양화과를 준비 중이었는데, 혹시나 싶어 논술도 준비했다. 서울대 미대는 논술을 안 볼 수도 있지만 서울대는 논술시험을 보니까 준비해 두어야 한다며 설쳐서 2년 정도 논술학원도 다녔다. 혹시 몰라서 수학2도 해두었다. 극성도 이쯤이면….

엄마, 아빠는 대학을 나오시지 않았고, 입시에 촉수를 세우고 계신 분들도 아니다 보니, 서울대 미대 입시가 논술이나 수학2까지 해야 되는 것인지 잘 모르셨다. 딸아이가 꼭 해야 한다며 북북 우기면 힘들어도 최선을 다해 도와주셨다.

머리가 좋아진다기에 설탕도 끊었다. 양손을 쓰면 양쪽 뇌가 발달한다는 말을 듣고 왼손 젓가락질도 연습했다. 2시간씩 자면서 공부하는 것은 물론이요, 내가 할 수 있는 것은 다 했다.

그 시절 나의 꿈 하나는 수능 전국 1등을 해서 《최미정 공부법》 책을 내는 것이었다. 책의 자료로 쓰려고 나의 공부 다이어리와 비법들이 담긴 자료들을 꼼꼼히 모아두었다. 인터뷰에서 할 말도 생각해 두었다. 공부가 가장 쉬웠다는 이야기 대신, 현실적인 공부 비법을 알려줄 참이었다.

그러나 원대한 꿈과 극성스러운 노력에도 불구하고, 나는 수능 수석을 하지 못했다. 너무 원대한 꿈이었나보다. 서울대 서양화과 정원 13명 가운데에도 들지 못했다. 대신 성균관대학교 미술학과 수석입학을 했다.

수석입학이라고 전화가 왔기에 그러면 4년 장학금이라도 주는 줄 알고 그나마 다행이라 생각했다. 홈페이지에 보니 수능 1%이내면 4년 장학금을 준다고 적혀 있었다. 수능이 전국 0.5%였으니 수석입학 장학금과 수능 장학금을 중복으로 받는 것인가 싶어 두근거렸다. 서울대는 못 갔을지라도 4년 내내 장학금 받고 다니면, 도와주신 부모님께 덜 미안해진다.

내가 장학금 수여자인 줄 알고 입학식도 참여했는데, 예술학부 수석입학 장학금 수여자는 내가 아니었다. 장학금을 받으러 앞으로 나가는 아이를 쳐다보니, 서울대 서양화과 면접 볼 때 옆줄에 서 있던 남자 아이가 장학금 수여자였다. '나'군에서 서울대 서양화과를 보더니만, '가'군에는 성균관대 영상학과를 썼던 모양이다. 나대신 장학금을 받은 그 아이는 나보다 성적이 좋았던 모양이다. 대체 서울대 미대에 합격한 아이들은 어느 정도 수준일지 짐작도 되지 않았다. 좌절은 여기서 그치지 않았다. 수석입학 장학생도 다른 아이인 데다가, 수능 장학금도 예외였다. 예체능 계열 학생은 제외란다. 젠장, 이게 뭔가.

멋진 스무살 서울대생이 되겠다고 유난을 떨었던 결과는, 고작 미술학원 포스터의 "최미정 (성균관대 미술학과 수석입학)" 한 줄로 끝났다.

대학 입학 결과를 보며 너무 억울해서 한 달을 이불을 뒤집어쓰고 울었다. 이걸 바라고 두 시간씩 자가면서 공부하고, 죽을 노력을 한 것이 아니었다. 슬렁슬렁 준비해서 좋은 대학에 간 친구와 내가 다를 바가 없었다.

노력은 배신하지 않는 줄 알았는데, 때론 노력에 운도 따라야 했다. 더불어 결과가 나오지 않으면 노력은 아무 의미가 없었다. 의미가 없는 정도가 아니라 결과 없는 노력은 오히려 무능함의 반증이 되었다. 그토록 노력했으면 뭔가 성과가 있어야 하는데 아무것도 없으면 대체 얼마나 모자란 사람이란 말인가.

그 뒤로 나는 학교 MT에서 술 한 잔만 들어가면 계속 울면서 서울대 떨어진 것을 한탄했다고 한다. 술이 약해서 내가 무슨 짓을 했는지, 나는 전혀 기억나지 않는다. 같이 있던 친구들의 증언에 따르면, "나는 그토록 노력했는데 왜 요것밖에 안 되었냐"고 한탄을 했다고 한다. 특히 내가 분노했던 점은 친구들과 나의 성적 차이였다. 학과 수석입학을 하고 보니, 나와 다른 친구들은 성적 차이가 꽤 많이 났다. 인생을 즐기다가 간신히 성균관대에 들어와 몹시 행복해 하는 아이들이나 나나 결국 똑같은 '성균관대 미술학과 학생'이었다. 결과가 똑같은데, 왜 나는 지난 중고등학교 시절 개고생을 하며 잠을 설치고 노력했는지 허망해졌던 것이다. 동일한 결과를 얻었다면 투입을 덜한 쪽이 지혜로운 사람이다. 그 사실을 인정하지 못해 울화가 치밀었다.

친구들 말에 의하면, MT에서 벌주 몇 잔 먹고 정신을 잃으면 그때부터 나는 울면서 "나는 서울대에 가셨어야 하는데, 너희 같은 공부 못하는 것들과 같이 학교를 다니는 것이 몹시 자존심 상한다"며 진상을 부렸다고 한다.

고장 난 라디오처럼 '불공평한 이 세상, 노력이 똥이 되는 세상'에 대해 분노하면서 계속 주사를 부렸다고 하는데, 전혀 기억나지 않는다. 정말 진상이다.

대학 입시 실패에 대한 울분은 사그라지지 않았고, 기대에 부풀었던 대학생활은 시트콤 '남자 셋 여자 셋', '논스톱'에서 본 것과 달라도 너무 달랐다. IMF로 대학생 알바 자리도 대폭 사라지고, 다들 "힘들다" 하는 시기라 경제적으로도 어려웠다.

스무 살은 나의 기대와 전혀 다르게 흐르고 있었다. 내가 원했던 스무 살은 전혀 그런 모습이 아니었는데.

미래도 걱정이었다. 나는 그림이 좋았고, 서양화과에 와서 행복했다. 수업도 즐거웠다. 박이소 교수님께 배운 드로잉북에 끄적이며 아이디어를 담는 것도 즐거웠고, 조환 교수님께 배운 동양화 시간도 즐거웠다. 난생 처음 해보는 누드 수업도 재미났고, 조선미 교수님, 박영택 교수님께 배우던 미술사도 재미났다. 붓을 쥐고 있을 때면 가슴 속에서 뜨거운 것이 꿈틀대면서 흥분이 되었다.

다 좋은데, 서양화과를 졸업해서 '뭘 하고 사느냐'는 것이 걱정이었다. 서양화과 나와서 할 수 있는 진로는 '미술 선생님' 아니면 '화가'밖에 없다고 들어왔기 때문이다. 서울대에 목을 매었던 이유 중 하나가, 그나마 '서울대'라는 타이틀이라도 가지고 있으면 할일이 생길 것 같았다. 그러나 당시 상황은 암담했다. 나는 뭘 먹고 어떻게 살 것인가.

그림을 계속 그리고 싶었다. 그러려면 집이 부자이거나, 부자 남편을 만나야 한다. 집에서 아내가 그림 그리고 있는 것을 좋아하는, 재료비를 대 줄 수 있는, 그런 남자 말이다. 물론 박수근, 이중섭처럼 곤궁함과 싸우며 걸작을 남긴 대가(大家)도 있고, 때때로 교수님은 그림을 향한 열정으로 막노동을 해서 돈을 벌면서 작업을 하는 화가들도 이야기해주셨다.

어쨌거나 예술에도 돈은 필요하다. 중고등학교 시절은 공부만 열심히 하면 되었지만, 이제는 '돈'을 벌어야 할 것 같았다. 스무 살에는 공부를 못해서 대학을 못가면 낙오자가 되었다면, 서른 살에는 돈이 없으면 낙오자가 될 것 같았다.

일을 시작했다. 나는 중2 때부터 5년 정도 준비하면 서울대에 갈 수 있을 거라 생각했지만 떨어졌으니, 이번에는 스물두 살부터 8년 정도 돈을 벌고 모으면 서른 살에는 행복해질 것 같았다.

아빠는 학교를 제대로 다닌 뒤에 돈을 벌어도 늦지 않는다고 말리셨다. 돈을 너무 밝히자, 어려서부터 돈 맛을 알아서 나는 더 이상 미술하기 힘들 거라는 걱정도 하셨다. 어른들의 말씀에 인생의 지혜가 담겨 있었는데, 나는 아빠, 엄마의 말을 귓등으로 들으며 돈벌이를 쫓아다녔다.

사회는 그리 녹록치 않았다. 알바비를 뜯기기도 하고, 월급, 퇴직금을 떼이기도 했다. 약속했던 수당을 못 받고 사장이 잠적하기도 했다. 학교도 휴학하고 일을 했는데, 딱히 내 수중에 남는 돈은 없었다. 복학을 하고도 일을 하기 위해 주 2일에 24학점을 몰아 들으며 학교를 다녔다. 스물두 살 이후로 여유로운 대학생활의 낭만 같은 것은 없었다. 그럼에도 불구하고 돈이 모이거나 사는 모양이 달라지지 않았다.

사서 고생한 것도 값진 인생 공부이기는 하다. 그러나 그때는 몰랐다. 다 때가 있다는 것을. 다른 친구들이 공부하고 대학생활을 즐기고 자신을 채워 나갈 때, 나는 돈을 벌고 있었고, 그 차이는 서른 살에 나타났다. 나쁜 쪽으로.

아등바등한 결과가 어째서 서른 살을 목전에 두고 이런 꼴로 울고 있는 것이란 말인가. 열아홉 살 때 지난 노력이 헛되다며 울던 상황이, 정확히 10년 뒤인 스물아홉 살에 또 반복되고 있었다. 좀 더 여유 있게, 좀 더 놀면서 살았다고 해서 지금보다 상황이 나빠지지도 않았을 것이다. 대체 어디서부터, 무엇이, 왜, 어떻게 잘못된 것이란 말인가!

서른 살,
사회의 굴레

내 탓이오 vs 피해자 원인제공주의

대체 뭐가 문제일까. 내 인생은 어디서부터 잘못된 것인가.

내가 더 노력했어야 하는데, 노력이 많이 부족해서일까?

그래, 난 더 열심히 살았어야 했다.

남자 친구가 바람난 이유는 뭘까?

내가 애교가 없어서일까? '고 과장'처럼 귀엽지 않아서일까? 성질이 고약해서일까?

그래, 난 더 노력했어야 했다.

왜 나는 계속 일했는데, 돈은 없고 빚만 있을까?

내가 허세가 심해서일까? 남들에게 속없이 베풀었기 때문일까?

그래, 난 더 계획적으로 돈을 쓰고 더 절약했어야 했다.

가슴을 두드리며 자아비판을 했다. 다 내 잘못이지 누굴 탓하겠는가.

그런데, 조금 이상했다. 본시 잘못을 반성하고 되돌아보노라면 앞으로 하지 말아야 할 것과 해야 할 것이 보이는 법인데, "내 탓이오, 내 탓이오"라며 가슴을 두드려도 뾰족한 해결책이 떠오르지 않았다.

내가 노력이 부족한 것이 문제라면, 지금보다 좀 더 노력하면 마흔 살에 행복해진다는 보장이 있는가? 과연 내가 10대, 20대 동안 노력을 안 했는가? 그건 아니다. 나름의 최선을 다했다. 그렇다면 서른 살 이후 열심히 노력을 해도 나의 마흔이 어떨지 보장할 수 없다.

내가 좀 더 애교가 있었으면 남친이 바람이 나지 않았을까? 역으로 생각해보면, 그가 부족하다고 해서 내가 바람을 피우지는 않았다. 상대방의 부족함을 다른 상대에서 해소하고자 하는 사람이 있고, 아닌 사람이 있는 것 같았다.

내가 좀 더 절약했으면 돈이 모였을까? 정말 나는 사치스러웠나? 그런데 왜 내게는 그 흔하다는 명품백 하나가 없는가. 나에게 있는 명품이라고는 꼴랑 10년이 다되어가는 까르띠에 지갑이 전부다. 외모? 꾸미지 않았다. 내내 회색 트레이닝 바지를 입고 다녔다. 술? 안 먹는다. 다른 취미? 없다. 돈이 없으니까. 그런데 더 절약하면 돈이 정말 생기는 것 맞을까?

내가 무엇을 잘못했는지 알아야 같은 실수를 반복하지 않을 터인데, 계속 반성을 해도 속 시원한 답은 나오지 않았다.

당연하다. 다 내 탓이 아닌데, 나에게서만 원인을 찾고 있으니 답이 나올 리 없다.

'고 과장'의 존재를 알게 되고 가장 많이 고민한 것은 '왜 남친이 바람을 피웠을까? 내가 뭘 잘못했을까?'였다. 이 질문부터가 틀렸다. 내가 뭘 잘못했겠는가. 바람이 나려니까 난 것을.

송강희의 《내 남자가 바람났다》에서, 바람을 교통사고에 비유했다. 내가 더 잘해줬으면 바람이 안 났을 거라며 자책해도 소용없다는 것이다. 아무리 길조심하고 방어운전을 해도 교통사고는 나려면 난다. 제 아무리 방어운전을 한들 상대방이 부주의해서, 또는 초보운전이라 운전이 미숙해서 내 차를 들이박는 것을 피할 수는 없다. 사고는 미리 예측하고 막기 어렵다. 서로의 과실도 있지만, 어찌하다 보니 일어나는 것이지 작정하고 저지르는 것도 아니다.

바람도 똑같다. 우연히 남자와 여자가 만났고, 그 둘 사이에 스파크가 튀었다. 이것을 사전에 미리 알고 그들을 절대 못 만나게 할 수는 없는 것이다.

연애라는 것은 이인(二人)의 관계다. 나와 관계없이 구(舊)남친과 고 과장 사이에 무언가 역동이 일어났기 때문에 벌어진 일이지 나 때문이 아니란 말이다. 내가 무슨 수로 구남친이 고 과장에게 연락하는 것과 고 과장이 그에 화답하는 것을 사전에 막을 수 있었겠는가. 내가 무슨 권리와 능력으로 그 둘이 마음이 통하는 것을 막고 통제할 수 있는가.

'내 탓이오'라는 자세는 참 좋다. 하지만 모든 것을 내 탓이라고 하는 것은 겸손이 아니라 오만이 바탕에 깔린 잘못된 반성이다. 내가 잘 했으면 이러지 않았을 것이라는 반성의 기저에는 '내가 통제할 수 있고 내 능력으로 어찌할 수 있는 것'이라는 전제가 깔려있다. 그러나 타인의 마음, 다른 사람들의 관계를 내가 어떻게 책임지고 통제하겠는가. 타인의 마음과 타인의 관계는 내가 책임지고 반성해야 할 영역이 아니다.

그럼에도 불구하고, 어째서 참으로 자연스럽게 다 내 탓이라고 자책 했을까? 이는 나도 모르게 훈련된 '피해자 원인제공주의'의 영향이다.

우리는 모든 일에 다 원인이 있으며, 작용반작용이니 한쪽만 100% 잘못하는 경우는 없을 것이라고 생각한다. 싸웠으면 싸운 사람 둘이 똑같으니 싸웠다고 생각하고, 일방적으로 한쪽이 당했어도 그렇게 위해를 가할 만한 이유가 있었을 것이라 생각한다. 일견 합리적으로 보이나, 이는 가해자에게 관대하고 피해자에게 혹독한 사고방식이다. 대표적인 피해자 원인제공주의의 예는 강간에 대한 생각의 틀이다.

여자가 강간을 당하면, 강간을 한 범죄자를 욕하는 것이 아니라 여자가 어떻게 하고 다녔기에 강간을 당했겠느냐고 생각한다. 피해 여성이 밤에 돌아다녔거나, 짧은 옷을 입어 남자의 욕정을 불러일으킨 원인 제공을 했기 때문에 강간을 당했다고 한다. 가만히 있다가 범죄를 당한 여자의 입장을 이해하기보다, 범죄자의 편에서 상황을 바라본다.

바람에 대해서도 피해자 원인제공주의를 적용한다. 오죽하면 바람이 났겠느냐고 한다. 남자가 바람을 피웠다면, '본부인의 성격이 표독스러워 남자가 질려서 바람이 났다', '목석같아서 남자가 바람이 났다', '애를 못 낳으니 바람이 났다' 등 무슨 이유라도 갖다 붙인다. 걸핏하면 '저러니까 남편이 바람이 나지'라며 원인을 피해자인 본부인에게 돌린다.

어디 연애관계뿐인가. 우리는 취업에 대해서도 사회구조의 피해자 편을 들지 않는다. 구직자에 비해 일자리가 적다는 것은 간과한 채, "주제 파악 못하고 대기업만 찾으니까 취직을 못하지", "지가 열심히 했으면 취직했겠지. 자기가 노력을 안 해놓고 남 탓이지"라며 취업을 못하고 있는 이들의 노력과 부족한 주제파악 때문이라고 싸잡아 욕한다.

가난한 원인에 대해서도 부(富)의 분배 문제나 소득불평등으로 보기보다 개인의 문제로 보는 시각이 많다. "자기가 노력하고 아껴 썼으면 돈이 모였겠지. 낭비를 하니까 부자가 못 되는 것 아니야", "돈 없는 주제에 맨날 나가서 사 먹고, 먹을 거 다 먹고, 놀 거 다 노니까 돈이 없지"라고 한다. 물가는 오르나 사람에게 주는 임금만 수년째 제자리걸음이라는 점은 계산에서 뺀다.

피해자 원인제공주의는 구석구석 영향이 미치지 않는 곳이 없다.

나라꼴이 엉망인 것도 개인 탓이다. 정치에 관심을 갖고 투표를 했으면 이 지경은 아닐 텐데, 정치에 관심이 없고 자기 살 궁리만 해서 그런다고 한다. 자기가 투표 제대로 안 하고, 노력하지 않은 것이니까, 이런 고생은 합당한 대접이라고까지 한다. 알렉시스 토크빌(Alexis de Tocqueville)이 말한 '모든 민주주의에서 국민은 자신의 수준에 맞는 정부를 가진다'를 개인 책임주의로 해석을 하며, 이 모든 상황이 미개한 개인들의 탓이라고 한다.

무엇이든 개인의 노력 탓이다. 살이 찌는 것도 개인이 게을러서이며, 충치가 생기는 것도 게을러서다. 건강이 좋지 않은 것도 평소 식습관 관리를 못했고 운동을 안 한 개인 탓이다. 그럴 수 없는 환경은 전혀 개의치 않는다. 심지어 넘어지는 것도 개인 탓이다. 길바닥을 잘 보고 다녔으면 안 넘어졌을 텐데, 주의가 부족해서 넘어져 다친 것이다. 한도 끝도 없다.

'피해를 당한 쪽도 무언가 원인제공을 했을 것'이라는 생각은 일견 합리적이어 보이나 피해자 입장이 되어보면 정말 억울하기 그지없다.

신호 대기 중이었다. 나는 우회전을 하려고 서 있었는데, 갑자기 옆 차선의 아주머니가 핸들을 꺾더니 전속력으로 달려와 내 차 꽁무니를 들이받았다. 한 번 들이받고 뒤로 빼나 싶더니 후진 이후 다시 한 번

돌진하여 차를 들이 받았다. 가만히 있다가 날벼락이 난 것 이다. 그 아주머니는 면허 딴 지 며칠 안 되는 초보운전자라 엑셀을 잘못 밟았다고 했다. 스스로도 자신의 과실이라고 인정을 했지만, 보험사와 법은 달랐다. 쌍방과실이므로 그 아주머니가 80%, 내가 20%의 책임을 부담해야 한다는 것이다. 신호대기 중에 가만히 서 있던 것이 무슨 죄가 있다고 20%의 책임을 부담해야 하는지 따져 물었으나, 성난 운전자의 울분으로 끝이 났다. 그 자리에 서 있던 것이 죄(罪)다.

길을 가다 야구공에 맞았다고 하면, "그러게 거길 왜 지나갔대?"라고 했던 것이 화살처럼 돌아왔다. 그래, 이 방식으로 시비(是非)를 가리면 그냥 그 시각, 그 자리에 있던 것이 잘못이다.

'모든 일이 100% 한쪽 책임인 경우는 없다'는 사고가 과연 합당한 것일까?

쌍방과실이라 하면서 둘 다 잘못했다고 몰아가면 득을 보는 쪽은 가해자다. 가해자 책임의 일부를 원인제공을 한 피해자에게 떠넘기기 때문에 가해자의 잘못이 작아보이게 만든다. 반면 피해자는 해를 입고도 자신이 일부 원인제공을 했기 때문에 억울함을 감내해야 한다.

피해자 원인제공주의는 힘 있는 입장에서 아주 유리한 생각의 틀이다. 정치가 잘못된 것은 정치인들만의 문제가 아니라 투표를 잘못한 개인의 문제이며, 취업이 안 되는 것은 일자리를 제공하지 않는 회사 탓이 아니라 주제파악 못하는 구직자 탓이라고 하면, 책임져야 할 사람은 면죄부가 생긴다. 작금의 상황이 위정자(爲政者) 때문이라고 하는 것보다 개개인들도 원인제공을 했다고 하면 얼마나 쉽고 간편한가.

'내 탓이오' 운동과 '피해자 원인제공주의'는 달라도 많이 다르다.

천주교의 '내 탓이오'운동은 책임감 있는 사람이 되라는 뜻이지, 무조건 내 탓이라며 스스로를 죄인 취급하라는 것이 아니다. '내 탓이오'는 자발적으로 자신을 돌아보고, 자신의 말과 행동을 책임지는 것이었다면, '피해자 원인제공주의'는 사회가 개인에게 책임을 지라고 강요하는 것이다. '설령 네가 피해를 입었어도 너도 원인이 있으니까 책임져야 해'라는 책임의 강요다. 반성해야 할 가해자는 반성하지 않고, 피해를 입은 사람이 두 번 울어야 하는 폭력적인 사고방식이다. 문제의 원인을 흐림으로써 문제의 근본적 해결을 방해하는 방식이다.

원인을 정확하게 파악해야 문제의 해결이 가능하다. 컴퓨터가 제대로 작동하지 않는 것은 정말 기계에 이상이 있을 수도 있는 것인데, 네가 컴맹이라 제대로 쓸 줄 몰라서라며 핀잔을 준다고 해서 고장난 컴퓨터가 제대로 작동하지는 않는다.

잘못한 사람이 반성하고 고쳐나갈 것을 내가 대신 자책한다고 달라질 것은 아무것도 없다. 내가 남친에게 잘해주지 못해서, 짜증을 많이 내서, 잘 꾸미지 못해서, 남친이 바람이 났다고 자책을 한들, 그의 바람피우는 습성이 고쳐지지 않는다. 반성할 사람은 그 자신이지 내가 아니다. 아주 자연스럽게 '내가 잘못해서', '나도 원인제공을 했기 때문에' 남친이 바람을 피웠다고 생각하는 것은, 피해자 원인제공주의에 휘둘리는 것일 뿐이다.

바람을 피운 사람은 일말의 죄책감을 덜어내기 위해, 원래 사귀던 애인이 어느 정도 원인제공을 했으며, 누구라도 그 상황이 되었으면 자신처럼 흔들렸을 것이라고 말한다. 자기 혼자 온전히 책임을 끌어안는 것이 아니라, 다른 사람 탓, 상황 탓을 하며 자신의 잘못을 덜어내는 것이다. 불리한 입장 또는 무언가 잘못한 입장에 서면 누구나 그런다.

몇 날 며칠을 '내가 대체 무엇을 잘못했을까? 어디서부터 잘못된 걸까?'를 고민했다. 결론은 그것이다. 바로 그 질문, '내가 무엇을 잘못했을까?'가 잘못되었던 것이다.

나도 모르는 사이 나는 '피해자 원인제공주의'에 뼛속 깊이 길들여져 있어 모든 것을 내 탓을 하고 있었다. 세상 모든 일이 다 내 탓이라 여기면서 가슴을 쳐서는 안 된다. 내가 어찌할 수 없던 부분들은 그냥 내려놓아야 할 뿐, 그것이 내 탓이라며 끌어안고 후회한다고 해서 달라지는 것은 아무것도 없다.

나 자신만 힘들고 괴로울 뿐.

여자의 서른

'피해자 원인제공주의'를 걷어내고 나니 마음이 한결 가벼워졌다. 어떻게 해야 할지 머리를 쥐어뜯으며 이게 다 내 잘못이라고 가슴을 쿵쿵 치다가, 가슴을 찢는 어리석은 짓은 멈추었다. 마음의 짐을 좀 덜어내니 머리가 돌아가기 시작했다.

나에게는 석 달이 남아있었다. 서른이 되기까지.

발등에 떨어져 있는 가장 큰 문제는 남친이었다. 간단히 두 가지 선택지가 있다.

1안, 바람피운 것을 눈감고 넘어간다. 그러면 내년쯤 결혼도 할 수 있다. 그러나 이미 내가 알고 있는 것만 이번 여자가 세 번째다. 결혼을 한다 해도 마음 고생할 가능성은 100%다.

2안, 화끈하게 헤어진다. 그러면 나는 20대에 이야기하던 가장 처량한 서른 살 여자가 될 가능성이 90%다. 문득 20대 시절, 서른 살 넘은 여자들을 보며 사람들이 하던 말들이 떠올랐다.

"저 나이 먹도록 뭐 한 거야?"

"직업도 변변찮고 돈도 없고 나이만 많은 여자를 누가 좋아해?"

"서른이 여자냐? 서른 넘은 여자는 여자가 아니지. 주름이 자글자글."

"진짜 갑갑하다. 내가 저 나이에 저렇게 될까봐 겁난다."

간혹 멋진 커리어우먼도 있었으나, 제 아무리 멋져봤자 서른 넘은 노처녀였다. 그나마 나이만 먹은 것이 아니라 커리어라도 하나 있으니 다행이라 평했다. 사람들의 비판에서 벗어나려면 서른 살에 '남편과 화목한 여자'여야 했다. 남편이 능력이 있거나 시가(媤家)가 부자라 평안하게 살면 금상첨화였다.

지금 헤어지고 혼자가 되면, 내가 바로 사람들의 혹독한 비평의 대상이 되던 한심하기 짝이 없는 서른 살 여자가 되는 것이다. 이 나이 먹고 한 것이 없는, 그런, 서른 살 여자.

영화 〈내니 다이어리〉에서 뉴욕 상류층 사모님들은 남편의 외도를 모른 척한다. 남편의 외도를 아는 척하여, 이혼을 하게 되는 순간 지금까지 누리던 모든 부가 일순간에 날아가기 때문이다. 〈내니 다이어리〉의 사모님들은 남편의 외도에 발끈하여 이혼하는 여자를 '멍청한 년'이라며 비웃는다. 영화 〈하녀〉에서도 이정재의 외도는 없던 일이 된다. 이정재의 외도를 문제 삼을 경우 잃는 것이 더 크기 때문일 것이다. 그러나 여자들이 〈내니 다이어리〉, 〈하녀〉에 나오는 남자들처럼 여자에게 어마어마한 부를 누릴 수 있게 해주어서 남자들의 바람을 참는 것은 아니다.

수십 번 바람을 피운 백수 남자와 결혼을 한 여자도 있다.

그녀는 그 남자와 꽤 오랫동안 사귀었다. 남자가 군대 가기 전부터 서른 살이 되도록 빈둥거리는 동안 그의 옆을 굳건히 지켜주는 착한 여자였다. 여자가 돈을 벌어 둘의 데이트 비용을 충당했고, 남자는 내가 알고 있는 기억 속에서는 대부분 놀았다.

간혹 그가 돈을 벌 때는 양다리에서 '문어다리'가 되곤 했다. 돈이 없을 때는 돈을 내주는 여자 몇 명만 만나다가 자신이 약간이라도 돈을 벌기 시작하면 만날 수 있는 여자의 폭이 넓어지기 때문이다.

그녀의 일과 중 하나는, 걸핏하면 자신의 집에 찾아와 "○○이 여친이에요? 나 그 남자와 잤어요. 그 남자와 헤어지세요"라고 말하는 드센 여자를 상대하는 것이었다. 이런 일이 있고 나면, 그 남자는 그녀에게 무릎을 꿇고 빌었다고 한다. 잘못했다고. 헌데 다음날이면 또 다른 여자와 바람을 피웠다.

객관적 관찰자 입장에서 보니, 그녀가 안쓰러웠다. 이쯤 되면 헤어지고 다른 남자를 찾는 것이 좋을 것 같았다. 그러나 그녀는 그 남자를 마지막 희망이라 여기고 있었다. 그동안 그 남자에게 들인 시간, 돈과 노력도 아깝고, 이십대 후반에 그 남자와 헤어지면 다른 사람을 만나기 힘들 것 같다고 했다. 그녀는 어마어마한 인내심을 통해 그 남자와 결혼에 성공했다. 서른이 되기 전에.

내가 남친이 있던 상황에서는 그녀가 한심했다. 결혼한다 한들 마음고생이 심할 터다. 남은 인생 자신의 행복을 찾는 것이 현명한 일인데, 두려워서 인생을 망치고 있다고 생각했다.

그러나 내가 그녀 입장이 되고 보니 똑같이 두려웠다. 더욱이 나는 서른을 석 달 남긴 스물아홉이었다. 지금 남친과 헤어지면 두 번 다시 연애를 할 수 없을지도 모른다는 사실이 무서웠다. 서른이 넘어 아무것도 없는 여자를 누가 좋아하겠는가. 이것도 과거라면 과거인데, 결혼 생각을 했던 남자가 있었던 여자를 누가 좋아할까.

혹시 마흔쯤 된 돌싱 아저씨 정도 된다면 나 같은 여자라도 받아주지 않을까 하는 생각도 해보고, 내가 아는 사람 중에 가장 너그러운 남자를 떠올리며 혹시 그 사람이라면 나 같은 여자라도 좋아해주지 않을까 하는 생각을 했다. 무서웠다. 혼자된다는 것이.

그나마 아무것도 없는 스물아홉 살에 남친 하나 있는데 그마저 사라지고 나면, 사람들이 비웃던 한심한 서른 살 여자가 바로 내가 된다는 사실이 두려웠다.

내 나이 스물여섯만 되었어도 인생까지 고민할 것 없이 나쁜 남자라며 헤어졌을 텐데, 아니, 스물여덟만 되었어도 뒤도 돌아보지 않았을 텐데 나이 때문에 망설여진다는 것이 서글펐다. 어떻게 해야 할지 알고 있어도, 나이 때문에 망설여진다는 것이 서글펐다.

여자 나이 서른 살, 희망보다 절망으로 느껴졌다.

'사회적 바람직성'이라는 마(魔)

'여자 나이 서른이면 이래야 한다'는 굴레 아닌 굴레는 어디서 왔을까. 나는 주제파악을 못 하고 서른 살에 너무 큰 꿈을 그리고 있어, 스스로 얽매였던 걸까. 내가 꿈꿨던 서른 살의 모습을 다시 생각해 보았다.

번듯한 집에 그럴 듯한 차도 한 대 굴리고
돈 문제로 걱정도 안하고,
뭔가 근사한 커리어우먼이 되어 있을 줄 알았다.
물론 멋진 남편도 있을 줄 알았고.

내 꿈이 과하다 생각하지 않았다. 갑부나 대단한 사람이 되고 싶은 것도 아니었다. 남을 부러워하지 않을 수준, 먹고사는 데 큰 걱정 없는 수준을 바랐다. 나뿐 아니라 다들 서른 즈음에 이런 모습을 꿈꾸는 것 아니냐고 되묻곤 했다. 사실이었다. '우리나라 사람들이 생각하는 중산층의 모습'을 보면, 다른 사람들이 꿈꾸는 것과 내가 꿈꾸던 서른 살의 모습은 별반 다르지 않았다. 다음은 2012년 한국의 직장인을 대상으로 한 설문조사 결과, 우리나라 사람이 생각하는 중산층의 모습이다.

- 부채없이 30평 이상 아파트 소유
- 월 소득 500만 원 이상
- 2,000cc 이상 중형차 소유
- 예금 잔고 1억 원 이상
- 해외여행 1년에 1차례 이상

내가 꿈꾼 서른 살의 이상이 딱 이 모습이다. 멋진 남편만 하나 추가하면 똑같다. 나의 소박한 꿈은 사실 나의 꿈이 아니라, 우리나라 사람들이 일반적으로 생각하는 '중산층의 삶'의 모습이었던 것이다. 중산층의 정확한 정의가 중요한 것이 아니라, 막연하게 부자는 아니더라도 가난뱅이는 싫은 그냥 적당히 중간은 가고 싶었던 것이다. 그리고 그것이 서른 즈음에 실현되어야 된다고 생각했을 뿐이다.

그런데 '중간 가는 삶'도 나라별로 차이가 있다. 영국 옥스퍼드대학교에서 제시한 중산층의 기준은 다음과 같다.

- 페어플레이(fair play)를 할 것
- 자신의 주장과 신념을 가질 것
- 독선적으로 행동하지 말 것
- 약자를 돕고 강자에 대응할 것
- 불의, 불평, 불법에 의연히 대처할 것

중산층(中産層) 사전적 정의는 재산 소유 정도가 유산 계급과 무산 계급 중간에 놓인 중산 계급을 이른다. 고전적 마르크스주의 이론에서는 프롤레탈리아 계급과 자본가 계급 사이에 끼어있는 집단을 중간 계급이라 한다. OECD기준으로는 한 나라의 가구를 소득순으로 정렬한 다음, 중위소득의 -50에서 +50%까지의 소득을 가진 집단을 일컫는다. 2013년 4인 가구 기준 한국 중위소득은 연 4,608만 원이었다. 따라서 OECD기준으로 보면 한국 중산층은 가구 소득 2,300만 원에서 6,900만 원이었다.그러나 일반인들이 사용하는 '중산층'의 의미는 학술적, 경제적 기준보다 '먹고 살아가는 걱정을 하지는 않지만 고소득층이나 부자라고 하기는 어려운 수준'을 의미하는 말로 통용된다.

미국의 공립학교에서 가르치는 중산층의 기준도 비슷하다.

- 자신의 주장에 떳떳하고,
- 사회적 약자를 도와야 하며,
- 부정과 불법에 저항하고,
- 테이블 위에 정기적으로 받아보는 비평지가 놓여 있을 것

영국인과 미국인이 제시하는 중산층의 기준은 사뭇 비슷하다. 우리나라의 중산층 기준이 경제적 성취에 초점이 맞추어져 있는데 반해, 영국과 미국의 중산층 기준은 개인의 성취에 초점이 있다. 프랑스의 중산층 기준은 이와는 조금 다르나, 개인의 성취에 초점이 맞추어져 있다는 점은 동일하다. 다음이 프랑스 퐁피두 대통령이 '삶의 질(Qualité de Vie)'에서 제시한 중산층의 기준이다.

- 외국어를 하나 정도 할 수 있어야 하고,
- 직접 즐기는 스포츠가 있어야 하고,
- 다룰 줄 아는 악기가 있어야 하며
- 남들과 다른 맛을 낼 수 있는 요리를 만들 수 있어야 하고
- 주급을 절약해 매주 이틀간 검소하게 즐길 수 있을 것
- 일주일에 한 번씩 가족 외식을 할 수 있을 것
- 자녀들이 고등학교를 졸업하면 자립시킬 것
- 환경문제에 자기 집 일 이상으로 민감할 것

우리나라는 직장인 설문조사 결과이고, 영국은 옥스퍼드대학교, 미국은 공립학교, 프랑스는 퐁피두 대통령의 언급이다 보니, 출처도 대상도 달라 각각의 중산층 기준이 실제 그 나라를 대표하는 중산층의 기준이라고 단정 짓기는 힘들다. 출처도 불확실하다. 그럼에도 불구하고 2012년 이후 2014년 여름까지 여러 매체에서 꾸준히 재인용되고 있다. 출처 불명의 중산층 기준을 2014년도까지 메이저 언론사의 신문기사, 칼럼에 인용하고, 블로그, 페이스북에 공유하는 이유는 제시된 중산층 기준이 각 나라의 대중이 흔히 생각하는 것과 크게 다르지 않기 때문일 것이다.

즉, 내가 생각하고 있던 서른 살의 모습은 '내가 꿈꾸는 모습'이라 생각했는데, 다시 보니 '나의 꿈'이 아니라 '사회적 바람직성(social desirability)'이 꿈꾸는 모습이었다.

사회적 바람직성이란 사회적으로 바람직하다고 생각되기 때문에 각 개인에게 권장되는 생각이나 행동을 말한다. 또한 현재 사회의 규준이나 기준에 따라서 자신의 모습을 긍정적으로 보이려는 경향을 말하기도 한다.

사회적 바람직성에서 벗어나는 말이나 행동을 하는 경우, 다른 사람들로부터 비난을 받기 쉽다. 예를 들어, '지하철에서 노인들 때문에 짜

Sticker, 1963 Zerbe & Paulhus, 1987

증난다. 자리 좀 안 뺏었으면 좋겠다. 젊은이들도 일하느라 힘들어 죽겠다'라고 생각한다 하더라도 타인에게 이런 속내를 솔직히 드러내기는 힘들다. 친구에게는 말할 수 있을지라도 공적인 자리나 가깝지 않은 사이에서 노약자석에 대한 부정적 견해를 드러낼 경우 '노인을 공경해야 한다'는 사회적 바람직성에 어긋난다. 연예인이나 정치인이 저런 이야기를 한다면 다음날 인터넷 게시판은 패륜(悖倫)이라며 난리가 날 것이다. 따라서 공식적으로 이야기할 때는 사회적 바람직성에 따라 '노인을 공경하고, 지하철에서 노인이 앞에 서 있으면 노약자석이 비어있을지라도 일어나서 자리를 양보해야 한다'라고 말할 것이다.

설령 내 생각이나 행동과는 다르다 해도 사회적 바람직성을 따르려고 하는 심리적 요인은 자기애와 인상관리 욕구 때문이라고 한다.

자기애 때문에 사회적 바람직성을 추구하는 경우, 자신도 의식하지 못하는 사이에 자기 자신을 긍정적으로 보이기 위해 자신의 긍정적인 면을 부각시키는 '자기기만적 고양(self-deceptive enhancement)'을 하기 쉽다. 자기기만적 고양은 자신도 의식하지 못하는 사이에 자기 자신을 긍정적으로 보이기 위해 자신의 긍정적인 면을 부각시키는 것이다.

인상관리 때문에 사회적 바람직성을 추구하는 것은 남들의 승인에 대한 욕구가 강하기 때문이다. 인상관리를 위해 자신도 모르는 사

Wiggins, 1964
Pailhus, 1998

이 자신의 부정적인 면을 거부하려는 '자기기만적 부인(self-deceptive denial)'을 하기 쉽다.

어떠한 동기에서 비롯된 사회적 바람직성 수용이건 간에, 사회적 바람직성을 의식하노라면 어느 순간 어떤 것이 사회적 바람직성에 따른 것이고 어떤 것이 내 자신 고유의 것인지 경계가 불분명해진다. 숨 쉬는 것만큼 자연스럽기 때문이다. 사회적으로 바람직하다고 몰고 가는 것, 사회적으로 기대한 것이 개인에게 미치는 영향은 어마어마하다.

나의 서른 살도 그렇다. 나는 이것의 나의 꿈이라고 믿고 있었지만, 사실은 어려서부터 봐 온 사회적 바람직성에 걸맞는 기준을 나의 꿈으로 수용해 버린 것이라고 보는 편이 맞을 것이다.

유난히 나 개인이 사회적 바람직성에 민감했을 수도 있지만, 아시아 국가가 사회적 바람직성을 수용하는 정도가 높다고 한다. 미국에서 국가별 사회적 바람직성 수용 정도의 차이를 측정한 결과 아시아계가 가장 높게 나타났다고 한다. 그 뒤를 이어 히스패닉, 흑인, 그리고 백인 순이었다고 한다. 아시아계 사람들이 사회적 바람직성에 따르는 경향성이 가장 높게 나타난 것이다.

이 연구결과가 사실이라고 본다면, 우리나라의 경우 '사회적 바람

Dudley, McFarland, Coodman, Hunt & Sydell, 2005

직성'을 좀 더 의식하고 산다고 볼 수 있다. 우리가 의식하는 사회적 바람직성의 한 단면이라 할 수 있는 '우리나라 사람들이 생각하는 중산층 기준'을 보면 처음부터 끝까지 '돈'이다.

돈은 있으나 사람됨이 덜 되어 보이는 사람이 많은 이유, 부자들의 부족함은 쉬이 지적하면서도 정작 자신은 인격적 모자람 때문이 아니라 돈이 없어 잘 안 되는 것뿐이라고 하는 이유가 이곳에 있을지도 모른다. 우리의 성공에는 인격적 성취는 어느새 쏙 빠지고, 경제적, 권력적 성취가 자리 잡고 있다. 해외의 중산층의 기준을 보면 먹고 살만한 정도의 부 외에 불의에 대한 항거 및 인격적 성취를 들고 있다는 점이 부러워지는 순간이다.

- 두어 칸 집에 두어 이랑 전답이 있고, 겨울 솜옷과 여름 베옷 각 두어 벌이 있을 것
- 서적 한 시렁, 거문고 한 벌, 햇볕 쬘 마루 하나, 차 달일 화로 하나, 봄 경치 찾아다닐 나귀 한 마리
- 의리를 지키고 도의를 어기지 않으며, 나라의 어려운 일에 바른 말을 하고 사는 것

우리네 조상님들이 '중산층'을 바라보는 기준이다. 역사를 거슬러 올라가자면, 우리도 그 어느 나라 못지않게 물질과 정신의 균형을 이루며 살았던 나라다. 일제 침략과 전쟁을 겪으며, 100년도 안 되는 시간동안 별 탈 없이 나라를 발전시켜온 다른 나라들을 따라잡고자 애

쓰다 보니, 속은 비고 겉만 남았는지도 모르겠다.

한때라도 정신과 물질의 균형을 이루기 위해 애썼다는 것이 약간의 위안이 되지만, 어찌되었거나 오늘날은 오로지 돈에 초점이 맞추어져 있다. 사회적 바람직성의 무서움은 의식하지 못한 사이, 삶의 구석구석에 스며있다는 것이다.

나이 서른을 앞두고, 나이에 비해 나의 사람 됨됨이가 부족하다는 점을 한탄한 것이 아니라, 왜 서른인데 돈이 없고 빚이 있는가를 고민하는 것도 이러한 사회적 현상에 참으로 충실한 모습이었다. 내가 돈을 많이 벌면 노블레스 오블리주를 하겠다고 했지, 돈이 없을 때는 어려운 이웃을 챙기겠다고 하지 않았다. 나도 어려운데 누구를 돕냐고 되물었다. 이웃에게 관심을 갖고 돕는 것도, 이웃까지 갈 것도 없이 가족을 챙기는 것도, 삶을 풍요롭게 만드는 것도 모두 사필귀'돈'이라도 되는 것처럼 모든 일은 돈에서 비롯되고 돈으로 끝난다는 생각에 젖어 들고 있었다.

노블레스 오블리주 (noblesse oblige) 프랑스어. 높은 사회적 신분에 상응하는 도덕적 의무. 초기 로마 시대에 왕과 귀족들이 보여 준 투철한 도덕 의식과 솔선수범하는 공공 정신에서 비롯된 말.

‘무언가 해야 한다’는 강박증

‘나이 서른 살이면 수입은 어느 정도가 되어야 하고, 재산은 어느 정도 있어야 한다’, ‘나이 마흔이면 자기 집, 중형차 정도는 있어야 한다’, ‘퇴직 후에는 집, 차, 매달 생활비 뿐 아니라 여행 다니며 황혼을 즐길 수 있는 경제적 여유 정도는 있어야 한다’ 같은 돈에 대한 사회적 기준만 강력한 것이 아니라, 이를 성취하는 자세에 대한 ‘사회적 바람직성’의 영향도 어마어마하다.

우리나라는 근면, 성실을 훌륭한 미덕으로 여긴다. 학창시절 사당오락(四當五落)이라 하여, 고작 5시간 자는 것도 죄악이라 했다. 잠뿐 아니라 매시간 한순간도 가만히 있는 꼴을 두고 보지 못한다. 지하철이나 버스에서 잠시 졸거나 멍 때려서도 안 되며, 그 틈에도 영어공부를 하라 한다. 단어장 들고 한 단어라고 외우는 것이 바람직하다고 한다. 프랭클린 다이어리가 유독 인기 있는 이유가 있지 않을까. 분 단위로 쪼개어 시간 활용을 하는 사람을 보면, ‘왜 그러고 사나, 좀 여유롭게 살지…’라고 하기 보다는 우선 대단하다는 존경심이 앞선다. 그 속에는 ‘나도 저렇게 시간 관리를 잘하면서 살아야 하는데…’하는 생각이 깔려 있다.

잠시도 쉬지 않고 알차게 모든 시간을 채워나가려고 드는 습성은 강박적이다.

스스로 강박적으로 불안해하는 것도 모자라, 타인이 노는 꼴도 못 본다. 가깝게는 가정에서 엄마, 아빠는 쇼파에서 TV를 보며 멍하니 있을지라도 아이가 멍 때리고 쉬는 꼴은 너그러이 봐 줄 수 있는 부모님이 적다. '숙제는 했니?', '공부 해야지', '이번 시험이 끝이 아니잖니', '책이라도 읽으렴', '뭐라도 좀 해! 왜 그렇게 아무것도 안하고 그러고 있니?'라는 잔소리가 폭탄처럼 쏟아진다. 숙제도 공부도 다 했다고 하면, 책이라도 읽든가, 그도 아니면 방 청소라도 하라고 한다. 남들 노는 꼴도 가만 두지 않는 것이 당연시되어서일까. 일터에서도 이런 장면은 흔하다. 일을 빨리 해 놓고 쉬고 있으면 대부분의 직장 상사는 미간을 찌푸린다.

"지금 회사에서 뭐해? 할일이 없나봐. 그럼 내가 일 좀 줄게. 이것 좀 해 와. 당장."

열심히 빨리 처리한 보람이 없다. 직장 생활을 조금 하노라면, 일을 늘여서 하는 꾀가 는다. 빨리빨리 잘 해봤자 휴식이 아니라 더 많은 업부가 부여되기 때문이다.

내가 당하는 입장일 때는, '일을 빨리 했으면 사람을 쉬게도 해야지. 왜 그렇게 남이 가만히 있는 꼴을 못 봐? 여유가 없어, 여유가!'라고 하면서도, 음식점에서 알바생들이 할 일이 없어 손 놓고 TV를 보고 있는 모습을 보면 답답하다. 나도 모르게 남 노는 꼴을 못 보는 상태가 된 것이다. 남이 노는 꼴도 답답하니, 내가 노는 꼴은 스스로에게 더 답답하다.

멍하니 쉬고 있으면 이래도 되나 싶다.

일을 다 마치고 게임 한 판하고, 좋아하는 미드 한 편 보는데도, 좋으면서 불안하다. 이럴 시간에 공부라도 좀 하거나 운동을 했었어야 하는 거 아닌가 싶다. 그 생각이 든다고 몸을 일으키거나 책을 집어 드는 것도 아니다. 그냥 마음 한편이 불편하다.

평일 내내 서너 시간 자다가 주말에 하루 몰아서 12시간 잤을 뿐인데도 주말에 한 일도 없이 잠만 잔 것 같아 영 찜찜하다. 주중에는 수면부족에 시달리며 이번 주말에는 잠 좀 푹 자야지 해놓고도, 정말로 주말에 푹 자면 후회가 된다. 주말에 시간이 있을 때, 청소라도 좀 하거나, 주중에 가볼 수 없던 곳이라도 가거나, 무언가 의미 있는 생산적인 일을 했어야 할 것 같은데, 잠은 그런 일이 아닌 것이다.

늘 무언가에 쫓긴다. 정확히는 무엇을 해야만 하는지 잘 모르겠지만, 아무튼 무언가 해야 할 것 같다.

뇌에 대한 연구에서, 두뇌도 휴식이 필요하다는 연구 결과가 자주 등장한다. 잠시라도 쉬면서 그 사이 생각한 것들, 알게 된 것들을 정리하지 않으면 온전히 내 것이 될 수 없다고 한다. 끊임없이 자료 입력만 하지 말고, 뇌가 정리할 시간도 주어야 하는 모양이다. 창의력에 대해서는 소위 말하는 '멍 때리는' 시간을 좀 가지라고 조언하는 전문가들이 많다. 멍 때리는 시간에 좋은 아이디어가 떠오른다는 것이다.

그러나 이러한 이야기를 들으면, 멍 때리며 쉬는 시간까지 할 일 리스트에 적어야 할 것 같다. 멍청히 가만히 있는 시간에도 나의 생산성을 위한 투자라는 해석표를 붙이지 않는 한, 마음이 편치 않은 것이다.

이렇게 쳇바퀴가 구르고 또 구른다. 참 부지런히, 열심히, 각박하리만치 늘 바쁘게 살았다. 충실하게 '성실, 노력'이라는 사회적 바람직성에 맞추어 살고 있는 셈이다. 그러나 사회적 바람직성이라는 틀에 충실히 따른다고 해서 사회적으로 바람직한 결과가 보장되는 것은 아니다.

결국은 내가 알고 따라갔든 모르는 채 영향을 받았든 간에, '사회적 바람직성'에서 한 발짝도 벗어나지 않고 거기에 맞춰 산 결과는 내 몫이다. 다시 던져지는 고민도 내 몫이다. 대체 나에게 여유라는 것은 언제 생길까? 언제쯤 정말 마음 편하게 쉴 수 있을까? 부자가 되면 이런 각박함이 사라질까?

서른 살,
돈

연애에도 들어맞는 전망이론

돈을 중시하는 사회적 분위기는 내 고민에도 충실하게 영향을 미쳤다.

'솔로인 서른 살'보다 걱정되는 것은 '돈 한 푼 없는 서른 살'이라는 것이었다. 단순하게 생각하면, 돈만 있으면 서른 살이라도 연애는 할 수 있을 것 같았다. 반대로 돈이 없으면 연애도, 결혼도, 자기계발도 힘들다.

헤어지는 것이야, 고 과장을 만나 "너희 둘이 잘 먹고 잘 살라" 하고 문 쾅 닫고 나왔듯, 나만 사라지면 된다. 그 둘이 계속 사귀든 말든 내가 관여할 문제가 아니다. 그보다 문제는 정말로 돈이었다. 구남친과 나는 얼기설기 돈 문제도 복잡하게 엮여 있었다.

중학교 때 사회 선생님은 남편에게 돈을 맡기고 용돈을 받아 쓰는 것에 큰 행복을 느끼시는 분이었다. 선생님은 일본의 감수성 돋는 예쁜 영화에 나오는 주인공처럼 소녀 같은 분이셨다. 작은 얼굴에 큰 눈망울, 소녀같이 조곤조곤한 목소리를 가진 분이셨다. 정작 소녀는 15살인 나였는데, 선생님이 훨씬 소녀 같았다. 그런 아름다운 선생님이, "저는 돈에 대해서는 잘 몰라요. 남편이 다 관리해요. 월급 받으면 다 남편에게 맡겨요. 주머니에 돈이 하나도 없어도 잘 몰라요. 오늘도 남편이 아침에 제 코트에 손을 넣어보고는 돈이 하나도 없다며 몇만 원을 넣어줬어요"라고 하시는데 나에게는 그 모습이 너무나 좋아 보였다.

우리 집의 돈 관리 역시 아빠가 하신다. 소소한 살림은 엄마가 하시되, 큰돈 들어가는 일은 아빠가 챙기셨다. 돈 문제로 엄마, 아빠가 싸우시는 것을 본 적이 없어서 남자가 돈 관리 하는 것에 거부감이 없었다.

이런 배경을 가지고 구남친을 만났는데, 나는 재테크에 완전 까막눈인데 반해 그는 재테크에 대해 뭘 좀 아는 것 같아 보였다. 처음에는 번갈아 가면서 데이트 비용을 부담하다가, 커플통장을 만들어 돈을 다 구남친에게 맡기고 같이 썼다. 나의 로망이었던 남자에게 용돈 받아 쓰는 생활이 시작된 것이다. 그러나 로망은 그 자체로 로망일 때가 좋다.

구남친을 만날 무렵 내가 다니던 회사가 망했다. 퇴직금도 제대로 챙기기 힘들었다. 구남친은 처음 만났을 때부터 프리랜서인 척하는 백수였다. 무언가 바쁘고 잘 아는 것 같았지만 딱히 수입이 나오는 곳은 없었다. 둘 다 돈이 없으면서도 남들처럼 썼다. 남들처럼 먹고 돌아다니는 데 주저하지 않았다. 머지않아 구남친과 나의 카드값이 폭파되었다.

기껏 카드를 돌려 막아 약간의 한도가 생기고 나서 했던 일은 구남친의 '면(面) 세워주기'였다. 구남친 친구가 영업 중이던 비데를 90만 원에 결제한 것이다. 미쳤다. 참 철딱서니라고는 눈곱만치도 없었다.

둘 다 돈에 쪼들리면서 커플통장에 넣고 돈을 함께 쓰다 보니, 돈이 생겨도 한 사람 마음대로 쓸 수 없었다. 회사 정리 후 약간의 목돈이 생겼을 때도 내 카드값을 해결한 것이 아니었다.

"어차피 이 돈으로 너 카드값 다 갚지도 못하잖아. 카드값 다 못 갚으면 신용 불량 되고 독촉전화 받는 건 똑같지. 그럴 바에는 약간이라도 쥐고 있고, 나중에 모아서 한 방에 갚는 게 낫지."

라는 조언을 해주었고, 멍청한 나는 그 소리에 혹했다. 그의 말처럼 300만 원 남짓한 돈으로 카드값을 다 낼 수 없을 바에는 가지고 있으면 든든하기라도 할 것 같았다.

빚, 생각하기도 싫은데, 나중에 우리가 일을 해서 한 방에 갚으면 된다는 말은 달콤했다. 그냥 그대로 구남친만 믿으며 상황을 외면하고 싶었다.

300만 원은 금세 사라졌다. 갑자기 목돈이 생겼기에, 구남친 어머니께 잘 보이려고 나는 발라보지도 못한 시슬리 화장품 세트를 선물했다. 나머지는 둘이 데이트하면서 쓰다 보니 손 사이로 물이 흘러버리듯 다 사라지고 없었다.

막막했다. 기댈 것은 구남친 어머니밖에 없었다. 구남친이 백수로 있던 것은 어머니가 사업자금을 내주시면 카페나 자기사업을 하려고 기다리고 있었기 때문이었다. 나도 뾰족한 수가 없으니 언제 주실지 모를 사업자금에 목을 매고 있었다.

그러나 구남친 어머니는 한심하고 철없는 우리에게 돈을 내주시지 않았다. 우리는 데이트 비용은 고사하고, 최소한의 용돈도 없었다. 누군가 일을 해야 하는데, 구남친은 모양 빠지는 일을 싫어했다. 편의점 아르바이트, 호프집 알바 같은 것을 하면 누군가 자신을 알아보고 우습게 볼까봐 하기 싫어했다.

나는 알바를 여러 가지 했던 터라, 알바를 하여 돈을 버는 것은 내 몫이 되었다. 처음에는 하루 12시간 일을 하는 전통 찻집에서 일을 했다. 12시간이나 일을 해도 쥐어지는 돈은 쥐꼬리였다. 쉬는 날은 한 달에 단 두 번이었다. 나는 쉬지도 못하고 처박혀 일을 하고, 내가 일하는 사이 구남친은 놀고, 월급은 함께 쓴다. 같이 쓴다고 했지만, 12시간 일을 하고 나면 쓸 틈도 없는데 구남친 혼자 다 쓰는 것 같은 기분이 들었다. 억울했다. 돈 버는 낙이라고는 눈곱만큼도 없었다. 헤어지는 것이 낫겠다는 생각을 하루에도 열두 번씩 했다.

그럼에도 불구하고 헤어지지 못한 것은 '본전 생각이 나서'였다. 일부 함께 쓴 카드값, 회사 정리하고 받았던 돈 300만 원, 알바비 등이 아까웠던 것이다. 지금 헤어지면 그 돈들은 다 나 혼자 갚아나가야 한다. 헤어질 때 헤어지더라도 이 손실을 만회하고 헤어지고 싶었다.

카너먼과 트버스키의 전망이론(prospect theory)은 정말 위대하다! 전망이론은 도박장면뿐 아니라, 투입이 있는 연인관계에도 꼭 들어맞는다.

전망이론은 사람들이 이득보다 손해에 더 민감하며, 손해와 이득은 참조점을 기준으로 판단하고, 이 둘은 한계효용 체감적인 관계를 가지고 있으며, 지각된 확률은 객관적 확률과 다르다는 것을 밝혀낸 이론이다.

쉽게 말해 고스톱을 치다가 돈을 잃었으면, 그 자리에서 털고 일어나는 것이 손해를 최소화하는 길이다. 계속 고스톱을 치더라도 잃을 확률 50%, 딸 확률 50%이기 때문이다. 그러나 돈을 잃었다는 생각이 드는 순간, 본전 생각이 나서 더 잃게 될 확률은 무시하고 다시 딸 수

Kahneman & Tversky, 1979

있는 확률을 크게 여긴다. 잃은 돈을 되찾겠다며, 곧 한 방이 터지면 잃은 돈을 다 되찾을 뿐 아니라 돈을 더 딸 수 있을 것이라 생각한다. 3만 원 잃었을 때 그만 쳤으면 3만 원만 잃는데, 계속 치다가 5만 원, 10만 원을 잃을 수 있고, 잃은 돈이 커질수록 본전 생각이 나서 더 일어나지 못한다.

이 이론으로 노벨경제학상을 받았으나, 카너먼과 트버스키는 경제학자가 아니라 인지심리학자이다. 안타깝게도 트버스키 교수님은 노벨경제학상 수상 직전에 돌아가셔서 직접 수상하지 못했고, 카너먼 교수님은 아직 살아계신다.

이분들이 노벨경제학상을 수상하게 된 것은, 전통적 경제학에서 주장하는 것처럼 사람들이 합리적 의사결정자가 아니라 심리적 편의에 따라 불합리한 의사결정을 내리는 경우가 많다는 것을 밝히고자 했기 때문이다. 도경수 교수님이 해주신 여담으로 당대의 경제학자들이 '사람은 합리적 의사결정을 한다'고 주장하는 데 대해 '너희들이 생각했던 것처럼 사람들이 합리적인 존재가 아니야. 이걸 봐'라는 마음으로 심리학회지가 아닌 경제학회지에 출간하셨다고 한다. 심리학회지가 아닌 경제학회지에 공개함으로써 더 많은 사람들이 알게 되었고, 인지심리학자가 노벨경제학상을 받게 되었다고 한다.

이 위대한 이론이 밝힌 것처럼, 내가 딱 그런 불합리한 판단을 하고 있는 사람이었다. 구남친과 사귀며 손해를 보았다고 생각했으면 그때 헤어졌어야 한다. 연인간의 인간적 도리(道理)면에서나 경제적 면에서나 그 편이 낫다. 그럼에도 불구하고 본전 생각을 하면서, 잃은 만큼은 복구를 하고 정리를 하겠다며 매달 알바비를 고스란히 커플통장에 넣어가며 버티고 있었던 것이다.

하지만 상황은 점점 악화되어 갔다. 얼마 지나지 않아, 공산당 효과가 일어났다. 어차피 벌어서 같이 써야 하고, 내 맘대로 쓸 수 있는 돈이 단 돈 만 원도 없자, 일이 하기 싫었다. 12시간씩 일하던 것에서 돈을 덜 주더라도 시간이 적은 일로 옮겼다. 구남친은 일을 안 하는데 굳이 나 혼자 열심히 벌어서 뒤치다꺼리할 필요가 무엇이 있나 싶었다. 구남친도 비슷했던 것 같다. 노력한다고 자기 것이 늘어난다는 생각이 들지 않아서였는지 별다른 노력을 하지 않았다.

설령 결혼을 한다 해도, 한 번은 정리하고 넘어가야 할 문제였으나, '언젠가, 나중에'라며 미루고 미루다, 헤어져야 되는 상황이 되고 보니 다시 돈 문제가 불거진 것이다.

일부는 같이 써서 생긴 빚이라고 해도, 어쨌거나 그 빚의 명의는 내가 아닌가. 이걸 어쩌면 좋은가.

더불어, 나는 그와 함께 쓰기 위해 돈을 맡기고 공공자금으로 사용했는데, 그 돈으로 다른 여자들 밥을 사주며 바람을 피웠다 생각하니 피가 거꾸로 솟는 기분이었다. 나는 돈 아끼겠다고 만 원짜리 하나 내 맘대로 사지 못하며 궁상을 떨었는데!

예전에 헤어지자고 했을 때, 구남친은 내 빚을 갚아주겠다고 했다.

자신이 타고 다니던 차를 팔아 줄 테니, 빚을 갚고 조금 남으면 그걸로 대학원 등록금에 보태라고 했다. 그 말만으로도 감동적이었고, 그 뒤로도 몇 번은 돈 문제로 다툰 것 같았으나 그때그때 넘어갔었다. 그러나 정말로 헤어질 상황이 되자 구남친도 현실적이었다.

생각해보니 그는 나와 헤어진다고 해서 손해 볼 것이 없었다. 내가 버는 푼돈으로 데이트 비용을 썼으나, 내가 아니더라도 데이트 비용을 대줄 '고 과장'이 있었다. 만약 나와 정말 결혼을 한다면 언젠가는 내가 갖고 있는 빚을 함께 부담해야 하나, 헤어지면 그럴 필요가 없다.

그제야 '사귀는 사이라 해도 각자의 입장은 다르다'는 생각에 번쩍 정신이 들었다. 억울해졌다. 나는 빚만 남는데, 구남친과 고 과장에게는 아무 피해가 없다는 것이 화가 났다.

고민 끝에 나는 〈도둑들〉의 첸 형처럼 돈이나 챙기자고 마음먹었다. 〈도둑들〉의 첸 형이 마카오 박을 믿을 수 없으니 마담 티파니의 돈이나 챙기자고 한 것처럼, 나도 남친을 다시 믿느니 실속이나 차리기로 했다. 어차피 두어 번 바람을 피우고 나를 속인 남친이 언제 나를 또 속일지 알 수 없는 일이다.

대충 계산을 해보니, 구남친과 고 과장에게 각각 위자료 1,000만 원씩 받으면 빚도 다 갚고, 대학원에 갈 등록금까지 생길 것 같았다. 네이버 지식인에서 말하길, 결혼 약속을 한 사이에서 바람을 피우면 위자료를 받을 수 있다고 했다. 그 정보가 거짓이어도 상관없었다. 돈이 필요했으니까.

돈이라도 있으면 불쌍한 내 처지가 조금은 나아질 것 같았다. 위자료를 내놓으라 하였더니 둘 다 묵묵부답이었다.

서른까지 두 달 남았다. 빠르게 움직였다.

남친과 고 과장에게 돈을 달라고 내용증명서를 보내려고 했다. 내용증명서 여섯 장을 들고 있었지만, 결국 마음이 약해져 남친에게는 보내지 못했다. 어차피 남친은 수중에 땡전 한 푼 없는데, 고 과장을 쑤시는 편이 돈을 받기에 유리할 것 같았다. 돈도 돈이지만 고 과장을 괴롭히고 창피를 주고 싶었다.

빨간색 트렌치 코트를 입고 고 과장을 만난 이후, 고 과장은 나름의 복수를 했다.

드러내놓고 구남친에게 연락을 했다. 일부러 나를 위한 편지도 보냈다. 세밀한 둘의 관계를 적은 편지를 계속 꽂아놓은 것이다. 고 과장과의 관계를 알게 된 이후 나의 레이더가 증거 수집에 초점이 맞추어져 있는 것을 백분 활용한 역공이었다. 편지 내용은 점점 더 자극적이었다. 구체적으로 구남친과 있던 일들을 적어 보내, '네가 알고 있는 것 이상으로 우리는 깊게 사랑하는 사이야'라고 알려주는 것 같았다. 그 귀여운 강아지 같은 얼굴로 교묘하게 괴롭히다니!

나도 무언가 복수하고 싶었다. 주변 사람들에게 애인 있는 것을 알면서 꼬여낸 나쁜 년이라고 손가락질 당하게 하고 싶었던 것이다. 그녀가 일하던 회사, 그녀가 살던 집 주인, 본가로 내용증명서를 보냈다. 회사와 본가는 반응이 없었고, 고 과장의 집주인이 전화가 왔다. 내 이야기가 사실이라면 고 과장의 집 보증금을 빼주기 전에 가지고 있겠다는 것이다. 대신 법원 판결문을 가져오라고 했다.

어차피 법원 판결을 받을 수는 없다. 소송을 할 비용도, 합당한 이유도 없었다. 위자료를 달라는 것이 상당한 생떼라는 것은 나도 알고 있었다. 다만 "조용한 아가씨인데. 그랬단 말이에요? 거참, 그렇게 안 봤는데"라는 아저씨의 탄식만으로도 좋았다. 돈을 못 받았어도 그녀의 주변 사람에게 망신을 준 것 만으로 희열이 느껴졌다.

나의 얼토당토않은 위자료 청구에 고 과장은 반응이 없었지만, 내 마음은 반응이 있었다. 엄청 통쾌했다. 가만히 당하고만 있는 것이 아니라 나도 무언가 했으니까.

혹시 나 때문에 그녀의 입장이 곤란해진다 해도 응당 받아야 할 벌을 받는 것이라 생각했다. 그녀의 마음이나 입장까지 고려할 여력도, 고려하고픈 마음도 없었다. 내 뒤통수를 친 남녀의 입장 따위야.

어느 정도 예상한 결과지만, 결국 구남친과 고 과장에게 돈을 한 푼도 받을 수 없었다. 그들도 거지임을 나도 알았다. 설령 돈이 있었다 한 들 내놓았겠는가. 위자료를 던지며 먹고 떨어지라는 것은 드라마 속 상류사회 이야기일 뿐, 내가 사는 서민 사회에서 그런 일은 없었다. 당장 먹고 죽으려 해도 돈이 없는데 위자료는 무슨.

결국 돈은 챙기지 못했지만, 당시에 할 수 있는 것은 다 했다는 것은 나의 정신적 건강에 큰 도움이 되었다. 돈을 내놓으라고 하는 것이 내가 할 수 있는 가장 냉정하고 합리적인 방법이었고, 내용증명서까지 보냈으면 나는 할 수 있는 만큼 다한 것이다.

아무것도 하지 않고 그 둘을 원망했다면, 나는 지금까지 〈올드보이〉 최민식처럼 그들을 만나 날라 차기를 하는 상상을 하고 있었을지도 모른다. 예전에 내 월급을 떼어먹고 잠적한 사장에게는 아무 행동을 취하지 못해, 쌓인 울분을 주체하지 못해 길에서 만나면 이단 옆차기를 하는 상상을 하곤 했다. 물론 그 뒤로 그 사장을 마주친 적은 없다. 어디로 날랐는지 꼭꼭 숨었다.

꿈틀대지도 않고 참으면 병이 될 터였지만, 그들에게도 정신적 스트레스를 약간이라도 안겨 주었다 생각하니 억울함이 꽤 풀렸다. 그들도 나의 고통을 10분의 1이라도 느꼈겠지. 못 느꼈어도 상관없다. 그들을 삶을 바꿔주고자 한 것이 아니라, 나의 울화를 풀어내려 했던 것이고, 그 목적은 달성했으니까.

90만 원으로 빚 청산을 하는 방법

구남친과 고 과장에게 위자료를 뜯어내겠다는 야심찬 계획은 실패했다. 애초부터 못 받을 것이라 생각은 했지만, 혹시나 하는 마음에 덤볐다. 헌데 역시나.

이제 내 이름으로 되어 있는 빚을 어찌해야 될 것인가. 머리가 지끈지끈 아파왔다. 우리 집이 돈이 많아 이쯤은 껌 값처럼 갚아줄 수 있는 집이면 얼마나 좋을까 하는 상상도 했다. 그러나 돈 천만 원쯤은 우습게 융통할 수 있는 집이었다면, 애초에 돈 300만 원과 약간의 카드값에 목숨을 걸지 않았을 것이다. 집의 도움을 기대하기 어렵고, 설령 구남친이 책임감을 느낀다 해도 능력 없는 그가 돈을 줄 수도 없다. 나 혼자 이 상황을 헤쳐 나가야 한다.

막막한 마음에, 어쩌다 이런 상황이 되었는지 또 눈물이 났다. 멍청하게 앉아 울다보니 어느 순간 내가 왜 울고 있는지조차 생각나지 않을 정도로 멍해졌다. 실컷 울고 나니 속도 시원해졌다. 눈이 아파서 더 이상 울기도 힘들었다. 우는 것도 체력 소모가 큰 일이다.

연습장을 꺼냈다. 내 빚을 다 적어보았다. 적을수록 암담했다. 1,000만 원에 육박하는 돈을 대체 언제 어떻게 갚을 것인가. 한숨이 나왔다.

노트북을 켰다. 벼룩시장 알바 코너를 보았다. 지금보다 10만 원이라도 더 주는 곳을 찾아보았다. 음식점, 학원, 약국 알바 등. 사람을 구하고 있는 곳들의 목록을 연습장에 빼곡히 적었다. 다음날 전화를 해보았다. 돈을 제법 주는 약국 알바에 전화했더니 4년제 대학 나온 사람이 왜 이 일을 하려고 하냐며 과잉 스펙이라 부담스럽다고 했다. 돈을 많이 주는 식당 알바도 여자는 구하지 않는다고 했다. 돈을 더 많이 주는 곳은 일식집이었는데, 손님 옆자리에 앉아서 술을 따르는 일을 할 수 있겠냐고 했다. 수십 곳을 전화를 하던 가운데, 영어학원 한 곳에서 면접을 보러 오라고 했다. 바로 찾아갔다. 전임 영어 선생님이 출산이 임박해서 급하게 선생을 구하고 있던 차라 즉시 취업이 되었다. 월급도 90만 원이나 주었다. 다행이었다.

집으로 돌아왔다. 이제 매월 90만 원을 예상하고 가계부를 작성해 보았다. 90만 원씩 받아서 1,000만 원 빚을 갚는 것은 답이 없었다. 매월 10만 원씩 갚는다고 치면 100개월, 8~9년은 걸린다. 지금 서른이 한 달 남았는데, 마흔은 되어야 이 빚을 다 갚을 것 같았다. 가뜩이나 우울한데, 나의 30대는 내내 빚만 갚다 끝날 것 같다는 예상을 하니 더욱 암울했다. 그래도 어쩌겠는가. 이것이야말로 내 책임인 것을.

빚 독촉하는 업체에 전화를 걸었다. 구남친과 사귀며 미뤄둔 몇 년 사이, 내 채권은 이 회사, 저 회사에 팔려 카드사가 아니라 이름 모를 회사에 팔려 있는 상태였다. 전화를 해서 10만 원씩 나눠 갚겠다고 하니 담당자는 말도 안 된다며 펄쩍 뛰었다. 어딜 가서 돈을 빌려오든 무슨 짓을 하든 간에 당장 목돈으로 갚으라며 독촉을 해댔다. 그럴 수 있었다면 독촉 당하기 전에 구해왔을 거라며 상황 설명도 하고, 힘들다고 애원도 해보고, 지금 10만 원씩이라도 안 받으면 앞으로는 나에게 돈을 받기 더 힘들 거라고 협박도 했다. 쉽게 허락해 준 곳도 있고, 아닌 곳도 있었지만, 몇 차례 시도 끝에 나눠 갚는 것에 합의가 되었다.

8년이 걸릴지, 9년이 걸릴지 막막하지만, 어쨌거나 빚 상환을 시작했다. 마흔까지 빚을 갚아야 할지도 모른다는 것은 막막했으나, 마음은 가벼워졌다. 빚을 그냥 두고 있으면서 느끼던 양심의 가책에서 벗어날 수 있는 것만으로도 꽤 홀가분했다.

90만 원에서 빚 갚는 돈 30만 원을 빼고 나니 60만 원이 남았다. 월세 20만 원. 공과금 10만 원, 용돈 10만 원, 생활비 10만 원을 빼고도 무려 10만 원이나 남았다. 놀라웠다. 구남친과 함께 쓸 때는 늘 돈이 모자랐는데, 혼자 아껴 쓰기 시작하니 돈이 남는 것이다.

놀랍게도 돈이 모이기까지 했다. 비록 10만 원일지라도 통장에 있으니 든든했다. 내가 아껴봤자 구남친이 쓸 터이니 아끼는 사람만 바보라 생각해서 서로 쓰자고 달려들 때와는 달랐다. 아끼면 다 내 것이니, 아끼고 모으는 재미가 있었다.

일단, 급한 불은 껐지만 마흔까지 빚만 갚고 있어야 할 것 같은 상황은 참 막막했다. 돈을 벌어야 했다. 어떻게 해야 돈을 벌 수 있을지, 매일같이 '돈 버는 방법'을 찾아보았다. 그러나 누가 자신의 돈 버는 방법을 순순히 알려줄 것인가. 대부분 낚시글이었다.

그러던 어느 날, '블로그로 하루에 60만 원을 벌었다'는 글을 보았다. 나는 한 달에 90만 원 받고 있는데, 하루에 60만 원이라니! 눈이 휘둥그레 해졌다. 꼼꼼히 읽어보니, 블로그에 글을 쓴 뒤에 구글의 애드센스라는 것을 설치하면 광고비를 주는데, 블로그 시작한 지 3일 만에 60만 원을 벌었다는 것이었다. 안 할 이유가 없었다. 당장 시작했다. 스물아홉 10월 말이었다.

하루에 60만 원씩 번다면, 한 달이면 1,800만 원이다. 한 달이면 다 해결이 되고 돈이 남아도는 것이다. 부푼 꿈을 안고 블로그에 첫 번째 글을 썼다. 사람들이 많이 볼 만한, 돈을 많이 벌 수 있을 만한 글이 무

낚시글 인터넷에서 사람들의 주목을 끌기 위해 사실과 다르거나 엉뚱한 내용을 내용과는 관계없는 자극적인 제목으로 올리는 글.

엇일까 고민하다가 '감기에 걸리는 이유'에 대해 적었다. 사람들이 몰려들 줄 알았는데, 첫날 방문자는 고작 다섯 명이었다. 그리고 애드센스라는 광고도 블로그를 만들자마자 시작할 수 있는 것이 아니었다. 글 수가 여러 개 있어야 하고, 게제 기준이 뭔가 복잡했다. 영어로 신청하는데 뭘 쓰라는 것인지도 알아듣기 힘들었다.

블로그에 좋은 명언도 올리고, 유용한 생활 정보도 올려봤지만, 보는 사람도, 댓글 다는 사람도 없었다. 그냥 나 혼자 쓰는 공개 일기장이었다. 블로그로 하루에 60만 원은커녕 10원도 벌지 못했다. 블로그로 돈을 버는 것은 바로 포기했다. 다만, 글쓰기를 멈추지는 않았다.

혼자 끙끙대며 고민하느라 외로웠다. 나도 누군가에게 무슨 말이라도 하고 싶던 차에, 블로그에 이런저런 생각들을 쏟아내니 스트레스가 많이 풀렸다. 어차피 보는 사람도 없으니 편했다. 본다 한들 '라라윈'이 나라는 것을 누가 알까.

혼자 쓰는 일기장 같은 블로그에 이웃도 생겼다. 처음 티스토리 초대장을 주었던 '닷캣'님이 종종 댓글을 남겨주었고, '윌리엄박'과 '에코'라는 블로그 친구가 생겼다. 그들은 내가 쓰는 글에 관심을 가지고 따뜻한 말을 남겨주었다. 관심이 고프고 사랑이 고팠던 내게 윌리엄박님과 에코님이 남겨주는 댓글은 큰 위안이 되었다.

11월 2일이 내 생일이었다. 남친도 없고, 친구도 없고, 가족에게도 연락하지 않아 우두커니 혼자 집구석에 있었다. 가뜩이나 나는 '생일우울증'이 있다. 미리 나서서 "내 생일이니까 그날 만나자!"라며 모임을 주도할 성격도 못 되면서, 생일은 원래 혼자 보내는 것이라고 쿨하게 넘어가지도 못한다. 아무 말도 안 해놓고, 누가 챙겨주기를 기대한다. 스물아홉 생일은 유난히 쓸쓸했다. 블로그에 이 생일 우울증에 대한 글을 적었다.

생일 우울증

며칠 후면 내 생일이다.
어떤 이에게는 생일은 매우 기쁜 날이다.
하지만 나에게는 그렇게 즐겁지만은 않은 날이다.
그 이유는 나의 이러지도 저러지도 못하는 성격 탓일 것이다.

나는 활달하게 주변인들에게 내 생일을 알리고 함께 기뻐하게 만들지 못한다.
그렇다고 생일 따위 잊고 지나가는 무심함도 지니지 못했다.
그래서 생일이 되면 소심한 기다림을 반복한다.
누가 내 생일을 기억이나 해줄까….
내 생일인데 아무도 모를까….
누가 연락이나 해 주려나….
내 생일인데 선물을 준비하려나…. 그저 축하한다는 말 한마디 하려나…. 모른 척 하려나….

그러다가 누군가에게 연락이라도 오면 매우 기뻐했다가,
시간이 흐르고 별다른 연락이 없으면 역시 그렇구나 하며 실망한다.
참 이런 기대를 매년 반복하는 모습이 우스우면서도 쉽게 고치지 못한다.

내 스스로 내 홍보대사가 되어 생일이니 이렇게 해 달라 저렇게 해 달라 요구도 못하고,
막상 주변 사람들이 챙겨주거나 파티를 마련해주어도 내심 엄청나게 기쁘면서도 내색도 못하고
괜히 주인공이라고 뭐 시키는 것은 아닌가 걱정이나 하고….
그렇다고 별다른 말이나 행사 없이 넘어가는 것 같으면 내심 퍽 서운해 한다.

남들 앞에서는 생일 같은 것에 무심한 척하면서
결국은 내 구미에 딱 들어맞는 서프라이즈를 기다리는 모양인지도 모르겠다.

이런저런 기대와 실망이 반복되면서 생일이라는 날이 지나가노라면 생각하곤 한다.
'차라리 생일이라는 날이 없었으면 이렇게 신경 쓰고, 바라고, 기다리는 일도 없을 텐데…' 하고.

그러면서도 또 꿈꾼다. 신경 쓰고 기다리지 않아도 행복할 생일을.

참…. 이런 나를 어쩌면 좋단 말이냐.

블로그 친구는 따뜻하게 도닥이는 댓글을 남겨주었다. 그 말이 얼마나 고마웠는지 모른다. 블로그로 돈 벌기는 실패했지만, 블로그 친구는 얻었다.

돈은 안 되어도 재미도 있고, 생각도 정리되고, 마음이 풀리기도 하고, 윌리엄박과 에코 같은 좋은 블로그 친구도 있어서 계속했던 블로그는, 그 후 몇 년이 지나고는 정말로 용돈벌이가 되었다. 처음 블로그를 시작했을 때 봤던 것처럼 '하루에 60만 원'을 버는 경험은 해 본 적이 없지만, 우연히 시작한 블로그 덕분에 칼럼니스트도 되고 책도 내게 되었으니 고마운 일이다.

그러나 블로그 덕분에 잘 풀린 것은 몇 년 뒤의 일이고, 스물아홉 11월은 그렇게 흘러가고 있었다. 서른 살이 이제 한 달밖에 안 남았는데, 초조했다.

그런데 가만히 생각해 보니, 더 걱정한다고 나아질 것도 없었다.

나의 초조함, 불안함, 자괴감은 전부 사회적 바람직성에 맞춰 살고

자 아등바등하는 데서 온다는 생각이 들었다. '남'들 눈에 그럭저럭 괜찮아 보이는 것, '남' 보기에 좋은 것만 포기하면 그만이다. 에라, 모르겠다.

내 딴에 노력한다고 했지만, 뭐 달라진 것이 있던가. 결과는 요 모양 요 꼴인데.

지금이라도 정말 하고 싶었는데 못 해본 일들을 해보고 싶었다. 10만 원 남아있던 것으로 여행을 하기에는 돈도 부족하고 마음의 여유도 없었다. 이 돈으로 30년 인생에 처음으로 운동을 시작했다. 합기도와 검도 도장 몇 곳에 전화해 보니 8만 원이나 10만 원이면 운동을 할 수 있었다.

부담이 되지 않는 것은 아니었다. 한 달에 10만 원이라도 1년이면 120만 원이다. 그리고 중간중간 추가로 드는 금액을 생각하면, 꽤 크다. 그러나 한 달에 10만 원 씩 더 모은다고 크게 달라질 것 같지도 않았다.

난생 처음 운동을 해보니, 처음에는 아동용 목검을 들고 있는 것만으로 팔이 부들부들 떨렸다. 유치원생도 쉽게 쉽게 하는 동작을 나는 몇 차례를 반복해도 익히기 힘들었다. 그러나 내 수준에 맞게 차근차근 가르쳐주신 관장님과 성인부의 좋은 선배들이 있어 조금씩 재미를 붙였다. 처음에는 운동시간 50분도 체력이 달려서 중간중간 뒤로 나가 혼자 쉬었는데, 어느 순간부터는 운동 끝나고 남아서 연습을 더 했다. 나중에는 10분이라도 먼저 가서 고수 아저씨 - 성인부엔 50대의 검도 5단 고수 아저씨가 계셨다 - 께 동작 하나하나를 더 배웠다. 그 뒤로는 운동 끝나고도 다음 시간이 시작될 때까지 한 시간을 더 하기도 했다.

재미도 있었고, 1년쯤 지나자 나도 검도 1단 단증을 갖게 되었다. 몰라보게 건강해졌다. 삐딱했던 성격도 많이 둥글둥글해졌다. 체력이 좋아지니 덜 피곤했고, 짜증이 줄며 조금 너그러워졌던 것이다.

가장 큰 성과는 서른 살도 늦지 않다는 자신감을 얻은 것이었다.

나는 어마어마한 '운동치'라서 체력장을 할 때면 매달리기 0초, 던지기 10cm - 바로 앞에 떨어졌다 - , 멀리뛰기는 엉덩방아, 달리기는 20초였다. 피구나 소프트볼을 한다고 하면 아이들은 신나서 뛰어나갔는데 나는 공을 맞을까봐 불안에 떨었다. 중학교 3학년 때는 체력장 특공대에 소집되기도 했었다. 당시 연합고사 만점은 200점이었고 그중에 체력장 점수가 4점이었다. 인문계를 지원한 아이가 체력장 점수 때문에 연합고사 커트라인에서 떨어지지 않도록 학교 차원에서 체력장 5급인 아이들을 모아 여름방학동안 특훈을 시키는 프로그램이 '특공대'였다. 나는 늘 체력장 5급이었기 때문에 필기를 만점 맞는다 해도 체력장 점수 -4점으로 196점이 확실시 되는 상황이었다. 특공대 덕분에 간신히 체력장 3급을 받았던 것 같다. 그 뒤로도 체육 실기는 늘 기본점인 60점이었다. 하도 운동을 못하니, 사람들이 볼링 치러 가자해도 겁이 났고, 회사 체육대회는 몇 주 전부터 어마어마한 스트레스였다.

그랬던 사람이 서른 살을 먹고 운동을 시작한다는 자체가 스스로 대견했고, 검도 1단을 따자 엄청나게 뿌듯했다. 내 평생 운동해서 뭔가를 해낸 것은 처음이었다.

신기한 상황이었다. 고작 90만 원 벌어서 무엇이 해결될까 싶어 막막했는데. 빚 청산도 시작했고, 정말 하고 싶던 일도 하고 있다. 행복해졌다. 돈이 없어 곤궁한 상황에서 빠져나오는 법은 의외로 간단했다.

내가 가진 돈과 써야 될 돈을 정확히 파악한다.
돈이 없으면 안 쓴다.
숨통은 트여 준다.

막연하게 걱정만 해서는 해결되는 것이 없더니, 내가 필요한 돈을 다 계산하고, 가계부라는 것을 쓰기 시작했더니 돈이 남았다. 가계부를 쓰는 것도 포털사이트의 '10년 10억 모으기 짠돌이 카페'에서 배운 것이었다. 돈 버는 방법을 찾다가 가입했던 카페였는데, 돈을 많이 모은 사람들이 이구동성으로 하는 말이 "가계부를 써라!"였다. 가계부를 쓰면서 자신의 지출을 정확히 파악해야 세는 돈을 잡을 수 있고, 짜임새 있는 소비를 할 수 있다는 것이었다.

처음 가계부를 썼을 때는 끔찍했다. 버는 돈은 쥐꼬리인데 나가야 할 돈만 많았다. 나 몰라라 하며 도망가고 싶은 현실이기는 했지만, 대체 내가 얼마를 쓰는지, 한 달에 꼭 필요한 돈은 얼마인지 모르는 채 되는 대로 쓸 때보다 안심이 되었다. 남아있는 돈이 얼마이고, 들어가야 할 돈이 얼마인지 알고 있으니 대비를 할 수 있었다. 닥치는 대로 살 때는 고지서가 날아오면 심장이 덜컥했는데, 미리 가계부에 예산을 세워뒀기 때문에 놀라지 않고 처리할 수 있었다. 가계부를 쓰는 것만으로도, 빚에 쫓기다가 빚을 조종할 수 있게 된 것이다.

가계부를 쓰면서 내 상황이 파악되자, 안 썼다. 돈이 없으니까. 일 끝나고 집에 와서 저녁 간단히 먹고 운동 가고, 자고, 일어나서 일하러 갔다. 생활을 단순화하고, 만나는 사람을 줄이니 돈 드는 일도 없고, 마음도 편해졌다. 나의 새로운 취미생활 블로그도 생겼고, 집에 혼자 있어도 괜찮았다. 친구를 안 만나니, 만나서 밥 먹고 차 마시는 비용이 아껴지고, 친구를 봄으로 인해 상대적으로 위축되어 괴로워지는 상황도 피할 수 있었다. 꼭 해보고 싶던 운동을 하니 혼자 있어도 괜찮았다. 그러다 조금씩 돈이 남기 시작했다. 김밥천국 6,000원짜리 정식 정도는 마음껏 사먹을 수 있는 사치를 누릴 수 있었다.

고작 90만 원 버는 것으로 해결이 가능하다면, 번듯한 직장이 있는 사람은 나보다 해결이 더 빠를 수도 있다. 다만 쓰던 씀씀이를 줄이는 것이 무엇보다 어려울지도 모른다.

씀씀이 줄이기

김의수의 《돈 걱정 없는 우리집》에서 김의수 선생님이 빚에 시달리는 사람들을 상담해주신 여러 사례가 나온다. 씀씀이와 생활수준을 포기하지 못하기 때문에 빚의 굴레를 못 벗어난다.

가령 '내가 대기업 차장인데 월세방에 어떻게 살아, 소형차를 어떻게 타, 지금까지 부인이랑 둘이 중형차 두 대를 굴렸는데…'처럼 남의 시선을 의식한 탓이다. 정작 회사 사람들은 그 분이 아파트 몇 평에 사는지, 월세방 빌라에 사는지 관심도 없을 수도 있다. 내가 그 집에서 함께 사는 것도 아니니.

철없는 구남친과 내가 빚에서 헤어나오지 못한 이유는 돈은 없는 주제에 계속 썼기 때문이었다. 그와 나는 얼마를 쓰는지 잘 몰랐다. 물론 늘 합리적 소비를 하고 있다고 믿고 있었다. 안 봐도 그만인 영화표를 싸게 샀다거나, 안 사도 될 물건을 싸게 사놓고 합리적 소비를 했다고 좋아한 것이다. 궁상떤다고 부자 되는 거 아니라면서 쓸 땐 쓸 줄 알아야 된다고 했었다. 지금 우리가 쓰면서 경험하고 하는 것들이 우리의 자양분이 되어 나중에 도움이 될 거라 생각했다. 개뿔.

소비의 원흉(?)인 그와 헤어짐으로써 쉽게 씀씀이를 단박에 줄일 수 있었다. 서른 살의 별 볼일 없는 솔로를 보는 타인의 시선이 더 신경 쓰였기 때문에, 씀씀이에 대한 타인의 시선까지 신경 쓸 여력이 없던 이유도 있다.

씀씀이를 줄여보니, 정작 남들은 나에게 정말 관심이 없었다. 특히 나의 씀씀이에 아무 관심이 없었다.

직장 동료 아버지가 돌아가셨을 때, 빚 조금 더 낸다고 뭐가 달라지냐며 돈이 없으면서도 10만 원을 넣었다. 나는 그러면 그 동료가 내게 꽤나 고마워할 줄 알았다. 그러나 얼마 후 그녀는 퇴사했고, 십수 년이 지나도록 단 한 번의 연락도 없다. 내 딴에는 체면 때문에 빚을 내서 조의금을 냈건만, 그녀에게는 그냥 직장 사람 한 명이었을 뿐이다. 축의금도 마찬가지였다. 부담이 되어도 조금 더 넉넉히 넣으면 나를 좀 더 좋게 봐 줄줄 알았다. 그러나 딱 10초다. 그냥 명단 정리할 때, "어머, 이 사람 많이 냈네. 자, 10만 원짜리 ○명. 5만 원짜리 ○명. 돈 맞나 세 봐"의 봉투 한 개일 뿐이다. 그걸 기억해서 두고두고 인사하는 사람은 거의 없었다.

밥도 그랬다. 밥 산다고 하고, 또는 내가 나이가 많으니까 눈치가 보여 지갑을 꺼냈을 때, 호기롭게 비싼 것을 산다고 해서 두고두고 기억하거나, 나를 근사한 사람이라고 보지 않았다.

역으로 생각해보면, 밥 사줘서 고맙다고 기억이 나는 사람은 내가 쉽게 사 먹을 수 없는 정말 귀하고 비싼 음식을 사 준 사람과 미안할 정도로 많은 것을 사 준 사람뿐이다. 어쩌다 밥 한 번 샀던 사람, 선배니까 계산했던 사람들은 기억이 흐릿하다. 그냥 그때 얻어먹어서 고맙고 좋았던 것으로 끝이지, 이 은혜를 나중에 갚아야 하겠다거나 그 사람 정말 멋지다 생각하지 않는다. 때로는 버는 것도 없는 주제에 매번 지갑을 여는 선배가 오히려 한심할 때도 있다. '선배랍시고 폼 잡겠다고 저러고 나서 집에 가서 카드 영수증 보고 울겠군' 하는 오지랖 넓은 걱정이 들었던 것이다.

남들이 봤던 나도 딱 그랬는지도 모른다. 그들의 기억에 남지도 않을 것을, 혼자 폼 잡겠다면서 쓰는 사람이었을 수도 있다. 대체 누구를 의식해서 그렇게 썼던 걸까?

더욱이 남친과 둘이 쓰는 돈은 누구를 보여주려고 그렇게 썼을까?

나의 문화 수준이 그 정도는 즐기셔야 되는 고상한 취향이라서 그랬다고 믿고 싶지만, 딱히 그런 것도 아니다. 정말 좋은 것을 제대로 즐긴 것도 아니고, 그냥 많이 나다녔던 것뿐이다.

내가 남에 대해 이러쿵저러쿵 비평하기를 좋아했기 때문에 남 또한 나에 대해 큰 관심을 갖고 평가를 한다고 착각했을 수도 있다.

'재 입은 옷이 지춘희야. 신발은 훼라가모이고', '무슨 브랜드가 어쩌고…' 같은 이야기를 하며 남의 옷을 비평하던 사람들을 피하고, 운동 가서 사귄 친구들과 어울리니 그들은 낯선 서른 살 여자의 옷차림에 관심이 없었다. 내가 얼마짜리 옷을 입고 오는지 신경 쓰지 않았고, 도복을 입고 있으니 티도 나지 않았다.

오랜 친구들도 마찬가지였다. 내가 돈이 없다며 만 원만 꺼내 놓아도 뭐라 하지 않았다. 오히려 만 원 있다고 하면 자신이 사주거나 그에 맞춰서 주머니 사정에 부담되지 않도록 동네에서 가볍게 분식 먹고 저렴한 커피숍에서 3,000원짜리 커피 한 잔으로 서너 시간을 버틸 수 있는 곳으로 갔다. 내 옷차림이 좀 후줄근하든, 비싼 음식을 턱턱 쏘는 부자 친구든, 아니든 개의치 않았다. 그냥 오랜 추억을 함께 나눌 수 있는 친구 최미정일 뿐이었다.

대체 나는 '누구'의 시선 때문에
지난 몇 년을 그렇게 신경 쓰며 살아왔던 걸까.
내가 차가 없다고 남들이 뭐라 할 것도 아니고,
비싼 밥 안 먹는다고 깔보는 것도 아닌데.
내가 그토록 신경 썼던 그 '남'이라는 것의 실체는 뭘까.

이런 질문들을 던지다 보니 머리가 복잡했다. 단박에 속 시원한 답이 나오는 질문도 아니었다. 문득, '여자 나이 서른이면 철학자가 된다'는 말이 떠올랐다. 자신만의 철학을 가지게 된다는 소리가 아니라, 끊임없이 사유(思惟)하는 것이 철학자와 같다는 소리였나 보다. 그만큼 번뇌가 많다는 거다. 서른을 목전에 두니 30여 년간 살아온 날, 앞으로 살날에 대해 답도 없는 질문들이 꼬리에 꼬리를 물었다.

서른 살,
결혼

발등에 떨어진 돈 걱정에서 한숨 돌리고 나니, 또 다른 의문이 생겼다.

무언가 이상했다. 결혼하겠다던 사람과 헤어졌으면 그 '사람'을 잃은 것에 마음 아파야 하는 것이 아닐까? 아무리 그가 바람을 피워서 화가 났다고 해도 뭔가 좀 이상했다. 너무 담담하고 아무렇지 않았다. 나라는 인간은 이토록 감정이 메마른 인간이란 말인가!

"그냥 이걸로 하지 뭐"

처음 디지털 카메라를 살 때였다. 알바해서 받은 돈 30만 원으로, 첫 카메라를 사기 위해서 한 달하고도 보름 가까이 '디씨인사이드'를 서핑했다. 당시에는 카메라를 구입할 때에는 디씨인사이드 카메라 후기를 보며 따져보는 것이 현명한 소비자의 정석처럼 여겨졌다. 게시판은 캐논이냐, 니콘이냐, 후지냐 하며 브랜드와 각 모델의 장단점을 두고 싸움이 끊이지 않았다. 중저가 모델치고 단점 없는 제품이 있을까마는 어떤 이는 그 단점이 치명적이니 사지 말라했고, 어떤 사람은 괜찮다며 토론을 했다. 이를테면 캐논 A80은 30만 원이면서 수동 기능도 있어 대단한 카메라라 하는 입장도 다수요, 화질이 구리고 오토포커스는 느리며 무거워 돈 주고 살 물건이 아니라는 입장도 다수여서 서로 다투는 것이었다. 세세히 따지며 다투는 가운데 각 제품의 장단점을 상세히 알 수 있었다. 한 달을 눈이 뻘겋게 충혈 되도록 들여다보고 있노라니 지쳤다. 어차피 내가 살 수 있는 것은 30만 원대의 카메라 몇 개 중 하나인데, 더 들여다본다고 해서 단점없는 완전무결한 것을 살 수도 없었다. 그래도 학생이라 내가 언제 다시 돈을 벌어 카메라를 바꿔 살 수 있을지 기약이 없으니 신중했다.

돈을 벌면서 비교 과정이 점점 귀찮아졌다. 매번 후기를 꼼꼼히 읽고 비교해보는 것도 피곤한 일이었다. 어느 순간 "그냥 이걸로 하지 뭐. 됐어" 이런 상태가 되었다. 때로는 이것이 더 지혜로운 때도 많다.

고르고 골라봐야 거기서 거기일 때도 많았기 때문이다.

자신감이 생기자, 소소한 제품 구입뿐 아니라, 덩어리가 큰 작업실을 구할 때도 대충 구했다. 돌아다니면서 고르고 골라봐야 비슷비슷할 것이라고 생각했다.

처음 작업실을 구했을 때 몇 집 돌아보지 않았다. 집도 연(緣)이 있을 거라 생각했다. 내가 구한 곳은 지하에 있는 방 세 칸짜리 집이었다. 바닥에서 습기가 올라와 이전에 살던 사람이 이사나간 뒤로 아무도 들어오고 있지 않은 집이라 싸게 얻을 수 있었다. 무슨 용도로 구하느냐는 질문에 글 쓰는 작업실로 쓰려 한다고 했더니, 마침 주인아주머니가 학창시절 문학소녀여서 나를 꽤 마음에 들어 하셨다.

아주머니 입장에서도 나쁠 것이 없는 것이, 아무도 안 들어오는 바닥에서 물 새던 집에 들어오겠다는 용감무쌍한 아이를 마다할쏘냐. 집주인 아주머니도 좋고, 나는 그곳에서 꽤 잘 지냈다.

이런 선례로 나는 두 번째 작업실은 더 과감하게 구했다. 딱 두 집만 보고 하나를 정했다. 그리고 그 집에서 개고생을 했다. 그 집은 화장실에 세면대와 거울이 없었는데, 계약을 하고 나자 세면대와 거울을 해주지 않겠다고 버텼다. 결국 주인과 반반 부담을 하여 내 돈을 들여 세면대를 설치했고, 이사하고 3일 만에 물이 세서 고생을 했다.

2층임에도 한낮에 햇볕이 제대로 들지 않았고, 옆 건물과의 거리는 고작 30cm라서 옆 건물 아저씨의 담배 냄새, 그 집 아이들 떠드는 소리에 시달렸고, 옆집 총각은 슈퍼스타K라도 출전하는지 온종일 노래를 부르며, 때로는 드럼도 쳐댔다. 건너편 집 강아지는 주인이 출근하자마자 온종일 짖었다. 글을 쓰기 위한 작업실 환경으로는 최악이었다. 산동네라 조용하고 평화로울 줄 알았는데, 낮 시간에도 여간 시끄러운 것이 아니었다.

게다가 산동네다 보니 눈이 오고 나서는 길도 미끄러웠다. 내 오래된 고물차가 미끄러지는 통에 염화칼슘을 25kg나 구입했다.

여름이 되고 장마가 오자 천정에서 비가 새기 시작했다. 전등 속으로 물이 흥건히 들어갔다. 두 번째 작업실에 이사 온 이후, 6개월 내내 무엇 하나 편한 것이 없었다. 집도 다 연(緣)이 있다면서 아무 집이나 덥석 계약하면 개고생한다는 교훈을 얻었다.

사람들은 종종 "보는 순간 마음에 들어 더 고민할 필요 없이 결정했다"라고 말한다. 이건 나처럼 달랑 두 집 보고나서 둘 중에 하나를 고른다는 것이 아니었다. 보는 순간 딱 마음에 들 정도로 안목이 있으려면, 집도 많이 봐두고 시세 대비 평수나 시설에 대한 '감'이 있어야 한다. 집 구할 때 뭘 봐야 되는지도 좀 알아야 한다. 두 번째 작업실은 세면대도 없고 창문 하나 제대로 없는 집인데도 몰랐고, 거실에 수도 파이프가 밖으로 나와 있는 것으로 보아 수도에 문제가 있는 집이라는 것을 눈치 챌 수 있었는데도 몰랐다.

세 번째 작업실을 구할 때는 몸살이 나도록 돌아다녔다.

하루에 부동산을 다섯 군데씩 예약하여 둘러보았다. 그리고 정말 제대로 된 집을 구했다. 화장실이 아주 넓어서 욕조도 들어가고, 신혼집으로도 손색없을 만한 곳을 작업실로 구한 것이다. 이 집은 집주인 할아버지가 작은 아들의 신혼집으로 주기 위해 다 고쳐두었던 것이라고 한다.

그러나 도배는 다소 당황했다. 벽지 도배를 해주기로 했는데 와보니 정말 벽만 도배가 새로 되어 있었다! 천정 벽지도 매우 지저분한데 그대로였다. 바닥도 끔찍했다. 도배해 달라고 할 때, '도배'라고만 하지 말고 천정과 벽지를 새로 해달라고 해야 한다는 것을 배웠다. 또 한 가지, 문이 안쪽으로 열리면 사는 동안 매우 불편하다는 것도 알게 되었다. 역시 아는 만큼 잘 구할 수 있었다.

돌이켜 보면 결혼은 인륜대사(人倫大事)라 하면서, 정작 1~2년 있을 작업실 고를 때보다 무심했다. 남자를 만나보지도 않고, 그냥 한 명을 몇 년 사귀었고, 결혼할 나이가 되었으니,

"그냥 이걸로 하지 뭐"

하듯 결혼을 생각하고 있었던 것이다.

'인연(因緣)'이라는 말이 이런 손쉬운 결정에 힘을 실어주었다. 사람에게는 연분이 있으니, 이 시기에 사귀고 있고 이것이 다 정해진 연(緣)이 아니겠냐며 더 찾아볼 생각도 하지 않았다. 누구를 만나도 완벽한 사람은 없을 것이라며 지레 결론을 내렸다. 귀찮았던 것이다.

친구가 했던 말이 있다. 친구의 회사 직원(남자)들을 보면 보통 스

물여덟 정도에 입사해서 신입부터 1~2년은 일 배우고 적응하느라 정신없고, 3년차쯤 되어 회사생활도 적응하고 돈도 모이면 연애하고, 일 년 후인 서른두 살쯤 결혼하는 경우가 많다고 했다. 대부분 입사 전에 사귀던 여자와 헤어지고, 결혼할 시기쯤에 만나는 사람과 결혼한다는 것이다. 사랑해서 결혼하기보다, 그냥 결혼할 무렵 만나는 사람과 결혼한다고.

결혼은 사랑하는 사람과 하는 것이 아니라, 결혼할 시기에 만나고 있는 사람이라는 말이 현실적인 진리같이 들렸다. 듣고 보니 나도 별반 다르지 않았다.

구남친과 헤어지는 것이, 그 '사람'이어서 괴로웠던 것이 아니라, '내 나이 서른인데 지금 결혼하고 번듯한 직업이 있어도 모자랄 판에 사귀던 남자랑 헤어지는 꼬라지가 된다는 것'이 더 비참했던 것이다. 더욱이 서른을 몇 달 남기고 바람나서 헤어지다니 내 꼴이 얼마나 웃긴가.

이런 생각을 하고 있다는 것도 무서웠다. 원래는 "내가 얼마나 사랑했는데, 나를 떠나다니…. 흑흑" 하면서 울어야 맞는 것 아닐까.

만약, 내가 구남친이 아니라 다른 대체재 - 나를 좋아해주고, 기다리고 있던, 결혼할 만한 남자 - 가 있었다면, 정말 이 상황은 아무렇지 않았을지도 모른다.

나는 서른 살에 결혼해서 잘 사는 모습을 원했던 것이지, 그 사람이어야 되는 것이 아니었다. 이런 마음을 가지고 결혼을 했다 한들 내가 잘 살 수 있었을까. 구남친이 바람을 피운 덕분에 그와 내가 불행해지는 것을 막았는지도 모르겠다. 불행 중 다행이다.

바람피워서 화가 나는 진짜 이유

그 무렵 〈어깨 너머의 연인〉이라는 영화가 개봉했다. 〈어깨 너머의 연인〉은 서른두 살의 동갑내기 여자가 '바람'에 대해 이야기하는 영화다. 이미연은 회사 상사 유부남과 바람을 피우는 입장, 이태란은 남편이 바람을 피워 뒤통수를 맞는 입장이었다. 평소라면 안 보았을 장르이나, 남의 일 같지 않아 혼자 가서 보았다.

영화에서 바람피운 상대를 만날 때 화가 나는 이유로 '내가 저런 여자보다 어디가 부족하다고!'라는 점을 꼽는 대목에선 꽤나 공감이 되었다. 바람피운 상대가 나보다 못할수록 더 화가 난다는 것이다. 영화에서는 이태란의 남편이 회사 알바 여자아이와 바람이 났는데, 그 여자를 보며 "저런 풋내 나는 촌스런 계집애가 어디가 좋다고 바람이 난 거냐"며 분노를 한다. '고 과장'을 처음 보고는, "내가 대체 뚱땡이, 짜리몽땅 고 과장보다 어디가 못하다고!"라며 성을 내긴 했었다. 그러나 고 과장이 모든 면에서 나보다 우월한 여자였다고 내 마음이 편했을까? 그보다, 내 남자와 바람피운 여자 중에 마음을 드는 종류의 여자가 있기는 할까?

고 과장에게 화가 난 이유는, 그녀가 나보다 부족한 주제에 내 남자를 뺏어가서가 아니었다. 인정하고 싶지 않을 뿐, 그녀는 나보다 따뜻하고 상냥하고, 귀여웠다. 반면 나는 애교 없고, 남자를 치켜세워줄 줄도 모르고, 고집도 엄청 세다. 따뜻함, 귀여움, 이런 것은 나에게는 없는 단어다. 구남친이 얼마나 힘들었을지 알 만하다.

그녀와의 비교에서 내가 못나다는 생각 때문에 화가 난 것도 아니었다. 그녀가 나보다 낫고 못하고의 문제보다, 그녀로 인해 남 보기에 괜찮게, 우쭐대며 살아왔는데 그것을 망친 것이 더 화가 났다.

나는 근사한 그림을 원했고, 구남친도 그랬다. 우리는 남 보기에 근사한, 부러운 커플이 되는 것에 온 신경이 집중돼 있었다. 남이 부러워해줘야 하기 때문에 우리는 둘이 노는 것보다 남들과 어울리는 것을 꽤나 좋아했다. 남들이 "너희 커플 정말 괜찮다. 미정이 너 같은 여자친구 사귀어야 되는데. 진짜 부럽다"라는 말을 하면 그것으로 대만족이었다. 설령 모임에서 무척 힘들고 불편했더라도, 남 보기에 좋았고, 부러움을 샀으니까.

남 보기에 부러운 커플이 되기 위해, 구남친은 나에게 특훈을 시켰다. 모임이 끝나고 나를 데려다 줄 때면, 차 문을 닫는 순간부터 구남친의 잔소리가 시작되었다.

"너 아까 그 형에게 말하는 거 들으니 정말 속물 같더라. 그렇게 말하면 남들이 너를 어떻게 보겠어?"

"너 아까 그 애한테 대할 때, 실수했어. 그 상황에서는 이렇게 했어야지. 남들이 어떻게 생각하겠니?"

나는 모임이 끝나고 남친 차에 올라타는 순간이 두려웠다. 모임에서의 나의 모든 행동을 리뷰할 테니까. 그러나 '남'의 시선이 엄청 중요했기 때문에 기분이 나빠도 그 말들을 듣고 있었다. 남친이 아니면 또 누가 나에게 그런 말들을 해주겠는가. 시간이 흐르자, 잔소리도 줄어들었다. 대신 우리는 다른 주제로 열을 올렸다. 사람들과 헤어진 순간부터 다른 커플의 흠결을 흉보는 것이었다.

"아까 그 커플 하는 짓 봤어? 남들 같이 있는데 그게 무슨 짓이야?"

"그러게. 여자가 남들 앞에서 그렇게 바가지 긁으니까 둘 다 없어 보이더라. 할 얘기 있으면 둘이 따로 하든지."

"맞아. 남들 앞에서 그건 진짜 아니지. 그래서 사람들이 우리 커플을 진짜 부러워하지."

대화는 남과 비교하여 우리가 우월하다는 결론으로 끝이 났다.

남친이 술자리에서 연락이 안 되면 속이 썩어 들어가는데도 전화하지 않았다. 나는 남자들 술 마신다는데 계속 전화하는 여자가 아니라 그쯤은 이해해주는 멋진 여자니까. 어쨌거나 그런 여자로 보여야 하니까.

나도 닭살 돋는 연애를 하고 싶었지만 그러지 않았다. 남들 앞에서 애정행각을 벌이면 남들이 부러워하는 멋진 커플이 되지 못하니까.

우리 커플은 안 그래서 남들로부터 멋지다는 이야기를 들으니까.

이딴 게 다 무슨 소용이라고. 그땐 그랬다.

남이 보기에 좋은 것, 남이 보기에 부러운 것, 남이 탐낼 만한 것이 너무나 중요했다. 남이 부러워해주는 것에 우월함을 느끼면서 은근슬쩍 다른 이들을 깔보며 흡족해했다. 이쯤이면 정신병인지도 모른다. 그러나 그땐 몰랐다. 그것이 바람직한 일이라고 생각했다. 함께 사는 사회인데 어떻게 나 좋은 일만 하고 살겠는가. 남과 잘 어울려 살고 남 보기에 좋은 훌륭한 커플이 되는 것이 옳다 생각했다. 나라는 사람의 정체성보다는 남들의 평가에 따라 나를 만들어갔다.

남친과의 관계도 그랬다. 남친이 원하는 것에 최대한 맞춰주려고 애를 썼다. 나는 키가 크고 마른 도시여자 스타일이라 귀여운 옷들이 어울리지 않는다. 그러나 남친이 귀여운 스타일을 좋아해서 옷 스타일을 바꾸려 애를 썼다. 어울리지도 않게 원피스에 앙증맞은 볼레로를 걸쳐 입고, 내가 좋아하는 도회적인 뾰족구두가 아닌 도로시가 신는 것 같은 동그란 코에 리본도 달려있는 구두를 신었다. 옷차림, 성격, 어느 것 하나 내가 아니었다. 그래도 남친이 좋아하면 괜찮다 생각했다.

'나'는 사라진 채로 남 보기에 좋게 살다 보니 연일 스트레스였다. 힘이 들었다. 외로웠다. 이 세상 누구 하나 나를 이해해주지 못하는 것 같았다. 나를 온전히 있는 그대로 이해해주는 사람을 만나고 싶었다. 다른 사람으로 사는 스트레스는 순간순간 폭발했다.

"나도 이해받고 싶어. 나도 온전히 나를 이해하고 받아주는 오빠 만나고 싶어."

같은 소리를 내뱉었다. 가슴 깊이 억눌려있던 말이 투박하게 튀어나온 것이다. 나 스스로도 무슨 말을 하는지 모르면서 내뱉은 말이기는 하지만, 그 속에는 정말 나를 있는 그대로 사랑해주고 이해해주는 사람을 만나고 싶다는 욕구가 숨어 있었다.

그러나 속마음과 달리 투박하게 튀어나간 말은 오해를 불렀다. '이해'가 아니라 '오빠'로 초점이 빗나가버린 것이다.

"오빠 만나면 너를 다 이해해 줄 것 같아?"

라며 동갑내기 구남친이 썩소를 날렸다. 기분이 나빠서 그렇지 틀린 말은 아니었다. 그러나 싸우고 있는 상황에서 물러서기도 싫어 고집을 부렸다.

"나도 나를 이해해 주는 사람 만나서 사랑받고 싶다고!"

라며 소리를 지르고 울어버렸다. 울어버리면, 일장연설이 시작되었다.

"너는 이게 문제야. 처음에 말하고자 했던 것과 다른 것으로 그냥 화를 내버리잖아. 네가 원하는 게 정확히 뭐야? 뭔지 말을 해야 알 것 아니야. 그리고 너는 틀리면 그냥 인정을 하면 되는데 꼭 고집부리더라. 지금도 네가 틀렸으면 틀렸다고 하면 끝나는 거잖아."

가르치려고 드는 그 태도에 또 화가 나서, 고집을 부리고, 내가 한 마디 하면 열 마디씩 하는 통에 화병이 날 것 같아 대성통곡을 하고 끝이 나곤 했다.

나를 있는 그대로 이해해 주는 사람.
나를 있는 그대로 사랑해 주는 사람.

그 당시 나의 소망이었다.
그러나 그때 나는 '나'로 살아간 것이 아니라 '남 보기에 좋은' 사람으로 살고 있었는데, 다른 사람이 나를 있는 그대로 사랑한다는 것이 가능했을까? '있는 그대로의 나라는 것'이 있기는 했던 걸까?

헤어날 수 없는 이유

〈범죄의 재구성〉 마지막 장면에 '사기는 욕심 때문에 당한다'는 이야기가 나온다. 사람의 욕심을 공략하면 사기 치지 못할 상대가 없다는 것이다. 마지막 에피소드로 박신양과 염정아는 다이아몬드 판매상에게 사기를 친다. 그에게 접근해 고대 동문이라며 아는 척을 하고, 병원으로 다이아몬드 반지를 가져와 달라고 한 뒤 바로 현금 결제를 하겠다고 유혹하며 병원장인 아버지께 한 번 보여드리고 내려오겠다고 한 뒤 그 길로 반지를 들고 줄행랑을 친다.

그 사람이 학교 동문이라고 하는 허울에 혹하지 않았거나, 당장 현금을 받으며 팔 욕심에 눈이 어두워지지 않았다면 수억 원짜리 반지를 덜컥 맡겼을까?

가까운 사이에서도 사기를 당하는 것을 보았다. 일하던 학원 원장님이 학원을 내놓았다. 몇 달을 아무도 연락이 없었는데, 어느 날 어떤 사람이 연락이 와서 "평소 그 학원 자리를 눈여겨 보고 있었어요. 내놓으신 것 보고 바로 연락 드렸어요. 권리금 2,000만 원 드릴 테니 저에게 넘기세요"라고 했다. 사실 원장님은 권리금 같은 것은 생각도 안 하고 있던 상황이었다. 권리금이란 세입자가 온전히 챙겨서 나갈 수 있는 그야말로 공돈 아닌가! 원장님은 당연히 혹했다.

그리고 자신이 꼭 계약할 테니 다른 사람에게 넘기지 말라며 서두르던 그 사람은 다음날 저녁 찾아오겠다고 말했다. 5시 무렵 찾아와 계약을 하자고 했는데, 30분이 넘도록 길을 헤매며 위치를 물어보는 전화가 왔다. 계속 설명을 해줘도 헤맸다. 오늘 계약을 하려고 했는데 자꾸 길을 헤매서 늦어지니 계약서류를 준비해 달라고 부탁했다. 여러 가지 서류를 불러주며 이것들을 법원에서 떼어서 구비해 놓고 있으면 가서 권리금과 계약금을 주고 계약을 마무리하겠다고 했다.

갑자기 법원에 가서 서류를 급히 떼 오라고 하니 당황스러웠다. 법원까지 가는 데만도 6시가 지날 판이었다. 난색을 표하자, 그러면 50만 원을 보내면 자신이 그 서류들을 준비해서 가겠다고 이야기를 했다. 갑자기 30분 내로 그런 서류들을 대신 준비해 줄 사람도 없고, 오늘 계약을 마무리지으면 권리금 2,000만 원이 손에 들어오는 상황이니, 원장은 바로 50만 원을 그 사람의 계좌로 입금했다. 그리고, 그 사람의 핸드폰은 꺼졌다.

제3자 입장에서 보면 "딱 봐도 사기네!"라고 할 수 있다. 그러나 당사자 입장이 되면 그런 것이 하나도 안 보인다. 이미 2,000만 원의 생각지도 못한 권리금에 눈이 멀어 다른 생각이 들지 않는다. 더욱이 두 달간 아무에게도 연락이 없던 상황에서 그런 연락을 받았다면? 어떻게든 계약을 성사시켜 학원도 빼고, 권리금도 받고 싶은 것이 당연한 일 아니겠는가.

나도 똑같았다.

지금 와서 스물아홉의 나를 관객 입장으로 보자면 한심하기 짝이 없다.

누군가 나에게 "남친이 바람을 피웠고요, 돈은 제가 벌어서 데이트 비용으로 같이 썼고요. 그래서 빚도 있고요. 너무 스트레스가 심해요"라고 이야기했다면, 나는 대뜸 "헤어져요! 행복하자고 연애하는 것이지 고통 받자고 연애하는 것이 아니잖아요. 둘 다 불행해지는 건 연애가 아니에요"라고 했을 것이다.

그러나 중이 제 머리 못 깎는다. 힘들어도 왜 그리 버티고 있었을까. 물론 내 이야기는 다분히 내 입장에 편향된 주관적 기술이다. 구남친은 사실과 다르다며 성을 낼 수도 있다. 그러나 중요한 점은 객관적 사실이 아니라, 내가 억울하고 힘들다고 느끼고 있었다는 것이다. 이렇게 느끼고 있었다면, 나는 일찍 그만두었어야 한다.

스물아홉에 결혼 좀 못하면 어떻고, 연애하느라 돈 좀 썼으면 어떻다고, 욕심에 눈이 멀었다. 이렇게 연애하는 사람보고 멍청하다며 엄청 손가락질 했는데. 그게 바로 나였다. 너무 한심해서 뭐라 할 말이 없을 지경이다.

나는 한게임 신맞고를 좋아한다. 이 작은 게임 속에도 세상사가 녹아들어 있다.

한게임 시스템의 재미난 점 하나는 자신이 가진 돈 이상을 따지 못하는 것이다. 내가 영웅이라 600만 원을 가지고 있고, 상대방은 하수로 13만 원이 있었다. 그가 5고에 미션까지 성공해서 100만 원을 한 방에 땄으나, 그가 가져갈 수 있는 것은 달랑 13만 원이었다. 자신이 가진 돈이 그게 다였기 때문이다. 부익부빈익빈은 게임에도 있다.

또한 사람의 심리도 보인다. 전망이론이 그대로 - 정말 카너먼과 트버스키는 대단하다! - 적용된다. 사람들은 잃었을 때 그 손해에 민감하게 반응하면서, 잃을수록 냉정한 판단을 내리지 못한다.

신맞고 게임을 하는데, 첫판에 50만 원을 잃었다. 이런. 세상에나.

연이어 상대는 내 돈을 긁어가기 시작했다. 뒷패도 어지간히 안 붙고, 속이 타기 시작했다. 우연히 내가 쌍피나 보너스피라도 들고 있으면 얄밉게 쏙쏙 빼어갔다. 금세 나는 100만 원을 잃었다. 상대가 나보다 승률이 좋고 패가 잘 붙으면, 포기하고 방을 나와서 다른 사람과 쳐야 한다. 그러나 잃었기 때문에 절대 그 방을 나가지 않는다. 상대에게 잃으면서 약 오르고 짜증난 만큼 한 방 시원하게 갚아줄 때까지 늘러 붙어 있는 것이다. 그러나 이런 내 마음을 모르는 채, 상대는 딸만큼 땄다 싶으면 나에게 복수할 기회도 주지 않고 방을 나가버린다.

연애 관계도 똑같다. 투입을 많이 한 사람은 자신이 들인 것이 아까워 떠나지를 못한다. 그러나 받기만 한 쪽은 챙길 만큼 챙겼기 때문에 언제든 보따리 가볍게 떠날 수 있다. 상대에게 받은 것을 뒤늦게 돌려주는 것으로 간편하게 정산을 끝내려 든다. 칼같이 따지고 들자면, 그 물건은 이미 중고이며, 그 물건 가격을 지불하기 위해 포기한 기회비용, 그 물건에 담긴 마음의 가치 등은 쏙 빠진 채, 받았던 것만 돌려주고 끝이라 한다.

주었던 사람만 약이 오른다. 약이 올라서 그 동안 쓴 돈의 절반을 돌려달라고 하면 찌질이 진상이 된다. 자기가 좋아서 해줘 놓고는 딴 소리 한다며 욕먹기 딱 좋다.

뒷패 고스톱 용어로 자신의 패가 아닌 공동의 패를 일러 맞추어 가져오는 패들을 말함. 뒤패, 뒷배의 다른 말.

연애할 때, '내가 이만큼 해줬으니 나도 좀 받아야 겠다' 생각하면, 회수(回收)를 위해 꽃다운 청춘의 시간을 더 들여야 한다. 그러나 돈도 돈이지만, 한창 예쁘고 좋을 나이를 그 사람에게 들인 것이 아까워 다들 떠나지 못한다.

연애할 때는 희생하지 말고 베풀어야 한다.

희생은 상대로 인해 내가 손해를 봤다는 억울함이 내포되어 있다. 내가 이 정도로 희생을 했으니, 상대방도 양보를 해 주길 바라게 된다. 그러나 베풂은 다르다. 내가 해줄 수 있으니 한 것이다. 누구나 봉사활동을 하고 상대에게 다시 그만큼 되돌려 받으려고 들지 않는다.

베푼 자는 억울함이 없다. 그러나 연인을 위해 희생을 하면 억울하고, 언제고 한 번쯤은 그러한 억울함을 풀고, 나도 한 번쯤 받고 싶어진다. 욕심 때문에, 본전 생각하다가, 망한다.

취집 로또

구남친이 사업하고, 결혼한 뒤 나는 집에 있고, 나 좋아하는 그림 그리고, 남자가 벌어오는 돈으로 살고 싶었다. 아주 주체적인 '독립여성'처럼 굴었지만 속내는 그랬다. 다 날로 먹고 싶었다. 아, 내가 뭔가 해볼 생각도 있었다. 사업자금을 넉넉히 내어주시면 학원을 하나 차리고 싶었다. 내가 벌어서 자립하겠다는 것은 아니고, 구남친 어머니나 우리 집에서 도와주시면.

더럽게 철이 없었다. 어른들에게 돈을 받아서 서른 살에 사장님, 원장님 소리나 듣고 싶었던 것이다. 결국 이게 '취집'과 무에가 다른가.

취집, 꿈도 꾸지 말라면서 경고를 해 준 여자 선배들이 많았다.

돌이켜보면 연륜이 담긴 조언이었는데, 내가 구남친과 헤어지기 직전까지 나는 그들의 충고를 귓등으로 흘려들었다. 남편 복 없는 박복한 여자들의 시기 질투 같은 것이라 여겼다.

가장 먼저 나에게 취집 생각하지 말라고 말해주었던 것은 알바하던 전통 찻집 사장님이었다. 그녀는 카페와 레스토랑을 3개나 가진 잘 나가는 여사장님이었다. 남편도 중소기업 사장이다. 그럼에도 불구하고 그녀는 입버릇처럼 '남편 밥 얻어먹고 사는 거 아니야. 얼마나 치사한데'라는 소리를 했다. 자기 스스로 굴릴 수 있는 돈이 있어야 남편에게도 당당할 수 있다고 했다. 무슨 말인지 잘 와 닿지도 않고, 팔자 좋은 사모님의 배부른 소리 같았다.

다음으로 취집 생각하지 말라 했던 사람은 학원원장님이었다. 그녀도 똑같은 이야기를 했다. 결혼을 하더라도 내 주머니는 있어야 든든하다 했다. 남편 뒤통수를 치라는 것이 아니라 남편에게 의존하지 말라 했다. 그러나 나는 여자이면서도 내심 그녀들이 팔자가 세다 생각했다. 그녀들이 일을 하고 있기 때문에 그렇게 얘기한다고 생각했다. 나는 '강남 사모님'으로 대변되는 팔자 좋은 사모님으로 잘 살 수 있을 것 같았다. 남편 잘 만나서 문화센터나 다니고 피부관리 받고 운동하는, 그런 여자 말이다.

그런 언니를 몇 만났다. 그러나 그녀들이 내뱉은 말은 무서웠다. "경제력만큼 발언권이 있다"는 것이었다.

남편이 월급 1억이 넘는 부자인데도, 정작 자기가 마음대로 할 수 있는 것은 없다고 한다. 모든 것을 남편 돈으로 누리는 것이기 때문에 남편의 입속 혀처럼 남편 기분을 맞추어야 하고, 남편의 발언권이 절대적일 뿐 그녀의 의견 따위는 거의 없는 것이나 마찬가지라 한다. 애교를 부리고 남편을 꾈 수는 있지만, 당당하게 자기 의견을 말할 수 있는 독립적 인간으로 대접받을 수가 없다는 것이다. 그나마 친정집이 부자인 언니는 남편이 어려울 때 친정에서 돈을 끌어오는 등의 기여를 함으로서 입지를 얻을 수 있었지만, 이도 저도 아닌 여자들은 남편 마음이 변할까 전전긍긍하게 된다고 한다. 남편이 언제고 다른 여자를 만나 자신을 버릴까봐 불안하다고 했다. 그래서 피부관리와 몸매관리에 더 열중하는 것이라 했다.

인생의 지혜가 담긴 조언이었는데, 철없던 나는 그 말을 알아듣지 못했다. 만약 남자가 돈만 잘 벌어온다면, 나는 더 잘할 수 있을 것 같았다. 철이 없었다.

취집에 대한 헛된 꿈은 미디어의 영향도 크다. 걸핏하면 '시집가서 팔자 바꾼 여자 연예인' 이야기가 나오니까.

얼마 전에도 심혜진씨는 결혼을 해서 3,000평 대저택의 사모님이 되었으며, 그녀의 남편과 집안은 대재벌이며, 그녀의 남편은 그녀를 너무나 사랑해서 "찜질방에 가고 싶다" 하면 다음날 찜질방을 지어 주는 애처가라 했다. 염정아씨의 남편은 의사인데, 염정아씨의 열렬한 팬이어서 염정아와 결혼하는 것이 꿈이었다고 한다. 의사라 돈도 잘 버는 데다가 잘생기기까지 했다. 그리고 그녀가 연예계 활동을 하는 것도 적극적으로 지지해 준다고 했다. 전지현은 남편도 잘생긴 금융인인 데다가 시어머니는 유명한 한복디자이너이고, 전지현이 자신의 며느리가 되었다는 사실을 신기하게 여긴다고 한다. "전지현이 내 며느리야!"라며 며느리를 끔직히 아낀다고 했다. 시댁도 빵빵한 집이라고.

멍청히 TV 앞에 앉아서 시집 잘 간 여자 연예인들 이야기를 보고 있노라면, 부러워진다. 저 여자들은 무슨 복이 저리 많을까. 어떻게 저렇게 돈 많고 부인만 사랑하는 남자를 만났을까. 단순한 부러움은 이내 한 가지 결론에 이르게 된다.

'역시 여자는 예뻐야 돼.'

주위에서 봐도, 공부 잘하고 못생긴 여자 동창은 지금 커리어우먼으로 치열하고 힘들게 사는데, 공부 못하고 머리도 좀 비었지만 예뻤던 아이는 시집 잘 가서 평안하게 사는 것같이 느껴졌다.

'그래! 예쁘면 된다. 살을 빼자'에서 '살만 빼서 안 되니 얼굴을 고치자'는 식으로 생각이 발전된다.

엉뚱한 생각의 전개는 꼭 시집 잘 간 여자들 때문만은 아니다. 첫발 디뎌 사회생활을 할 때 예쁜 여자가 얼마나 유리한지 두 눈으로 똑똑히 본 탓이 크다. 순진무구하게 실력으로 인정받고 못나도 싹싹하면 괜찮을 것이라 생각했던 때가 있다. 그러나 외모는 취업부터 사회생활 전반에 큰 영향을 미쳤다.

외모가 별반 상관없는 회사인데 정장을 쭉 빼입고 와서 앉아있는 여자들이 있었다. 불편하게 폭 좁은 H라인 스커트에 숨쉬기 힘들어 보이는 타이트하게 가슴이 강조된 블라우스를 입고 앉아서 일하는 것을 보면 참 힘들어 보였다. '저런 옷을 입고 어떻게 일하나' 싶었다. 하지만 그런 불편한 복장을 감수할 만한 효과는 있었다. 그녀들에게는 일 자체가 덜 가고, 맡게 되는 일의 종류가 달랐다.

귀한 손님이 오거나 회사의 얼굴마담처럼 옆에서 웃고 있어야 하는 상황이면 당연히 옷을 차려 입은 직원을 내보낸다. 정수기 물을 교체해야 하거나, 먼지를 뒤집어쓰고 창고 정리를 해야 하거나 뭔가 지저분한 일을 시켜야 될 때는, 옷 버릴까 미안하니 아무래도 후줄근한 차림의 여자에게 시키게 된다.

설령 실제로 타고난 이목구비는 후줄근한 차림의 여자가 더 예쁠 수도 있다. 그러나 잘 갖추고 예쁘게 꾸미고 있는 여자에게 알게 모르게 가는 혜택들은 무시하기 어렵다.

직접 실험을 해 봐도 알 수 있다. 내가 티셔츠에 반바지를 입고 출근한 날과 메이크업도 하고 여성스럽고 예쁜 원피스를 차려입고 출근한 날 받는 대접은 꽤 다르다. 자신도 모르게 친절함이 솟아나는 모양이다.

남친도 마찬가지다. 화장기 없는 얼굴로 '똥 머리'를 하고 나타나 보라. 인격적으로 훌륭한 남친은 딱히 뭐라 하지는 않지만 호의와 관심도 없다. 그러나 조금 짧은 치마, 묘하게 매력적인 옷차림, 화장 조금 더, 머리 조금 더 하고 나타나면 마치 새로운 대상이라도 보는 듯 '관심'을 가지고, 자기도 모르게 슬며시 미소를 짓는다.

결론은 예뻐야 한다. 어째서 모든 이야기의 기승전, 그리고 그 '결'은 '미모'일까.

예뻐져서 돈 많은 남자 만나기. 이 철딱서니 없는 생각은 왜 잊을만하면 다시 떠오를까? 혹시 우리나라 여자들의 몹쓸 사고구조인가? 그건 아니라고 한다. 중국 속담에도 '남재여모(男財女貌)'가 있다. 남자는 돈, 여자는 미모란 뜻이다. 중국 여자들 사이에서는 '가난한 남자의 자전거 뒤에서 웃는 것보다 BMW 뒷좌석에서 우는 편이 낫다'라는 말이 돌기도 했다고 한다. 중국도 여자가 성공할 수 있는 방법 중 가장 쉽고 가능성이 큰 것이 결혼이라고 생각하는 모양이다.

이제 우리나라에서는 개천에서 용 나기 힘들다고 한다.

개천에서 난 용이 될 수 있는 대표 직업이었던 판검사, 의사가 되어도 이제는 팔자 펴기 힘들단다. 사람들이 무심히 보아서일 뿐, 과장을 보태자면 치과의 수가 편의점 수만큼 많다고 한다. 의사선생님이 되어 개인병원만 차리면 부자가 될 것 같던 시절은 이미 옛말이고, 의사

선생님들도 무한경쟁시대에 돌입했다는 이야기이다.

그나마 남아 있는 통로는 연예인이다. 용모가 좋고 끼만 있으면, 대박을 칠 수 있는 직업이기 때문이다. 걸핏하면 TV에서 '어느 연예인이 CF 하나 찍고 10억을 벌었네', '어느 연예인은 부모님 집을 새로 사드렸네', '연예인들 차가 벤츠, BMW, 벤틀리라네' 하는 이야기가 나오다 보니, 연예인만 하면 사람들의 관심과 사랑을 받으면서 돈도 많이 벌 수 있을 것 같다.

그러나 매스미디어는 이제 연예인도 스펙시대라는 것을 은연중에 암시한다. 과거 매스미디어에 소개되는 이들이 어려운 환경을 딛고 일어나 성공한 잡초 같은 사람들이었다면, 이제는 궁상맞은 진흙탕 속의 연꽃보다 애초에 온실에서 자라난 고귀한 분재를 더 선호한다. 최근 스타에 대한 소개글을 보면, '알고 보니 엄친아, 엄친딸'이라며 치켜세운다.

강동원이 데뷔한 지 꽤 오래되었다. 초반에 그는 그냥 강동원이었다. 그러나 이런 시대에 맞물려 어느 순간, 강동원에게는 '모 대기업 조선소 부사장의 아들'이라는 꼬리표가 따라붙었다. 슈퍼주니어는 대단한 아이돌 그룹이다. 초반 그들은 재능으로 주목을 받았고, 어느 순간 멤버 시원은 아버지가 보령메디앙스 이사라며 재벌 2세로도 주목

엄친아, 엄친딸 '엄마 친구 아들', '엄마 친구 딸'의 줄임말. 많은 어머니들이 자식에게 잔소리를 할 때, '엄마 친구 아들은 공부도 잘하고 착하고, 엄마 말도 잘 듣고…' 등의 말씀을 하시는 것에서 유래된 단어로, 최근에는 집안도 좋고 학력도 좋고 모든 것을 다 갖춘 사람을 이르는 단어로 사용된다.

을 받고 있다. 이서진은 "아프냐 나도 아프다" 못지않게 집안 이야기도 빠지지 않는다. '꽃보다 할배'의 이서진을 보면서 시청자들의 입에선 '역시 잘 배운 집 아들은 다르다'는 감탄이 나온다.

대기업 임원 자제들이 연예활동을 하는 것은 직업 귀천을 가리지 않는 멋진 일일 수도 있다. 그러나 조금 틀어서 보면, 이제는 입이 쩍 벌어질 배경이 없으면 성공하기 힘들어졌다는 이야기도 된다. 이제 대중은 어려운 환경에서 인형 눈알 붙이면서 독학하여 하버드에 간 눈물콧물 나오는 이야기에는 눈살을 찌푸리고, 일반 사람들은 범접하기 힘든 패리스 힐튼 같은 이들의 삶을 엿보는 것에 더 흥미를 가진다.

한동안 좋은 아이디어를 가진 이들이 벤처 신화를 써내기도 했으나, 그 역시 어느 순간 재벌 3세들의 장으로 변하고 있다. 아이디어가 있어도 자본이 없으면 성공하기 힘든 탓이다.

낙담하고 싶지는 않지만, 이런 상황에서 출세하는 가장 쉬운 길이 부자 남편을 만나는 것이다. 다시 태어나지 않는 한 '집안'을 바꿀 수는 없으니, 부자 남자를 찾는 편이 그나마 가능성도 커 보이지 않는가.

헌데 이 모든 것은 그저 희박한 가능성만으로 희망이 되는 로또 같은 것이다. '돈 많은 남자 만나서…'라는 철부지 같은 소리는 '로또 되면…'과 같은 말이다.

힘든 날, 솟아날 구멍도 없을 것 같은 날, 로또 한 장을 구입하면 '혹시 볕이 들지 않을까' 하는 기대에 견딜힘이 생긴다. 이처럼 퍽퍽한 일상에서 세상 살기 힘든 노처녀 - 본인은 아니라고 우기겠지만 - 가 희망을 가지는 작은 상상이다.

다행히 이 상상은 혼자 북 치고 장구 치며 끝이 나곤 한다. '돈 많은 남자 만나 사모님 행세하며 살고 싶다'고 하면서도, 만나본 적은 없지만 취집에 성공한 이들도 힘들 거라며 자위한다. 아무것도 확인된 것 없는 '카더라 통신'을 전하며, 재벌가 며느리도 아무나 하는 것 아니라고, 무척 스트레스 받는 일일 것이라고 이야기한다.

"모 연예인의 경우, 재벌가에 시집을 가자, 집안 식구들 모임에서 영어로 대화를 하며 왕따를 시켰다고 하더라. 천한 연예인 하나가 굴러들어왔다고 무시했다더라. 우리한테나 연예인이 대단한 거지 재벌들이 보기에는 아니라더라."

"친구 하나는 준재벌가에 시집갔는데도 시어머니가 해오라는 혼수가 몇 억 원어치여서 아버지가 빚내고 등허리가 휘었다더라. 그렇게까지 해가면서 시집을 가야 하나?"

"돈 많은 남자들은 언제고 여자 아파트 하나 사주면서 첩으로 둘 수 있어서 그렇게 바람을 많이 피운다더라."

사실 무근 - 누구도 확인한 적 없는 정보 - 이지만, 순간 마음은 위로가 된다.

"그렇게 살 거면 재벌가가 무슨 소용이야. 그냥 나 좋다는 남자 만나

소박하게 살면 되지."

"로또 사서 1등 되면, 되레 불행해 진다며?"처럼, 남자 잘 만나도 자기 수준에 안 맞는 집으로 시집가면 불행해진다고 생각해야 배도 안 아프고 마음이 편하다.

이렇게 결론을 내놓고도, '그래도 로또 한 번 되어 봤음 좋겠다, 나는 잘 관리할 수 있는데…'처럼, 그래도 이왕이면 경제적으로 어렵지 않은 남자, 기왕이면 여유로운 남자 만나 결혼해서라도 편히 살고 싶다는 로망을 꿈꾸는 것 아닐까.

답답한 일상에서 꿈을 꾸는 뻘소리를 해가며, 이렇게 스물아홉 12월이 가고 있었다. 결혼에 대한 이야기가 끊이지 않았던 것은 청첩장이 끊이지 않아서였다. 서른 살을 넘기지 않고 결혼을 하려고, 12월에도 청첩장이 밀려들었고, 해를 넘기고도 음력 설날이 되기 전에 결혼하는 친구들의 청첩장이 줄을 이었다.

서른 살, 마감기한이 임박한 사람처럼 서둘러 결혼하는 친구, 결혼하고 싶었으나 제 뜻대로 안 된 나 같은 친구, 결혼하자는 남자가 있어도 결혼 생각이 없는 친구들이 끊임없이 결혼 생각을 하는 분수령 같은 때였다.

/ 02 /

어른아이,
서른

* * * *

서른 살 아침이 되면, 하늘이 무너질 것 같았다. 기분이.

그러나 의외로 그냥 딱 서른이 되었다고 생각하니 담담했다. 오히려 홀가분했다. 마감 기한이 지나버리니 그냥 내려놓게 되는 기분이었다. '어차피 서른까지 못 한 거 이제 마흔까지'라고 생각하니 마감 기한이 10년은 더 생긴 기분이라 오랜만에 가벼워졌다.

어차피 서른이 넘어버렸으니, 여자 나이 스물예닐곱에 결혼하고 서른둘이면 아이 둘 정도 있고, 직장에서도 어느 정도 자리에 올라간다는 트랙에서 튕겨져 나와 버렸다. 내 의지는 아니었지만, 헉헉대며 남들 뒤꽁무니를 따라 돌다가 드디어 잔디에 나와 쉬는 기분이었다. 어쩌자고 그렇게 트랙을 따라 도느라 진을 뺐을까. 내 페이스대로 뛰거나 걸을 수도 있었는데.

주사 맞기 전에 겁이 났다가 막상 맞고 나면 별 것 아니었다는 것을 알게 되듯, 서른이 되어보니 별 것 아니었다. 서른을 상상하는 때가 더 힘들었던 것이다.

서른 살을 향해 달리던 경기가 끝이 나자, 한숨 돌리며 드디어 사람들을 찾게 되었다. 친구들은 서른 살에도 중고등학교, 대학교 시절과 하나 변한 것이 없는 것 같았다. 그리고 같은 나이를 살아가는 공감대를 나누는 일은 유쾌했다.

어느덧 서른 살의 친구들끼리 이야기를 나눌 때, 웬만한 질문의 답은 10년이 넘기 시작한 것이다. 고등학교 친구들 모임에서 "어머 우리 벌써 만난 지 14년이나 됐니?"라며 까르르 웃고, 초등학교 친구와는 더 했다. 10살 때 만난 내 절친과는 20년이나 된 것이다.

특히 의기투합하게 된 것은 '호칭'에 관한 공감대였다. 마트에 갔을 때였다. 타월지 트레이닝복을 차려입고 마트 장바구니를 한쪽 팔에 건 채 쇼핑을 하고 있었다. 무심하게 간 듯했지만, 신경 쓰지 않았음에도 패션 센스 있어 보이도록 엄청나게 신경을 쓴 차림이었다. 레몬색 트레이닝 복에 레몬색과 스카이 블루색이 섞여있는 모자, 이런 경쾌한 색을 차분하게 받아주는 짙은 남색에 형광연두색으로 파이핑 된 반바지를 입고, 상큼한 핑크색 아이다스 조리를 신었다. 마트에 적절한 차림이되 충분히 세련되어 보이는 것 같았다. 흡족했다.

내가 고른 옷도 마음에 들었고, 서른 살의 여유롭게 장 보는 여자의 콘셉트도 마음에 들어 한가로이 마트를 두리번거리고 있었다. 마침 생선 코너에서는 할인 행사가 진행 중이었다.

"오늘 새우랑 갈치가 물이 좋아요. 어머니, 그냥 가지 마시고 한번 보고 가세요."

라며 손님들을 부르고 있었다. 으레 반찬코너에서 하는 멘트이니 대수롭지 않게 여기며 지났다.

"어머니-이! 그냥 가지 마시고 한번 보고 가세요. 오늘 저녁 반찬 준비하세요."

'거참 호객행위 한번 요란스럽게 하네' 싶어 주위를 두리번거리는데, 생선 코너 앞에 사람이라고는 나밖에 없었다.

'설마. 설마….'

지금 나에게 '아줌마'도 아니고, '어머니'라고 한 건가. 오늘따라 그냥 트레이닝복도 아니고, 엄청 신경 써서 스물다섯처럼 꾸미고 나온 나에게?

아닐 거라 생각하며 외면했다. 그러나 생선 코너 아저씨의 목소리는 점점 애절해졌다.

"어머니-이-이! 어머니-이!"

다시 한 번 주위를 두리번거렸다. 장을 보러 나온 아주머니는 눈에 띄지 않았다. 불안감이 엄습하는 순간 생선 코너 아저씨와 눈이 마주쳤다. 아저씨는 눈웃음을 지었다. 젠장. 날 부른 거였다. 그 순간 분노했다.

'내가 어디를 봐서 어머니야! 이 아저씨는 눈이 장식용인가. 딱 봐도 스물셋, 넷 아가씨 같구만. 나보고 저녁 반찬 준비하는 어머니라고 한 거야?'

다시는 이 생선코너를 안 가리라고 다짐했다. 집어 들었던 해물팩을 내동댕이치듯 내려놓았다. 서른쯤이면 '아줌마' 소리에 예민해진다고는 들었으나, 아줌마 말고도 순식간에 기분 잡치게 하는 불편한 단어들은 곳곳에서 튀어 나왔다.

"결혼 안 하셨죠?"

이런 질문도 불쾌했다. 보통 어린 여자에게는 "남친 있어요?"라고 묻지 "결혼 안하셨냐"고 묻지 않는다. 한눈에도 내가 서른처럼 보인다는 뜻이다. 서른이지만 서른처럼 보인다는 것이 못 견디게 불쾌했다. 이제는 예뻐 보인다는 것보다 '그 나이로 안 보인다', '어려 보인다'라는 말이 더 기분이 좋았다.

"서른인데…"라고 했을 때, 상대방이 눈이 동그래지며 화들짝 놀라서 절대 그 나이로 안 보인다며 경악이라도 하는 시늉을 하면 몹시 신이 났다. 이 자체가 나이 들었다는 반증이다. 어릴 때는 당연히 어리니까 어리다는 말이 칭찬이 될 수 없었다. 그러나 서른 살이 되고 안 어리니까 어려보인다고 하면 속없이 좋아하고 있는 것 아닌가.

스물아홉 12월에는 덜컥 서른이 되면 인생이 끝날 것 같았는데, 어머니라는 말에 울컥하기도 하고, 푼수처럼 까르르거리기도 하면서 진짜 서른이 되어 가고 있었다.

다시 사귀는 오랜 친구

다시, 친구

오랜만에 친구를 다시 만나니 먼 길 돌아 고향에 돌아온 듯 편안했다. 사회에서 만나 실리를 따지는 사람과 달리, 어떤 이야기도 기탄없이 털어놓을 수 있었고, 나라는 사람의 개인사를 잘 알고 있는 친구는 내가 무슨 말을 하는지 잘 이해해 주었다. 오랜만에 나라는 사람을 알아주고, 나를 이해해주는 사람을 만나니 더없이 행복했다. 자주 만날수록, 좋았다. 역시 친구밖에 없다. 그토록 바랐던, '그냥 나를 나대로 이해해주는 사람'이 바로 '친구'였다.

오랜만에 책 이야기, 사는 이야기, 나름의 철학 이야기에 시간 가는 줄 몰랐다. 서로를 이해할 수 있는, 비슷한, 친구가 있다는 것이 너무나 행복했다. 더불어 자주 만날수록 몰랐던 세월의 격차도 실감했다.

보경이와 나는 친하다. 쭈욱 같은 동네에 살고, 같은 학교에 다니고, 같이 놀았으니 우리가 비슷하다 생각했다. 고등학교 때 시험 끝나고, 각각 엄마에게 3만 원씩 용돈을 받아 이대에 쇼핑을 갔었다. 기껏 차이가 난다해도 5,000원 정도였다. 한 명은 3만 5,000원 받았고, 한 명은 3만 원 받은 것이라 별 차이가 없었다. 그러나 서른이 되자, 그녀와 나는 생활수준의 차이가 현저했다.

만나서 밥을 먹는데, 나는 만 원이면 푸짐하게 상다리가 휘어져야 된다 생각하지만 그녀는 맛없는 15,000원짜리 식사에도 관대했다. 그 가격에 이 정도면 괜찮다는 것이었다. 나는 사실 안 괜찮았다.

밥을 먹고 케이크를 먹었다. 케이크 하나에 6,800원이었다. 정말 밥값보다 비싸다. 부담스러웠다. 나는 김밥천국 모둠정식 6,000원짜리면 호사라 느끼며 좋아했던 상황이었는데, 6,800원짜리 케이크라니! 그러나 그녀는 케이크 하나 먹고 싶다면서 대수롭지 않게 조각 케이크를 두 개나 골랐다. 촌스럽게 보이지 않으려고 대수롭지 않은 척하며 케이크와 커피 가격의 절반을 냈다. 케이크와 커피 한 잔 가격으로 13,000원을 내고, 아까 먹은 15,000원을 내니, 내 몫만 냈는데도 3만 원 돈이었다. 부담스러웠다.

비싼 케이크를 한 조각 베어 물더니, 그녀는 CF에서 볼 수 있을 법

한 행복하고 사랑스러운 표정을 지었다. 케이크만큼 달콤한 표정의 그녀가,

"여기 케이크 정말 맛있지~? 난 이거 너무 좋아. 꼭 사 먹어."

라면서 행복에 취한 듯, 케이크를 한 조각 떼어 입 속으로 넣었다.
나도 따라 세련된 도시 여자인 척하면서 한입 먹었다. 맛있었다. 그러나 이깟 케이크 하나에 7,000원은 너무 하다는 생각이 들었다. 내 기준에는 가성비가 형편없다 생각했고, 과소비였다. 그녀처럼 행복해할 수가 없었다. 점점 얼굴 표정이 굳어지면서, 미간에 주름이 잡혔나 보다. 그녀가 물었다.

"미정인 여기 별로야?"
"아냐. 괜찮아. 좋네."

좋긴. 친구를 불편하게 하고 싶지는 않아 억지웃음을 지었으나, 속이 편치 않았다.
그녀를 만나는 것은 몹시 좋았으나, 그녀와 만날 때 가게 되는 곳들은 부담이 되었다. 때로는 일부러 떡볶이를 먹자거나, 저렴한 집을 앞

가성비 '가격 대비 성능'의 준말.

장서 안내하기도 했다. 그러나 이야기꽃을 피우다가 '어디를 가지?'라고 할 때, "이 근처에 내가 잘 가는 집이 있어"라고 하여 그녀가 아는 곳을 따라가면 늘 이런 상황이었다. 그녀는 나에게 좋은 곳을 소개해주고 좋은 것을 맛보게 해주고 싶었던 것이다. 오랜만에 사랑하는 친구 만나서 맛있는 것 먹고 노는 데 몇 만 원 정도 쓰는 것에 큰 부담을 느끼지는 않았다. 반면 나는 큰 부담이었고.

여행 계획을 세울 때도 단위가 달랐다. 내가 생각하는 여행 경비와 그녀가 생각하는 여행 경비는 보통 두 배 이상 차이가 났다. 어딘가 함께 가자는 이야기는 자주 나왔지만, 실행에 옮긴 것은 드물었다. 대부분 내 자격지심 때문에, 우선은 좋다고 해 놓고 계획 단계에 접어들면 피치 못하게 사정이 생겨 바쁘다는 핑계로 뒤엎곤 했다. 별다른 사정은 없었다. 지갑 사정이 바빴을 뿐.

생활수준, 경제적 차이 못지않게 두드러지는 것은 철학과 관점의 차이였다. 나는 서른 살이 되도록 정치, 경제, 사회에 별다른 관심을 가진 적이 없었다. 대통령이 노무현이 되든, 이명박이 되든, 잘 몰랐다. 진보와 보수가 무엇인지 입장이 어떻게 다른지 아무것도 몰랐다. 그냥 누가 되든 간에 최저임금이나 좀 올려주고, 나 먹고 살게만 해주면 좋을 것 같았다.

그러나 친구는 국내 정치뿐 아니라 세계 정치와 경제, 사회를 아우르는 통찰을 갖고 있었다. 내가 내일 먹을 식비를 걱정할 때, 친구는 아이티 어린이들이 기근으로 인해 진흙을 빚어 만든 쿠키를 먹고 있는 것을 걱정했다.

나는 여전히, 우리는 초등학교, 중학교, 고등학교 내내 비슷했고, 대학도 비슷하게 다녔으니까 비슷한 수준의 절친이라 생각했지만, 함께 할수록 지난 20대를 살아온 궤적에 따라 엄청나게 차이가 벌어져 있다는 것을 실감하게 되었다.

어쩌면 그녀도 느꼈을지도 모른다. 그래서 배려심 깊은 그녀는 내 마음을 편하게 해주기 위해, 우리의 비슷한 점을 계속 이야기했는지도 모른다. 자격지심 때문에 속으로 그녀의 의견에 동의하면서도 괜한 똥고집을 부리는 때에도 너그러이 받아주었다. 잘 모르는 것 같으면 가르쳐주려고 애썼고, 편안히 대해주려고 애썼다. 그녀라고, 시간만큼 벌어진 차이를 알아채지 못했을 리 없다. 그래도 '친구'라는 사실에 변함이 없다고, 나를 소중히 대해준 것이다.

계속 나의 친구로 함께 있어주는 것에 너무나 감사하면서도, 10년 전과 다르게 우리는 차이가 많이 나고 있다는 사실에 직면하게 되는 상황이 화가 났다. 나 자신에게 화가 나기도 했고, 알 수 없는 심통이 났다. 나도 모르는 사이, 내 마음속에서는 친구와 나의 사회적 비교가 일어나고 있었던 것이다.

사회적 비교(social comparison)는 각자가 가지고 있는 신념, 능력이

Festinger, 1950, 1954

나 태도를 타인과 비교하여 이를 토대로 자신을 평가하는 것이다. 우리는 흔히 뭔가 불분명한 상황에서 객관적이 되고 싶을 때, 남과 비교해 본다. "내가 저 여자만큼 뚱뚱해?", "혹시 나도 저렇게 보여?"라며 외모며 성격, 행동을 비교해 보고 때로는 위안을 얻기도 하고, 때로는 불편함을 느끼기도 한다.

사회적 비교가 일어나는 이유는 사람들이 자신에 대해 조금 더 정확하게 평가하고자 하는 욕구가 있기 때문이다. 외모, 성격 및 행동 등을 모두 평가할 수 있는 객관적 기준이 없기 때문에 주변 사람을 주관적 평가 기준으로 삼는 것이다. 특히 사회적 비교를 할 때 사람은 자신과 능력이나 태도가 비슷한 사람을 비교 대상으로 삼는 경향이 있다. 퀴리부인이 내 나이에 라듐을 발견한 것보다, 내 친구가 내 나이에 어떤가가 훨씬 피부로 다가오는 일이니까.

누구를 나의 비교대상으로 삼을 것인가에 따라서, 느끼게 되는 심리가 천지 차이다. 나와 비슷하다고 생각했던 친구가 알고 보니 나보다 우월하다는 것을 알게 되었을 때는 상대적 박탈감, 자격지심, 열등감을 느끼게 된다. 그러나 비교 대상을 바꾸어, 나와 비슷했는데 처지가 안 좋아진 친구와 비교를 하면 우월감, 만족감, 행복함을 느낄 수 있다.

이럴 땐 흔히 하는 "나보다 더 힘든 사람들도 있는데 뭐…"라며 자위하는 작업이 있다. 서른을 몇 달 남기고 내가 전혀 원하지 않았던 상황으로 치달을 때, 나는 하향비교를 하며 견뎠다.

'그래도 내가 이혼을 한 건 아니잖아.'

'어떤 사람은 마흔, 쉰에 남편 바람나고 돈 한 푼 없는 경우도 있는데, 그래도 나는 아직 서른이잖아.'

'빚은 있어도 이건 나도 같이 쓰긴 썼잖아. 어떤 사람은 자기가 한 푼 쓰지도 않은 집의 빚을 갚기도 하는데….'

이런 식으로 위안을 삼곤 했다. 나보다 나은 친구를 보며 상향비교를 하니 열등감과 우울증만 커지기에, 하향비교를 하면서 안도감을 얻은 것이다. 특히 나에게 위안을 준 것은, 일찍 결혼해서 고생하는 아이였다.

그녀는 학창시절에 예쁜 얼굴에 키도 커서 남자 아이들에게 인기가 많았다. 그런데 20대 초반에 결혼을 해서는 푹 퍼진 아줌마가 되었다. 아이 둘을 낳고 쥐꼬리 월급을 가져오는 남편을 바라보며 퍽퍽하게 살고 있다. 그녀에게는 '여자의 꿈', '근사한 커리어 우먼' 같은 이야기가 안드로메다보다 멀다. 그녀의 꿈이라고는 남들보다 아이를 빨리 키워놓고 노년을 즐기는 것이었다. 그녀의 이야기를 들으면서, 노년도 돈이 있어야 즐기는데 신랑 혼자 벌어 무슨 노년이냐며 콧방귀를 뀌었다.

그런 그녀와 비교해 보면 난 참 멋졌다. 변변찮더라도 나는 직업도 있다. 기댈 남편이 없어서 그런 것이기는 했지만 아무튼 나는 스스로를 건사하는 독립적인 커리어가 있는 여자다. 엄청 근사했다. 그러게 뭐하러 결혼은 그렇게 서둘러서 지지리 궁상이냐며 비웃었다.

같은 서른 살에 갑갑하게 사는 친구의 인생을 동정하노라면 잠시나마 내 인생이 꽤 잘 되어가고 있는 것 같았다. 그러나 남을 깔아뭉갠다고 해서 진짜 내 삶이 만족스러워지는 것은 아니었다. 그저 애써 부러운 사람들에 대한 시기심을 줄여보려고 발악을 하는 것 뿐.

나보다 못한 친구의 삶을 비웃는다고, 내 삶이 내가 부러워하는 친구의 삶이 되는 것은 아니지 않은가.

친구의 결혼

친구들과의 차이가 벌어지기 시작한 것은 서른 살에 시작된 것이 아니었다.

대학교에 입학했을 때부터, 빈부격차라는 것이 실감되기 시작했다. 있는 집 아이들은 부모님이 차를 사주셔서 대학교 1학년 때부터 중형차를 가지고 등하교를 했다. 입는 것, 쓰는 것, 즐기는 수준이 많이 달랐다. 고등학교 때 비슷한 동네에 살며, 똑같은 교복을 입고, 비슷한 학원에 다니던 것과는 다르게 차이는 눈에 띄게 벌어졌다.

내가 입학했던 때에는 프라다의 50만 원짜리 백팩이 유행이었는데, 누군가에게는 프라다 가방이 평생 살 수 없을 꿈의 가방인 반면, 누군가에게는 50만 원짜리 가방 구입이 유니클로 면 티셔츠 하나 사는 것처럼 대수롭지 않은 일이었다.

방학이면 누군가는 유럽으로, 미국으로 한두 달씩 놀러 갔고, 누군가는 등록금을 내기 위해 알바를 했다. 그러나 대학 시절만 해도, 열심히 공부하고 취업을 잘하면 이런 차이가 줄어들 거라는 희망이 있었다.

그리고 드디어 서른 무렵이 되었다. 친구들이 결혼을 하자, 그동안의 차이는 줄어들기는커녕 눈에 띄게 분명해졌다. 차이의 경연장은 '결혼식과 혼수'였다.

한 방송에서 혼수와 예물에 대한 다큐멘터리가 다뤄졌다. 인터뷰에서 한 여자가,

"결혼할 때 100만 원짜리 명품백 하나는 받아야죠. 그때 아니면 제 평생에 언제 받아 보겠어요?"

라는 말을 했다. 자료 화면에는 얼굴만 모자이크된 여자가 루이비통 쇼퍼백을 메고 있었다. 그 인터뷰 장면은 곧 온라인 커뮤니티를 달구었고, 그녀는 인터넷에서 무개념녀로 집중 사격을 당했다. 친구들도 그 인터뷰를 보며 어이없어 했다.

그녀의 철없음을 비웃은 것이 아니라, 고작 100만 원짜리 가방 하나 가지고 '평생 지금이 아니면 그걸 언제 갖겠냐'고 말하는 것이 한심하다는 것이다. 취업해서 직장생활을 수년째 하던 친구들에게는 100만 원짜리 명품 가방은 아무것도 아니었다. 되레 "100만 원으로 살 수 있는 가방이 있어? 루이비통을 그 가격에 못 살 텐데"라고 전혀 다른 포

인트를 지적했다.

상황이 이렇다 보니, '추천'이라는 단어가 예민한 말이 되기 시작했다. 저마다 생각하는 '괜찮은' 수준이 천차만별이었기 때문이다. 어떤 친구는 종로의 예물 상가에서 100만 원에 모든 예물 세트를 장만하는 것이 괜찮은 것이고, 어떤 친구는 청담동의 주얼리샵에서 1,000만 원에 예물을 장만하고 저렴하게 했다며 좋아했다. 어떤 친구는 백화점 명품관에서 예물 혼수를 장만했다.

혼수에서 시작된 차이는 결혼식에서 방점을 찍었다. 결혼식은 친구와 친구 부모님의 사회적 영향력 및 경제력이 고스란히 드러났다. 그동안은 친하게 지내왔더라도 그날이면 한없이 멀어지는 이들도 있었고, 만만해지는 이들도 있었다.

친구는 꽤나 도도한 척하며 살았는데, 결혼식장 가보니 도떼기시장이 따로 없고, '결혼 공장 스타일'의 결혼을 하는 것을 보면 편안하기도 하고 만만하기도 했다. 반면 TV에서 본 '하우스 웨딩 스타일' 결혼식을 하는 친구를 보면 위축이 되었다. 알고 보니 그녀의 아버지는 지체가 높으신 분이었다. 엄청난 양의 화환, 전체 예식장을 장식한 생화, 호텔 라운드 테이블에 앉아 우아하게 와인을 즐기는 친척들, 유명한 하객들. 과연 저 아이가 함께 학교 뒤 분식점에서 3,500원짜리 돈까스를 소탈하게 먹으며 어울리던 그 친구가 맞는지 상상하기 힘들 정도의 광경이었다.

그 아이 한 명은 나와 친구가 될 수 있었을지라도, 그 아이가 원래 속해 있는 무리는 나와는 생활수준이 전혀 달랐다.

집들이는 가히 부의 파워게임 같았다. 월세집에 작게 신혼살림을 시작하는 친구들은 대부분 집들이를 하지 않았다. 집들이는 무언가 보여줄 것이 있을 때 했다. 작더라도 자기 집이거나, 셋집이어도 근사하거나. 집들이에 가보면 보란 듯 갖추어 놓은 새 가구와 가전제품들이 번쩍거렸다.

집들이에 참여한 손님의 역할에 충실하기 위해, 궁금하지 않아도 여기저기 기웃거리며 '부럽다, 좋겠다'는 감탄사를 연발하노라면 집들이가 끝이 났다. 친구가 결혼해서 잘 사는 모습을 보면 흐뭇하면서도 동시에 허탈하기도 했다. 정말 부러웠던 것이다.

궁상맞게 사는 친구를 보면, '나는 결혼해서 저러지 말아야지' 하는 생각이 들어 흉을 보았고, 너무 잘 사는 친구를 보면 위축이 되어 초라해졌다.

혼수, 결혼, 신혼집, 집들이.
이 가운데 사회적 비교가 수 없이 일어났다.
객관적으로 보면 해답은 간단하다.
저마다 자기 형편에 맞춰서 하면 된다. 그럼 끝.
이렇게만 된다면 얼마나 좋을까?

사람 마음이 전혀 그렇지 않은 것이 문제다. 친구라서 그동안 우리는 같은 수준이라고 생각해 왔다가, 갑작스레 차이를 인정하고 받아들이기가 쉽지 않다. 특별히 눈에 띄게 부자였거나 가난했던 아이를 제외하고는 고만고만한 중산층이려니 생각했다. 같은 학원에 다니고, 같이 밥먹고, 같이 놀았으니 별다른 차이를 느끼지 못했다. 같은 음식을 먹고, 같이 어울렸으니 차이를 실감하기 어려웠다. 그러나 큰돈이 들어가는 결정 앞에서 각 집안의 상황이 여실히 드러날 때, 즉 생활수준 차이가 명확해질 때는 당혹스럽기까지 했다.

'친구'이기 때문에, 말을 할 때 늘 '우리는'이라는 가정을 하면서 말을 하는데 그 가정이 여지없이 깨지기 때문이다. '우리 같으면 5만 원 때문에 그러겠냐?' 같은 식이다. '우리한텐 큰돈인데, 부자한테는 별거 아닌가봐' 같은 식으로 말을 하고, 서로 공감했었다. 우리라는 말에는 '너와 나는 비슷한 수준이다'라는 전제가 들어있었다. 그런데 그 '우리'가 달라도 많이 달랐던 것이다.

내 동생이 결혼할 때는 제부와 커튼 값 때문에도 다툼이 있었다. 제부도 동생도 모아 놓은 돈이 없어 제부가 쓰던 방 한 칸에서 신혼집을 시작하게 되었는데, 엄마는 집도 없이 방에 가구를 채워 넣는 것이 썩 유쾌하지 않으셨을 것 같다. 그런 상황에서 커튼 구입도 반반 부담하자고 제안을 하자 감정이 폭발하셨다. 여자가 가구 부담하는 것은 남자가 집을 해왔을 때 얘기지, 지금 아무것도 없이 살던 집의 방 한 칸에 들어가는 상황에서 장롱, 침대, TV 외에 뭘 더 하느냐는 것이었다. 물론 제부도 할 말이 있었을 터이나, 나는 엄마의 한쪽 말밖에 듣지 못했다.

우리 집이 그런 것으로 고민하는 동안, 친구 집은 1억으로 고민하고 있었다. 친구 오빠가 결혼을 하는데, 오빠는 1억 더 보태서 강남에 아파트를 얻어 달라 하고, 부모님은 부모님 집과 가까운 곳의 아파트에 살기를 바라신다는 것이었다.

각자에게 고민의 무게는 비슷했을 것 같은데, 이야기를 하다 보니 '뭐 그런 걸로 고민하지?' 하는 생각이 자꾸 들었다. 아마 친구 입장에서는 '그깟 커튼가격 얼마나 한다고 그럴까?' 했을 것 같고, 내 입장에서는 '부모님이 아파트 사준다는데도 욕심이 끝이 없구나. 뭘 계속 바라지?' 하는 생각이 들었다. 내 기준에 맞춰 타인의 기준을 재단하며 뭐라 해서는 안 되는데, 결혼 앞에서 드러나는 각 집안 상황과 몰랐던 격차에 자꾸만 이질감이 드는 건 어쩔 수 없는 노릇이었다

본 투 비 '노동자'

페이스북에 한 장의 사진이 올라왔다. 티파니앤코의 스카이 블루 상자였다. "When love is true…"라는 글귀가 적혀있었다.

'사랑이 진실일 때', 이것이 티파니앤코의 카피라이트인지 그녀가 올린 글인지 잘 모르겠다. 결혼에 대한 부러움인지, '티파니 반지를 받고' 결혼한다는 것에 대한 부러움인지 모를 축하인사는 계속 이어졌다.

하필이면 이 날 또 다른 자랑 게시물을 보았다. 샤넬 퀼팅백을 구입했다는 것이다. 나는 샤넬 퀼팅백과 티파니 반지의 가격도 모른다. 대체 이 물건들이 얼마나 되는 것인지 궁금했다. 검색해도 잘 나오지도

않았다. 대략 샤넬 퀼팅백은 4~500만 원, 티파니 반지는 백금이어도 400만 원, 다이아몬드 1캐럿 이상 되는 경우 3~4,000만 원을 호가한다고 한다. 문득 씁쓸했다. 누군가는 저것을 즐기는데, 나는 가격조차 모르고 살다니.

대체 그녀들은 뭘 하기에 그렇게 돈이 많을까? 몰랐는데, 알고 보면 부잣집 딸들인 걸까? 아니면 철없이 카드빚을 내서 지르는 걸까?

서른이라는 나이는 너와 내가
출발선이 다르다는 것을 인정해야 되는 나이였다.

친구와 나는 분명 비슷한 고등학교를 다녔고, 소위 말하는 비슷한 레벨의 대학교를 졸업했다. 그러나 그녀와 나는 집안 형편이 달랐고, 그로 인해 결혼을 하거나 사회생활, 여가생활을 하는 수준 자체가 달랐다.

구남친처럼 부모님이 1~2억을 줄 수 있는 경우, 아득바득 뭘 하기보다 기다리는 친구들도 있었다. 기다리면 부모님이 카페 하나 정도는 해주실 테니까. 고작(?) 1~2억에도 그러니, 임대수입이 짭짤한 수억 원짜리 건물을 사주시는 부모님을 둔 친구들은 더 여유로웠다. 함께 취업 걱정을 하지만, 우리 사이에는 큰 벽이 있는 것 같았다.

진학 앞에서도 그랬다. 서른을 목전에 둔 한 친구는 용감하게 유학을 떠났다. 돈 문제는 그리 큰 걸림돌이 아니었다. 나는 유학을 떠날 자본금도 문제이고, 가서 버틸 수 있는 생활비를 대 줄 사람이 없기 때문에, 떠나고 싶다고 떠날 수 있는 상황이 아니었다. 그 친구들은 말했다. 미국 대학원에서 지원을 많이 해주기 때문에 생각보다 돈이 많이 들지 않는다고, 돈에 너무 매이지 말라 했다. 안타깝게도 그런 고급정보가 귓구멍에 들어오지 않았다.

때때로 TV에 나오던 재벌 2세, 3세들을 보며 부러운 것과, 내 바로 옆의 친구와 내가 출발선도 다르고, 앞으로도 다를 것이라는 점을 부러워해야 한다는 사실은, 단순한 부러움을 넘어 큰 허탈함과 분노까지 일어나게 만들었다. 열심히 살기 싫어지는 일이기도 했다. 제 아무리 버둥대며 뭘 해도, 대학원 학위만 따면, 누군가가 대학 교수 자리에 꽂아줄 수 있는 집안 아이와 나는 다르니까.

내가 서른 살에 느낀 힘듦은 그저 '서른'이라는 나이 때문인 줄 알았다. 서른 살은 그저 잠시 멈추고 깨닫게 되는 분기점이었을 뿐이다. 나는 자본가가 아니라 자본가의 밑에서 일을 하는 도시 노동자일 뿐이고, 학창시절 나에게 심어주던 그 꿈들은 그냥 꿈일 뿐 현실과 꽤 거리가 멀다는 것을 십여 년이 지난 서른에서야 나는 알았다.

지금은 우리 동네에 빌딩 몇 채를 가지고 있는 명성학원을 다녔다. 명성학원이 가진 바로 그 '명성'의 비결은 점쟁이 같은 원장님과 엄마들이 좋아하는 스파르타식 교육, 우열반 제도에 있었다. 난 중3 때 처음 이 학원에 가게 되었는데, 사실은 나 때문이 아니었다. 부모님은 동생을 이 학원에 보내려고 데리고 가셨는데 내 동생이 학원 입학시험에 떨어졌다. 자존심이 상한 엄마는 언니라도 들여보내겠다며 나에게 시험을 치르게 하셨고, 당시 반에서 1, 2등 했던 나도 간신히 4반에 붙었다. 4반이 영어, 수학 실력이 가장 떨어지는 아이들 반이었다. 학교에서는 우등생이었는데 명성학원에 와서 4반에 처박힌 것도 불쾌한데다가, 이 학원은 철저히 3, 4반 아이들과 1, 2반 아이들을 다른 등급으로 취급했다. 그 속에 있다 보니 3, 4반에 머무르면 내 인생은 빈민으로 끝이 날 것만 같았다.

학원 선생님은 3, 4반에 있으면 3류 대학교에도 갈까 말까 하다면서 서울대, 연대, 고대 아니면 대학교도 아닌 것처럼 학생들을 세뇌시켰고, 좋은 대학에 들어가지 못하면 인생도 3류 인생으로 마무리될 거라고 했다. 중3이었던 나는 그 말을 곧이곧대로 들었다. 뭣 모르는 중학생이었다.

학원 선생님은 곧잘 비교를 해주셨다. 우리가 1류 대학에 못가면, 좋은 곳에 취업을 할 수 없고, 연봉이 얼마나 차이가 나는지. 그리고 서른쯤이면 그 차이가 얼마나 벌어질지에 대해서 말이다. 당시에 선생님이 해 주신 이야기는 후진 대학교를 나오면 취업이 어렵고, 100만 원 벌기도 어려운데, 좋은 대학교 나와서 대기업에 취업하면 2~300만 원을 번다고 했다. 24살에 졸업하고, 6년간 합산 하면 그 차이가 얼마인지 이야기했었다. 매월 100만 원씩 받으면 연봉 1,200만 원, 6년이면 7,200만 원이라 1억도 안 되는데, 대기업에 가서 300만 원을 받으면 서른 살이면 1억 9,800만 원이라는 것이었다.

지금에 와서 보니, 이 계산이 얼마나 우스운 것인지 알게 되었으나,

세상 물정 모르던 중3 꼬꼬마의 귀에는 아주 설득력 있게 들렸다. 월급을 받는 것과 저축액은 별개라는 사실, 모을 수 있는 형편인 사람이 있고, 검소해도 모을 수 없는 형편인 사람도 있다는 사실, 월급을 받으려고 출퇴근하면서 사용하는 비용도 꽤 있다는 사실을 그때는 몰랐다.

그래서 열심히만 공부하면 드라마의 주인공들처럼 서른쯤이면 독립해서 근사한 통유리가 있는 오피스텔에서 살고 차도 끌고 다니는 줄 알았다.

서른이 되어서야 선생님들이 말했던 것이 다 뻥이었음을 알게 된 것이다. 피터지게 공부하고 하루에 두어 시간을 자면서 성실히 노력했다고 해서, 내 눈앞에 드라마 주인공 같은 삶이 펼쳐지는 것은 아니었다.

선생님들을 비난하자는 것은 아니지만, 그들의 말대로라면 선생님들부터 명문대를 나와 동네 학원의 시간강사를 하는 것 자체가 모순이다. 서울대, 연대, 고대 등을 나와 하는 일은 동네 학원에서 아이들을 가르치는 일이라니, 그러면서 아이들에게는 좋은 대학을 나오기만 하면 인생이 바뀔 거라고 말하고 있었다. 선생님도 그냥 지식을 파는 근로자 중 하나였던 거다.

프랑스에서는 어려서부터 노동법을 가르친다고 한다. '너희들이 뛰어나다 해도 커서 노동자가 될 가능성이 높지, 자본가가 될 가능성이 매우 낮다'고. 옳은 말이다. 결국 취업해서 일을 하는 노동자가 될 터인데, 노동자는 천하다 여기며 공부 잘하고 좋은 대학 나오면 자본가라도 되는 줄 알았다. 착각이다.

서른은 그 차이를 냉정하게 직면하는 순간이었다.
인정하고 싶지 않지만, 장벽이라는 것이 있다는 것.

애초에 노동자가 될 가능성이 컸음에도 그런 생각을 하지 않고 나는 대단한 사람이 될 거라는 꿈을 꾸어서일까. 차이를 실감하는 것은 맥 빠지는 일이었다. 자본의 차이를 인정하면, 나는 아무리 노력해도 소시민의 삶을 벗어날 수 없고, 정말 취집 로또라도 맞지 않는 한 호사스러운 삶을 살 수 없다는 결론에 이르기 때문이다. 해도 안 된다면 할 필요가 없다. 그리고 이런 암울한 현실은 친구 사이에도 영향을 미쳤다.

뱁새 가랑이

삼청동 밀크 식빵 앞의 줄이 길다. 종종 다섯 시면 완판이 되었다며 문을 닫는다. 유명한 뮤지션의 콘서트는 십수만 원을 호가함에도 티켓 오픈과 동시에 매진이 된다. 비공식 소믈리에들도 엄청나다. 커피 애호가도 많다. 어느 순간 우리나라의 문화수준, 생활수준이 상당히 높아졌다는 것이 피부로 와 닿는다. 점점 새로운, 더 섬세한 심미적인 아이템을 찾아 사람들은 열광한다. 그러한 것을 뉴스 기사로 볼 때는 혀를 끌끌 찼다.

"무슨 마카롱 한 개를 만 원이나 내고 사 먹어? 더욱이 그깟 것 하나 먹겠다고 줄을 30분을 선다고? 미쳤네. 미쳤어."

그들이 줄을 서는 것은 정말로 섬세한 미각 때문이 아니라, 남들 하는 것은 다 따라하는 따라쟁이 기질이라고 폄하하면서, 유행에 편승하지 않고 소신 있게 사는 기분이 들어 우쭐했다. 그런데 거기에 줄 서 있는 사람이 내 친구일 때는 이야기가 달라진다. 친구가 그것을 즐기기 위해 바쁜 시간을 쪼개어 줄을 설 만큼 가치 있다고 평가하는 상황이 되면, 당황스러워진다.

'인지 부조화'가 일어나기 때문이다. 인지 부조화(cognitive dissonance)는 신념 간에 또는 신념과 실제로 보는 것 사이에 불일치나 비일관성이 있을 때 생기는 것이다. 불일치가 일어나면 불편함을 느끼게 되고, 태도를 바꾸거나 신념을 바꾸어 일치를 시키려고 하게 된다.

나는 친구에 대해 뛰어난 심미안과 높은 수준의 미각을 가지고 있다고 생각했고, 동시에 비싼 후식에 열광하는 사람은 유행만 따르는 속 빈 사람들의 허세라고 생각했다. 이 두 가지 생각에 충돌이 일어난다. 친구가 알고 보니 '허세쟁이'였다고 생각을 바꾸거나, 사람들도 내

Festinger, 1957

친구처럼 음식의 가치를 아는 뛰어난 사람들이라고 생각을 바꾸어야 한다.

비평이란, 적어도 그것을 경험을 해 본 뒤에 하는 것이 맞다고 생각한다. 아이폰을 써 본 적이 없는 사람이 아이폰은 써보지 않아도 별로라 한다거나, 갤럭시를 써보지 않은 사람이 삼성이 만드는 것은 다 쓰레기라 하는 것은 신빙성이 없다. 아주 잠깐 써보고 속단을 내리는 것도 마찬가지이고.

디저트에 열광하는 사람을 욕하고 싶었으면, 최소한 한 번은 경험해보고 판단을 했어야 옳다. 한 번 먹어본 적도 없으면서, 뭣 하러 그 비싼 것을 줄까지 서서 먹냐고 비난하는 것은 비평이 아니라 그냥 욕한 것이다. 잘 모르고, 경험도 없으면서 섣불리 남의 취향을 이러쿵저러쿵 하는 것 만한 오지랖도 없다.

나에게는 어이없는 가격의 마카롱일지 모르지만, 프랑스에서 그 마카롱을 맛보고 잊을 수 없던 사람에게는, 그 마카롱을 한국에서 다시 맛볼 수 있다는 것만으로도 만 원 이상의 가치를 가지고 있다고 볼 수도 있다. 프랑스까지 날아가는 것보다 싸니까.

친구의 설명을 들으니 다 이유가 있었다. 나는 프랑스에 가 본 적이 없고, 마카롱도 안 먹지만, 친구들이 마카롱을 즐기니 취미를 공유하고자 따라해 보았다. 그러나 애초에 단 걸 싫어하는데 마카롱은 몇 차례 먹을수록 끈적한 설탕 덩어리처럼 느껴질 뿐 그 맛을 느낄 수가 없었다. 내가 마카롱을 공부하느라 애를 먹는 사이, 친구들은 또 다른 취미와 기호가 생겼다. 이번에는 와인이었다.

와인 한 잔 마시면서 오래도록 이야기를 나누는 근사한 자리에 끼고 싶었다. 친구를 따라 와인 공부를 시작했다. 안 달고 텁텁한 와인이 탄닌 성분이 강한 좋은 와인이라는데, 좋은 와인이고 나쁜 와인이고 간에 와인 반 잔이면 다음 날 숙취 때문에 골이 띵했다. 와인을 취미로 삼으려면 이런저런 와인을 마셔보고 나에게 맞는 와인을 찾아야 한다는데, 반 잔만으로도 이리 힘드니, 고역이었다.

친구의 취미 따라하기에 허덕이던 어느 날이었다. 교수님을 따라 롯데백화점 야외 정원 맥주 파티를 갔다. 교수님의 친구분이 주최자셨는데, 그 덕분에 지도제자들 모두 쫄래쫄래 따라가 백화점 야외 정원에서 맥주 파티를 하는 호사를 누렸다. 세계 각국 맥주들이 있는 자리이고 보니, 자연스레 술에 대한 기호와 취미 이야기로 흘렀다.

"교수님은 어떤 와인 좋아하세요?"

내가 질문을 했다. 그러자 교수님은 의외의 답을 하셨다.

"난 그냥 친구가 보내주는 거 마셔. 난 와인 종류 같은 건 잘 몰라. 그냥 친구에게 전화해서 "괜찮은 와인 좀 추천해줘"라고 하면 될 걸, 뭣하러 그걸 힘들게 다 외워?"

오! 그 순간 머리가 시원해지는 기분이었다.

나는 무엇 때문에, 와인을 '학습'하려고 덤볐던 걸까. 친구가 와인을 즐기니까? 사람들이 - 하이클래스라는 사람 - 와인을 즐긴다고 하니까 나도 그 수준에 맞추어 보려고?

"저는 와인은 몰라요", "에이. 와인 써"라고 하면 촌스러우니까, "와인은 칠레산 1960년도 ○○○와인이 최고지요. 이탈리아 와인은 어떻고, 프랑스 와인은 어떠며, 아이스 와인은 제 입맛에 맞고 안 맞고…" 하면서 사람들 앞에서 잘난 체를 하려고?

교수님처럼 친구 덕 좀 보면 되는 일이었다. 내 친구 보경이는 비공식 소믈리에 수준의 와인 애호가다. 언제든 내가 선물할 와인, 상황에 맞는 와인을 물어보면 센스있게 추천해준다. 그런 친구를 두고, 못 먹는 술을 배우겠다고 고생을 할 필요가 없던 것이다.

친구와 취미를 공유하고, 친구들이 즐기는 것을 한 번쯤 기웃거려 보는 것은 경험 차원에서 나쁘지는 않다. 그러나 친구가 가진 취미를 따라하겠다고, 또는 친구들이 다 관심 가지는 것이라고, 좋아하지도 않는 것을 '취미'로 삼겠다며 입문할 필요는 없었다. 취미는 즐기고 좋아하는 기호(嗜好)가 있는 것이어야지, 싫은 것을 꾸역꾸역 한다고 수준이 깊어지지 않는다. 즐기는 친구는 빠른 속도로 파고들 테고 나는 계속 겉핥기에 머물러 있을 터이니 취미를 '공유'하기 위해 입문한 의의가 없다.

친구 따라 하겠다며 가랑이 찢을 것 없이, 친구가 나에게는 없는 좋은 기호를 가지고 있으면 그냥 덕 좀 보며 살아도 된다.

호가호위(狐假虎威)

친구 옆에 있을 때는, 친구들에 비해 '못났다' 싶으면 스트레스를 받으면서도, 친구를 벗어나 다른 무리에 가면 친구의 후광을 빌려 쓰느라 바빴다. 내 명함 가지고는 별 볼일 없어 보이니, 걸핏하면 친구 이름을 파는 것이다.

사람들을 만나 이야기를 할 때는 은근히 보경이를 내세웠다. 보경이는 대기업 LG의 일원이었고, 나에게는 어마어마한 자랑거리였다. LG는 대기업이다. 보경이가 LG에서 나오는 제품을 다 만드는 것은 아니었으나, 나는 수시로 구본무 회장이라도 알고 있는 것처럼 으쓱해서 자랑을 했다.

"내 친구가 LG 다니거든. 친구가 그랬는데 그 제품 별로래."

"내 친구가 LG 다닌다니까. 그거 아니라고 그러던데. 그 기사 뻥이래."

라며, LG에 관한 한 내가 대한민국 최고의 전문가라도 되는 듯이 굴었다. 또 서울대 이야기가 나오면 숙이를 팔았다.

"내 친구가 서울대 성악과 나왔거든. 친구가 서울대 다니면서 동아리도 새로 만들고, 친구가 다닐 때…."

라며 내가 서울대에 다닌 척을 했다. 아! 6촌도 넘는 친척 파는 일도 빼먹지 않았다.

"엄마 이모의 둘째 아들이 서울대 나왔거든. 최초로 서울대에서 '올 A+'를 받아서 졸업할 때 전교생 앞에서 상을 받았대."

나는 그분을 직접 본 것이 그분 결혼식 날 한 번밖에 없고, 그분은 내 이름조차 알지 못한다. 내가 별 볼일이 없으니, 행여 무시당할까 싶어 미리감치 아는 사람을 총 동원해서 허세를 부린 것이다. 나도 뭘 자랑하고 대단한 사람인 척하고 싶은데, 아무것도 없으니, 친구를 팔았다. 이처럼 괜찮은 친구들 자랑을 하노라면, 나 또한 제법 괜찮은 사람처럼 보이는 '방사효과(radiation effect)'가 일어나길 기대한 것이다. 내 친구가 멋진 사람이라 해서 내가 그런 것은 아니지만, 분명 사람들이 누군가를 평가할 때 '그 사람이 누구와 관련이 있는가'는 영향을 미친다. 친구들이 훌륭할수록 친구들 덕에 나에 대한 평가도 좋아지는 '반사 영광 누리기(BIRGing: basking in reflect Glory)'가 가능해진다.

열심히 친구들을 팔며 반사 영광 누리기를 했는데, 어느 날 이 짓을 그만두어야겠다는 생각이 들었다.

식당에서 알바를 할 때였는데, 오는 손님들은 대부분 별 볼일 없는 필부필부(匹夫匹婦)였고, 그분들은 자신을 대단한 사람으로 포장하기 위해 자기 주변의 제일 잘난 사람 이야기를 고장난 라디오처럼 계속 반복했다. 식당에 자주 오는 단골손님 할아버지는 막걸리 한 잔을 먹어가면서 2~3시간을 늘러 붙어 계시며, 자기 딸이 얼마나 잘났는지를 이야기 했다. 딸은 음대를 나왔다고 했다. 간단히 정리하면, 음대를 나왔으나 음악을 계속하지 못했고 평범한 남자 만나 결혼해서 지금은 주부라고 한다. 그게 뭔가.

또 다른 분은 자기 친구 자랑을 계속하셨다. 자기는 이 모양 이 꼴이지만, 친구는 중소기업 사장이고 엄청 잘나가신단다. 고등학교 대학교 시절에는 자기가 더 잘나갔는데, 자기는 그냥 회사나 다녔더니만 마흔 살에 명퇴 당해 이 꼴이 되었고, 친구놈은 취업을 못해서 자기 회사를 차렸는데 그게 대박이 나서 지금은 떵떵거리며 살고 있다고 한다. 아무튼 만나면 친구가 비싼 것을 펑펑 사주고, 무슨 일이 있으면 늘 도와준다며, 나더러도 필요한 일이 있으면 말하라고 했다. 자신이 부탁해준다고.

또 다른 분은 자기 사돈의 친척의 아들이 얼마 전에 청와대 경호원이 되었는데, 청와대 높은 분들을 엄청 많이 안다고 했다.

"훗!" 이것만큼은 금방 거짓말이라는 것을 알았다. 집에서 성균관대학교에 가는 지름길은 청와대 앞을 지나 감사원 쪽 학교 뒷문으로 들어가는 것이다. 청와대 앞을 지나다녀 보니, 청와대 경호원이라고 해서 모두 대통령 옆에 있는 것이 아니었다. 드넓은 청와대 곳곳에 하루 종일 그저 서 있는 역할을 하는 분들도 많다. 하루 종일 혼자 서 있는데, 어떻게 높으신 분들과 어울리며 친해졌을까.

내 친구 보경이가 구본무 회장이라도 되는 듯, LG에 대해 모르는 것이 없으며, 나는 그녀의 엄청 친한 친구이니 나 또한 LG를 속속들이 아는 것처럼 말할 때, 남들도 이렇게 봤을지 모른다. 열심히 일하고 있는 보경이에게도 누(累)요, 나에게도 득 될 것이 없는 불쌍한 지껄임이었다.

내가 할 때는 몰랐는데, 다른 사람들이 자신에 대해 내세울 것이 없으니, 알고 있는 사람은 다 끌어다 붙이며 현대판 호가호위를 하는 것을 보니 웃음이 났다. 아무것도 모르면서 지어내는 것이 너무 티가 나서 말이다.

딱했다. 자신에 대해서는 그토록 이야기할 거리가 없다는 것이. 그리고 씁쓸해졌다. 나는 저들보다 더 하면 더 했지, 덜하지 않았으니까.

집단주의 문화

대체 왜 이렇게 다른 사람과 사회적 비교를 하고, 다른 사람의 기준에 맞추어 내 인생을 욱여넣어야만 되는 것일까? 왜 이리 인생에서 다른 사람이 차지하는 영역이 '나'보다 많은 것일까?

한 가지 해석은, 우리나라가 집단주의 문화를 가지고 있기 때문이라는 것이다.

홉스테드 마커스와 키타야마, 트리안디스 등은 여러 나라의 문화적 차이를 연구했다. 그 결과, 서구 유럽과 북미 국가들은 개인주의 문화가 두드러지고, 아시아와 아프리카는 집단주의 문화가 두드러진다는 것을 밝혀냈다.

개인주의 문화와 집단주의 문화는 중심이 다르다. 개인주의 문화는 말 그대로 '개인'이 중심이 된다. 개인이 외부 세계와의 관계에서 중심이며, 다른 사람과의 관계보다는 개인적 성취가 중요하고, 집단 속에서의 역할보다 집단에서 구분되는 '개인'의 '개성'이 중요하다.

예를 들어, 자기소개를 할 때도 개인주의 문화에서는 개인을 강조한다.

"저는 존이에요. 캘리포니아에 서식하는데, 따뜻한 남쪽나라가 좋아서 여기 사는 것은 아니고요. 오렌지주스가 맛있어서요. 제가 여러분 인생의 연애문제, 진로문제 등 이것저것 모든 문제를 해결해 드릴 수는 없지만, 탁 까놓고 말하자면 괜찮은 사람일 거예요. 제가 좋아하는 동물은 판다고요, 저는 언젠가 중국에 가보고 싶어요."

같은 식이다. 이런 자기소개를 들으면, "미국 사람은 다르네"라고 하면서도 우리나라 사람 입장에서는 불편하다. 사회적 맥락이 전혀 없기 때문이다. 존이라는 사람이 어디에 소속되어 있고, 어떤 학교에 다녔으며 누구와 아는 사이인지, 그를 어떤 집단으로 분류해야 할지, 아무런 정보가 없다.

Markus & Kitayama, 1991
Hofstede, 1980
Triandis, 1995

만약 존이 우리나라에 유학 온 학생이었다면, 교수님이나 학생 중 누군가는 물어봤을 것이다. "존은 어느 학교를 다녔어? 가족관계는 어떻게 돼? 예전에 했던 일은 뭐야?" 같은 질문 말이다.

우리도 종종 위와 같은 엉뚱한 자기소개를 한다. 특히 책 서문에 많이 쓴다.

'저자 최미정은 서른 살에 남자친구에게 뒤통수를 맞고 절치부심 연애를 연구했고, 최근에는 결혼 프로젝트를 진행 중이다. 명탐정 코난과 왕좌의 게임을 좋아한다'같이 쓰는데, 재미있다 싶으면서도 허하다. 대체 뭐하는 사람인지 전혀 알아들을 수 없기 때문이다. 차라리 책 몇 장을 넘겨서 나오는 '서울대학교 준비하다 떨어짐, 성균관대학교 미술학과 나옴. 이후 심리학과 대학원 나옴'이라고 하는 편이 최미정이라는 사람에 대한 정보처리에 도움이 된다. 적어도 집단주의 문화권 사람에게는. 집단주의 문화에서 중요한 것은 '집단'이기 때문이다.

집단에 속한 이들이 상호의존적으로 엮여 살아가는 유기체적인 면에 관심이 크다. 개인의 특성보다는 그 사람이 집단 내에서 어떤 역할을 맡고 있고, 그 사람과 다른 사람의 관계가 어떻게 되는지가 더 중요하다. 그래서 우리는 소개를 할 때 'SK텔레콤 과장이에요. HR 부서에 있어요'라고 소개를 해야 편하다. '아, 나 그 부서의 누구 아는데, 그 사람 알아요?' 이렇게 진행되어야 편안한 것이다. 상대가 누군지, 어디 소속인지, 혹시 내가 아는 사람과 한두 다리 건너 아는 사람인지, 아닌지 확인되지 않으면 편치가 않다.

집단주의 문화의 다른 특징은 한 개인이 자신의 내면보다 '타인과 관련된 자아'를 탐구하는 데 에너지를 쏟는 것이다. 이를테면, 좋은 아내로서의 역할, 좋은 부모, 좋은 직원, 좋은 선생과 같이 타인에게 영향을 미치는 관계적인 측면 중심으로 자아 탐색을 해나가는 것이다.

우리는 타인과 함께 살아가는 것이 중요하기 때문에, '눈치', '체면'과 같은 것이 발달한 것이다.

이렇게 분류하다 보면, 개인주의에 비해 집단주의 문화가 다소 답답하게 느껴진다. 그 이유는 이와 같은 문화 비교 연구를 한 것이 서구의 학자들이기 때문일 수도 있다. 연구는 가치중립적이어야 한다고 하지만, 아무래도 서구 학자들이 연구를 하고, 그들의 파트너는 서구 국가에 유학 와 있는 아시아인인 상황이면, 동양인 또는 아프리카인들의 특징으로 구분되는 집단주의 문화가 좋게 그려지기 힘들 것이다. '우리', '정(情)'이라는 개념이 낯선 사람들이 집단주의 문화의 긍정적 핵심을 이해할 수 있을 리가.

집단주의 문화가 나쁘게 느껴지는 데는 서구 문화에 대한 환상 탓도 있다.

미국 - 으로 대표되는 서구 사람들 - 은 타인이 뭘 하든 신경도 안 쓰고, 남의 시선을 의식하지 않기 때문에 CEO도 청바지에 운동화를 신고 다니는데, 우리는 남의 시선 때문에 답답한 정장을 입는다고 한다. 개인주의 사람들은 개인의 사생활을 존중해주는데, 우리는 그렇지 못하다는 것도 꼬집는다. 남의 일에 지나치게 관심이 많아서, 제발 신경 좀 꺼주었으면 좋겠다고.

그러나 이와 같은 개인주의 문화와 집단주의 문화 구분이 상당한 환상이었다는 경험적 증거가 속속 나오고 있다. 유학, 장기 출장 등의 해외 체류자 및 해외 이민자가 많아지면서, 직접 겪어보니 다르더라는 것이다. 미국이라 해도 작은 마을의 경우 우리나라보다 강한 집단주의 문화 특성이 드러나고, 집단별, 지역별로 집단주의 특성이 달리 드러나기도 한다.

또한 개인적인 사람이라 해도, 자신의 업계, 자신이 속한 집단의 영향을 받고 집단을 신경 쓴다. 미국 회사에 취업했다고 해서 모두 청바지 입고 출근해도 되는 것이 아니며, 직업, 회사 특성에 따라 다 다르다. 서열도 분명한 곳은 분명하다. 타인의 일에 신경도 쓴다. 다만 우리와 중요시하는 점이 조금 다르고, 생각하는 틀이 다를 뿐이다.

최상진 교수님은 《한국인의 심리학》에서 무엇이든 둘로 나누어 구분 지으려는 이분법이 상당히 서구적인 틀이라는 지적을 했다. 우리는 서구식의 이분법적, 일방향적 사고가 아니라 다원적, 양방향적 사고를 해 왔다.

서구식 사고는 '돌을 던졌으니, 호수에 물이 튄다'라는 A→B식 명제를 선호하지만, 동양식 사고는 '돌을 던져서 호수에 물이 튄 걸까, 호수 위의 물이 갑자기 날아오는 돌에 반응한 것일까?'와 같은 생각도 가능하다.

우리식이라면 엄마도 아이에게 영향을 받고, 아이도 엄마에게 영향을 받을 수 있다(엄마↔아이)는 양방향 순환을 인정한다. 그러나 서구식 틀로 짜면, 아이가 엄마에게 미치는 영향도 있겠지만, 엄마가 아이에게 미치는 영향이 절대적(엄마→아이)이라는 일방향 논리가 성립한다.

서구의 학자들이 정리를 해서, 집단주의 문화에서 집단이 개인에 미치는 영향이 부각되었으나, 집단을 구성하는 것은 개인이다.

때로 신문의 기사를 보면 씁쓸해진다.

'대한민국 삼십대 평균 50% 미혼, 40대 평균 30% 미혼'이라거나, '대한민국 30대의 특징은 개인의 삶을 중시하고, 여행, 취미를 즐김'이라는 기사가 나오면 내 딴에는 독특하게 살고 있다 생각했는데, 결국 나도 '평균으로 회귀'되는 것 같이 느껴진다. 나 개인의 특성이라 생각했던 것이 집단의 특성이 되면서, 고유의 특성이 사라지는 기분이다. 그러나 그 평균이 어디에서 나왔는가?

바로 나와, 내 친구들 같은 사람들도 포함되어 나온 것 아닌가. 나는 결국 평균적인 사람인 것이 아니라, 나 같은 사람이 하나둘씩 늘면서 평균이 바뀐 것이라고 볼 수 있다. 우리는 이와 같은 양방향, 다원적 사고가 일반적이었으나, 서구식 교육을 받고 서구 문명에 젖어들면서 일방, 이분적 사고를 하게 되는 경향이 생긴 것이다.

서구식 으로 보면, 일방적으로 남의 시선에 큰 영향을 받아 위축되

평균으로의 회귀 많은 자료를 토대로 예측할 때, 그 결과값이 평균에 가까워지려는 경향성을 말한다. 그러나 본문에서는 개인의 독특성도 결국 평균에 포함된다는 뜻으로 쓰였다.

어 사는 것 같지만, 원래 우리네 사고방식으로 보면, '남'의 영향을 받기만 하는 것이 아니라, 동시에 나도 그 '남'에게 영향을 미친다. 일례로 상사만 부하에게 영향을 미치는 것이 아니라, 상사도 부하 눈치를 보며 부하의 영향을 받는다.

어느 한쪽이 일방적으로 영향을 미친다는 시선이 아니라, 양방향적인 시선으로 보는 것만으로도 '나'라는 사람이 '집단주의'의 영향으로 인하여 '남의 시선'을 신경 쓰며 위축되어 살고 있다고 스스로 옭아매는 사고를 조금은 벗어날 수 있다.

나만 눈치 보는 것이 아니라, 상대도 내 눈치를 본다. 나만 불편한 것이 아니라 내가 불편해하면 상대방도 나 때문에 불편해진다. 나의 경멸하는 눈빛으로 상대방을 스트레스 줄 수도 있고, 존경하는 눈빛으로 기쁘게 만들 수도 있다.

나만 늘 위축되고 쪼그라들어 남의 영향하에 있는 것이 아니라, 내 표정 하나, 내 말 하나가 늘 많은 사람에게 영향을 미치는 셈이다.

어설픈
'프로 사회인'

유치원 때부터 집단과 어울리며 '사회'생활을 했는데도 학교가 아닌 회사생활을 콕 찍어 '사회생활(社會生活)'이라고 한다. 일을 하면서 겪게 되는 사람들의 역동(逆動, dynamics)은 말 그대로 역동적으로 사회에서 겪을 여러 가지가 다 녹아들어 있어서 일까?

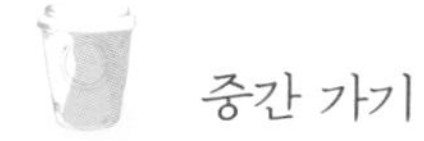

비단 회사뿐 아니라 모든 조직에는 불합리하고 부족한 부분들이 있다.

누군가 총대를 메고 불합리한 회사에 이야기를 하면, 말 못하고 있던 다른 사람들이 고마워 할 것 같지만 글쎄다.

'조직인데, 그럼 저 사람들은 다 불합리해도 바보라서 가만있었다는 것인가?'

라는 이야기가 나오기 때문이다. 누구 한 사람이 조직에서 꿈틀대면 기존의 가만히 있던 사람들이 다 바보가 된다.

취업난이 극심한 가운데 대기업 삼성에 입사한 뒤, 1년 만에 제 발로 걸어 나오며 명문(名文)의 퇴직서를 남긴 청년이 있다. 그 청년의 글은 수많은 사람을 생각하고 느끼게 만들었다. 그와 동시에 그 글은 남아있는 직원들을 바보로 만드는 효과도 있었다. 그 청년은 혹시나 그런 여파가 미칠까 단어 선택에 몹시 고심한 흔적이 보였다.

"제 동기들은 제가 살면서 만나 본 가장 우수한 인적 집단입니다. 제발 저의 동기들이 바꾸어 나갈 수 있는 환경을 만들어 주십시오. 지금

〈머니투데이〉 2007. 5. 31. '내가 사랑하는 삼성을 떠나는 이유'

부터 10년, 20년이 지난 후에 저의 동기들이 저에게 '너 그때 왜 나갔냐, 조금만 더 있었으면 정말 잘되었을 텐데'라는 말을 해주었으면 좋겠다는 것이 저의 마지막 바람입니다."

그러나 아무리 신중에 신중을 기해도 동일한 효과가 나타나는 것은 어쩔 수 없다. 상대적으로 삼성물산을 박차고 나온 그 청년은 용기 있고 꿈이 있어 보이고, 순응하고 있는 사람은 답답이 같아 보인다. 이게 조직이다. 단순한 대비효과가 수시로 일어난다.

조직에서 어떤 의견을 말할 때는 '내가 총대 멘다'도 중요하지만, '내가 지르고 나서 나머지 사람은 어떻게 되는가?'도 정말 중요하다. 나서는 사람 입장에서는 '내가 총대 멘다'지만, 주변 사람 입장에서는 '저거 또 설쳐서 피곤해지네'일 수 있다. '순수한 마음에 상사에게 불만을 이야기하고 고쳐나가서 다 같이 잘 되자는 것이지 누가 혼자 잘 먹고 잘 살려고 그런 것이냐'라고 해도, 예상 못한 우군(友軍)의 불만이 나오기 마련이다.

청소 노동자의 인권과 업무환경을 위해 투쟁에 나섰다. 청소 노동자도 같은 노동자고 모두의 인권은 중요하다는 좋은 취지였다. 허나 시위대는 투쟁을 위해 천막을 치고, 거기에서 먹고 자면서 쓰레기를 많이 만들고 어지럽혔다. 이들을 취재하겠다고 기자들이 드나들면서 평소에 비해 사람의 출입량이 엄청나게 많아져서 청소할 것이 더 많아졌다.

훗날을 생각한다면 투쟁으로 업무환경이 바뀌면 청소 노동자에게 좋은 일이다. 그러나 당장은 투쟁으로 인해 일만 늘어났다. 더욱이 현재 업무환경이 나쁘더라도 잘리면 안 되는 사람들도 있는데, '청소 노동자의 업무환경을 개선하고 인권을 보호하라'며 투쟁을 하는 통에 그들도 싸잡아서 조직 반대자 취급을 당하게 되었다. 이렇다면 청소 노동자를 위한 투쟁에 청소 노동자는 지지가 아니라 반대를 할 수도 있다. 취지는 좋았으나 미치는 영향은 좋다고만 할 수가 없다.

팀에서도 그렇다. 다니던 회사의 팀장님이 빨간펜 선생님 스타일이라 무척 피곤했다. 팀원들끼리 모이면 뒷담화도 잦았다. '팀장 진짜 짜증난다'고. 회사생활은 그렇게 커피 한잔 마시며 윗사람 뒷담화하는 게 재미다.

어느 날 회식자리에서 팀장님이 '그동안 말 못한 어려움이 있으면 허심탄회하게 이야기해 보라'고 하자, 팀원 한 명이 기다렸다는 듯이,

"팀장님 빨간펜 스타일 때문에 너무 피곤해요. 저뿐 아니라 팀원들이 다 힘들어 죽어요."

라고 내뱉었다. 눈치를 보아하니 총대를 메고 말을 꺼냈으니 지원

빨간펜 선생님 아동 학습지 '빨간펜' 및 교정교열시 빨간펜으로 세부사항까지 지적을 하는 것에서 나온 말로, 어떤 일이나 꼼꼼히 하나하나 지적하는 유형의 사람을 이르는 말.

사격 좀 해달라는 듯했다. '저런 눈치 없는 사람이!' 누구나 성격에 대해 대뜸 지적을 하면 상대는 기분이 나쁘다. 더욱이 '저뿐 아니라 팀원들이 다'라는 말은 뒷담화를 했다고 폭로를 하는 셈이다. 팀장님 얼굴이 벌겋게 달아올랐다. 성격 지적도 기분 나쁜데 뒤에서 욕까지 했다니, 팀원들에 대한 배신감에 분노가 치밀어 오르는 것 같아 보였다.

정말 기분이 상하셨는지, 뒤끝도 빨간펜 스타일로 보여주셨다.

"뭐야! 보고서 쓰는 양식 하나 똑바로 못 맞춰? 부제목은 굵은 글씨로 쓰라고 했잖아. 내가 이딴 것까지 가르쳐 줘야해? 이런 사소한 것도 제대로 못하니까 과외선생마냥 지적질 해야 되잖아. 이런 것도 못해서 알려주면 '빨간펜'이라고나 하고 말이야. 내가 빨간펜처럼 일일이 말하지 않게 똑바로 하라고! 그럼!"

팀장님 말도 틀린 것은 아니다. 팀장님 눈에는 사소한 것도 제대로 못한다 싶으니 빨간펜 스타일로 알려주고자 했던 것일 수도 있다. 팀원 입장에서는 대충 넘어가는 것 없이 세세하게 지적을 하니 피곤했던 것이고.

각각의 입장이 있는 것이나, 용감하게 팀장님의 스타일을 지적하고 나선 한 팀원 덕에 감정만 상했다. 회사의 정말 불합리한 제도 같은 것을 고치겠다고 총대를 메고 나서면 고맙겠지만, 개인의 성격 좀 고치라는 지적은 해봤자 기분만 나쁘다. '무엇이든 나서서 말을 해야 고쳐지는 것이지, 말을 안 하니 바뀌는 것이 없다'며 나서는 것이 벌집 쑤

시기 일 때도 있다.

정말 무언가 바꾸고 싶을 때는, 말하는 요령도 중요하다.

사람들 앞에서 대놓고 '너의 성격이 문제이니 고쳐라'라고 하면 자존심을 건드려버린다. 더욱이 '너 빼고 다 그렇게 생각한다'거나 '너만 모르고 다 그래'라는 식으로 말을 하면 순식간에 팀 내 파워게임으로 변질되는 것이다. 정 말을 하고 싶으면, 농담처럼 말 속에 뼈를 담아 유머로 던지거나, 따로 이야기하는 지혜가 필요하다.

열정, 독(毒)

성공한 사람들은 강연장에서 '열정이 있어야 한다', '열정이 있었기에 나는 성공했다'라고 한다. 그런데 회사에서 열정을 200% 쏟는 것은 주변 사람들을 너무 피곤하게 만든다.

신입 시절, 나는 인정받고 싶었다. '주목받는 신입, 될성부른 떡잎'이고 싶었다. 그러나 신입이 나서서 능력을 드러낼 만한 일은 없었다. 신입에게 떨어지는 일들은 낯을 세우기 좋은 일이 아니라 중요치 않은 것들이었다. 그나마 남들 앞에 드러나는 것이 발표 자료 만드는 것이어서 나는 그것에 열정을 모두 쏟아 만들었다. 윗분은 칭찬을 해주셨는데, 같이 일하는 사람들의 표정을 보니 왠지 씁쓸해보였다.

왜냐하면 윗분께서 앞으로 저렇게 만들라는 언급을 슬쩍 하셨기 때문이다. 발표자료 하나로 주목받고 싶은 내 욕심에 너무 많은 내용을 다 집어넣은 것이 실수였다. 이번이 끝이 아니라, 앞으로 서너 차례 더 발표자료를 만들어 보고를 해야 하는데, 이번에 다 적어 넣어서 다음 것은 완전히 새로 만들어야 했다. 일은 많아졌지만 그만큼 열정을 불살라 할 거리가 생겨 좋았다. 그러나 주변 사람들은 냉랭했다.

'열정적으로
내 시간과 청춘을 바쳐 일을 하는데 왜 싫어하는 걸까?'
'나 때문에 자신들이
열정 없이 일하는 것이 드러나서 그럴까?'

단순한 시샘 때문이 아니라, 기저에 깔린 태도 때문이었다. '열정'이라는 미명하에 내심 기존 방식, 기존 성과에 순응하는 이들을 깔보고 있는 태도 말이다. 구태(舊態)가 된 전통도 있지만, 회사에 만들어진 조직문화는 오랜 세월 시행착오를 거쳐 가며 정착된 것이다. 알고 보니 내가 새롭게 시도하며 고치고 싶어 하는 일들의 대부분은 사람들도 이미 시도해 보았고, 득보다 실이 많았기 때문에 하지 않는 것이었다. 그러나 나는 '사람들은 왜 나 같은 생각을 하지 못할까'라는 오만한 마음에 고치려 들었던 것이다.

자기고양(self-enhancement) 자신을 높이는 일. 자기고양이 편향으로 드러나는 경우, 상황을 자신을 드높이는 방향으로만 해석하려고 듦.

회사 일은 프로젝트처럼 한 번 벌이고 끝나는 것이 아니라서 이번에 다 쏟아내고 후속타가 없으면 그것도 큰일이었다. 다음 생각 없이 한방에 열정을 불사르는 것은 '열정'이라고 포장해서 나를 높이고 싶은 자기고양일 뿐이었다.

내 딴에는 정말 순수한 열정이라고 주장을 해도, 순수한 열정과 잘난 체에서 비롯된 열정은 사람들의 반응이 다르게 나타났다.

순수한 열정은 사람들을 동기화(motivating)시킨다. 바보 같다고, 또는 왜 그렇게까지 하냐며 말리더라도 순수한 열정엔 무언가 느끼는 바가 있기 때문이다. 너도 열정을 불태우라고 등을 떠밀지 않아도 주위 사람들이 좋은 영향을 받는다. 그러나 잘난 체하고 싶은 마음에서 비롯된 열정은 타인을 피곤하게 한다. 남들이 모를 것 같지만, 주목받고 싶어 '나대는 것'이 보이기 때문이다. 내가 주목받고 싶어 나대면서 너도 열정을 불태우라 하면 주위 사람들은 불편해진다.

가만히 있던 상대방의 자존감을 건드리기 때문이다. 겸손하게 있었을 뿐인데, 옆에서 잘난 척을 하며 나대면, 가만히 길가에 서 있다가 지나가는 차에 흙탕물 세례를 당하듯 그 사람 때문에 졸지에 못난 사람이 된다. 가만히 있었을 뿐이라도 옆에서 자신을 둥둥 띄우니 상대적으로 낮아지고 못해 보이는 것이다.

남을 힘들게 하는 것을 '열정'이라 착각하는 '나댐'은 대가가 있었다. 회사 일은 혼자 하는 것이 아니었다. 학교 다닐 때는 팀과제(teamwork)라도 나 혼자 다 하면 되긴 되었는데, 회사 일은 달랐다. 상사가 좋게 본다고 해결되는 것이 아니라, 다른 사람과도 잘 지내야 해결되는 것들이 수두룩했다. 박명수가 '내가 남을 성공하게 해줄 수는 없어도 남의 앞길을 막을 수는 있어!'라고 했듯, 회사에서 별 볼일 없어 보여 무시했던 사람이 나에게 도움이 되지는 못하더라도 나를 피곤하게 만들 수는 있었다.

회사는 윗분들께만 잘 보인다고 되는 곳이 아니었다. 두루두루 잘 지내며 오래 버티는 것이 지혜였다. 선배들이 튀지 않게 묵묵히 조직생활을 하는 데는 이런 깨달음을 얻었기 때문일지도 모른다.

적절히 맞춰 일하는 것이야 말로 사회생활의 능력이요 지혜였다.

너무 나서면 상사에게는 예쁨을 받을 수 있으나 동료들과는 힘들어진다. 일을 잘 못해서 남보다 뒤처져도 문제였다. 너무 잘난 사람도 미움 받지만 일을 너무 못해서 민폐가 되는 사람도 미움을 받는다. 내가 일을 잘 못해서 꼼지락거리거나 망쳐 놓으면 나대신 누군가 나 때문에 야근을 하고 내가 못한 일을 책임져야 하기 때문이다.

회사에서 인기 있는 사람은 일은 잘하는데
그렇다고 튀는 스타일은 아닌,
생색은 양보하며 뒤에서 일처리를 잘 해주는,
그런 사람이다.

참 어려운 말이다. 사람은 본능적으로 누구나 인정받고 싶은 욕구가 있다. 어릴 때 앞장 서서 나섰던 것도 다 이런 욕구 때문이다. 서른 전에 '최연소 과장', '우리 회사 최초로 해낸 사람' 이런 타이틀을 갖는 것을 내심 바랐던 것이다. 욕구이론에 자주 등장하는 매슬로우(Maslow)의 사회적 욕구, 인정의 욕구가 다 '남' 앞에서 대단한 사람이 되고 싶은 욕구이다.

이런 불타오르는 욕망을 다스리면서 공은 남에게 내어주고, 눈에 보이지 않는 내실을 챙기는, 그런 요령을 가진 사람이 진짜 고수다.

역지사지

돈을 만들어 내는 가장 쉬운 방법 중 하나는 비싸지만 안 쓰고 집에 쌓아두고 있는 것들을 파는 것이었다. 중고나라에서 낯선 사람과의 거래를 하면서 장사하는 분 마음을 조금이나마 이해할 수 있었다.

가장 곤란한 것은 중국 여행에서 겪었던 '네고' 같은 것이었다.

흔히 중국 여행가서 물건을 살 때는 '50% 깎고 들어가라'고 한다. 만약 상대가 100위안을 부르면 무조건 30위안 정도를 부르고 보라는 것이다. 그러나 실제로 중국에 가서 실험해 보니 이 전략이 썩 잘 통하는 것이 아니었다. 어떤 아주머니는 정말로 울먹울먹하면서 그 가격은 안 된다고 했고, 어떤 아주머니는 그 가격에는 안 판다고 단박

네고 네고시에이션(negotiation, 협상)에서 나온 말로, 가격을 흥정하는 것을 이르는 말.

에 거절했으며, 어떤 사람은 아예 들은 척도 안 했다. 말 같지 않았던 모양이다.

물론 여전히 여행객들은 이 네고 방식을 굳게 믿고 있다. 그 사람들 다 '쇼'하는 거라며, '하도 관광객을 많이 상대해서 그런 거'라고. 이 방식을 쓰지 않으면 소위 말하는 '호갱님' 되는 거라 했다.

결과적으로 이 훌륭한 노하우의 성과는 별로였다. 50% 이상 깎아 주지 않으면 안 샀더니, 내가 정작 사고 싶었던 제품들을 못 사가지고 돌아왔다. 한국에 돌아와서도 아른아른 생각나는 것들은 인사동에 가서 'made in China' 제품을 중국에서 살 수 있던 가격보다 비싸게 구입할 수밖에 없었다. 중국에서 몇천 원 아끼려다 되레 손해를 본 것이다. 혼자 약은 체한 결과다.

중고거래를 해보니 이렇게 '혼자 약은' 사람들이 수두룩했다. 판매를 하는 내 입장에서는 50만 원을 주고 사서 한 번 쓰고 둔 제품이니 30만 원을 받아도 손해라 생각이 되었는데, 중국의 쇼핑 노하우를 나에게 들이대는 것이었다. 무조건 깎고 보았다. 제품 가격을 다 깎아 놓더니, 이어서 택배비도 나더러 부담하라 했다.

내가 고객 입장일 때는 이렇게 제품 가격 깎고, 따로 더 깎아서 정말 싸게 사면 몹시 뿌듯했다. 어차피 장사하는 사람들은 엄청 남겨먹을 터이니 괜찮다며 일말의 가책 따위를 느껴본 적이 없었다. 하지만 판

호갱님 상인의 상술에 휘말려 바가지를 쓰는 고객을 낮추어 이르는 말.

매하는 입장에 서고 보니, 나는 생돈 50만 원 주고 산 제품을 20만 원 가량 손해를 보고 - 그래도 안 쓰고 묵혀두는 것보다 현금화하는 것이 나을 것 같아 - 내놓은 것인데, 거저 30만 원을 얻는 사람인 양 더 깎으려 든다.

판매자 입장을 경험하고 보니 원가 개념이 실감나고, 깎는 행위가 미치는 영향도 실감하게 되었다.

〈론리플래닛 홍콩〉에 적힌 글귀가 생각이 났다.

"홍콩의 기념품을 사면서 너무 깎으려 들지 마라.
몇백 원이 당신에게는 큰 영향을 주지 않지만,
그걸 팔고 있는 할머니의 생계에는 큰 영향을 미치니까."

'똑똑한 것이 무엇인가?', '정말 현명하고 지혜로운 소비자가 무엇인가?' 하는 것을 다시 생각해보게 되었다. 무조건 원가 가깝게 후려쳐서 깎으면 그 사람은 어찌 살라는 것일까.

물론 돈 만 원 귀하다. 아주.

그러나 내가 만 원 더 드리면 그분들도 그날 저녁 집에 가서 아이들에게 치킨을 한 마리 사 줄 수 있지 않을까. 나 하나가 아득바득 천 원도 아깝다며 깎으려 들고, 깍쟁이 짓을 하면 서로 더 각박해지는 것은 아닐까. 흥정은 거래의 묘미라고 하지만, 나 하나가 흥정을 포기하고 덜 하면 상대의 에너지와 내 에너지 모두 절약되는 것은 아닐까. 중국 상인 욕할 것 없이 우리는 그보다 더 독한 '고객님'은 아닌가 싶다.

20대 중반의 일이다. 서른이 넘은 언니랑 같이 장을 보러 가며 했던 말이 있다.

"옛날에는 천 원이라도 깎으려고 하고, 조금이라도 싼 거 찾았는데, 그게 남는 게 아니더라고. 그냥 하나를 사도 좋은 것을 제값 주고 사는 게 나아."

그때는 언니의 말이 무슨 뜻인지 이해를 못했다. 조금 더 검색하고 조금 더 찾아서 가장 싼 물건을 조금 더 싸게 살 수도 있는데, 왜? 그러나 모든 것에는 '값어치'라는 것이 있는 법이다.

우리에게 일을 시켰을 때, 그 비용은 산정하기가 어렵다. 10만 원을 줄 수도 있고 100만 원을 줄 수도 있다. 일의 난이도나 전문성 등도 고려가 되겠지만, 상대가 기분 좋게 더 쳐주면 이 쪽 역시 좀 더 한다. 그러나 가장 싸게 후려쳐 놓고 일은 더 해달라고 하면 할 의욕이 생기지 않는다.

가령 동영상 촬영 의뢰를 하는데, 예산이 고작 100만 원이라며 100만 원에 맞춰 달라고 생떼를 써서 했다고 치자. 그래 놓고는 삼성이나 애플 광고처럼 근사한 동영상, 높은 질의 결과물을 요구하며 들들 볶으면 황당할 뿐이다.

100만 원만 주고 최대한 뽑아내겠다고 덤비면서 자신이 엄청나게 똑똑하다 느낄 수도 있다. 그러나 그 때문에 힘들어지는 상대방의 입장은?

역지사지. 초등학교 때부터 배우는 말이다. 헌데 이게 왜 잘 안 될까? 크게 2가지 이유가 있다. 하나는 경험 부족, 하나는 인지 능력 부족이다.

아는 만큼 보인다. 중고나라에서 판매자 역할을 잠깐이라도 경험해 보니 그제야 판매자의 고충을 약간이라도 가늠하게 된다. 임신을 해보지 않은 미혼녀, 임신을 할 수 없는 남자에게 임산부의 고충을 헤아리라고 아무리 말해도 그저 최소한의 상식으로 추측할 뿐, 얼마나 힘이 드는지 상상도 할 수 없다. 군대에 다녀오지 않은 여자에게 군 생활이 얼마나 힘든지 아무리 말해 봐도 솔직히 여자는 그저 상상으로 그러려니 할 뿐, 전혀 그 입장을 헤아릴 수 없다.

신입사원에게 상사의 입장에서 생각해 보라고 백날 말해보라. 상사가 되어 본 적이 없는데 상사 입장을 어찌 아는가. 일하는 사람에게 사장의 마음을 가지라고 해보라. 사장이었던 적이 없는데 사장의 고충을 어찌 그대로 알겠는가.

즉, 역지사지를 백날 말해도 경험이 없는 사람에게 그 일을 겪어보지 않고 상상으로 이해하라는 것은 무리한 요구다.

그렇다면 겪어 본 사람은 왜 역지사지를 제대로 못하는 걸까? 그 경우는 실질적 인지용량 부족 때문일 수도 있다. 인지 심리학에서 우리의 뇌 과학 프로세스를 말할 때, 램처럼 여러 작업 스레드(thread)를 펼

스레드 컴퓨터 프로그램 수행 시 프로세스 내부에 존재하는 수행 경로, 즉 일련의 실행 코드. 프로세스는 단순한 껍데기일 뿐, 실제 작업은 스레드가 담당한다.

쳐놓고 생각을 한다고 한다. 책상이 넓으면 서류를 30장 펼칠 수 있듯이, 인지용량이 크면 여러 가지 입장과 상황을 동시에 펼쳐놓고 생각할 수 있다.

그러나 인지용량이 작으면 한 번에 하나의 생각을 하는 것도 힘에 부칠 수 있다. 우리가 농담처럼 '단세포' 또는 '뇌에 주름이 하나밖에 없다'라고 하는 사람들은 실제로 인지용량이 작아서 내 입장을 생각하는 것만으로도 벅차기 때문에 상대방의 입장까지 폭넓게 생각할 수 있는 여력이 없는 것이다. 그들이 이기적인 것이 아니다. 정말 머리가 안 따라주는 것뿐이다. 이기적인 것은 얄밉지만 머리가 나쁜 것은 그들의 죄가 아니다.

즉, 인지용량이 적은 사람에게 "너는 어떻게 네 입장만 생각해? 그 상황에서 내가 얼마나 곤란할지는 생각 안 해봤어? 다음부터는 주위를 좀 보라고. 네 입장만 생각하지 말고!"라면서 성질을 낸다고 해서 자기 입장 외에 주위를 볼 능력이 없다는 말이다. 그들이라고 안 보고 싶어서 안 보는 것이 아니다.

그러니 "네가 그렇게 할 수 있다고 무조건 말하면, 다른 사람은 하기 싫은데도 같이 해야 되는 상황이 되잖아. 그러니까 팀 작업 할 때는 무조건 할 수 있다고 말하지 말고 상의해보고 말씀드리겠다고 이야기해"라고 하는 편이 효과적이다. 다른 사람 입장까지 생각할 수 없는 사람에게 생각하라고 요구하지 말고 대신 생각해서 방법만 알려주는 것이다. 또 대신 생각해서 방법을 알려준 것이기 때문에 응용을 기대하지 말아야 한다.

"아니. 그때는 그때고. 상황이 달라지면 다르게 이야기를 해야지. 경쟁하고 있는 상황에서는 우선 하겠다고 이야기를 하고 와서 상의를 해야지 상의해보고 말하겠다고 하면 어떻게 해?"라며 상황에 따라 맞춰서 이야기를 못했다고 화를 내봤자 이해 못한다.

"지난번에는 내가 팀 작업 할 때, 팀과 상의해보고 이야기 드리겠다고 하라고 했잖아? 그 경우는 상대방이 우리랑 일하는 것이 확정이 되었을 때야. 그런데 이번은 우리 말고 다른 데랑 할 수도 있잖아? 그러면 네가 예전에 하던 대로 우선 할 수 있다고 해."

이렇게 '학습'을 시켜야 한다. 정확히 조건에 따른 반응을 알려줘야 한다.

우리랑 일함 - 팀 작업 할 때 상의하고 말한다고 할 것.
우리랑 일할지 안 할지 모름 - 우선 한다고 말할 것.

이렇게 상황을 나눠서 정확하고 구체적으로 말해주지 않으면, 인지 용량이 적은 사람은 투덜댄다.

"아니 왜 이랬다 저랬다 해? 지난번에는 무조건 할 수 있다고 말하지 말라고 하더니, 이번에는 할 수 있다고 하라고 하고. 어쩌라고?"

물론 이런 투덜거림은 인지용량 때문만은 아니다. 정말로 말을 불분명하게 해서 무슨 말인지 상대방이 제대로 이해하기 힘들었기 때문일 수도 있다.

입장차이, 인지 용량 차이, 개인 차이.

차이가 있다는 것을 인정하고, 답답해하기보다 맞추고 살 방법을 찾아가는 것이 사회생활인가 보다.

다시,
가족

날이 갈수록 사람과의 관계는 복잡해지고, 생각해야 되는 것은 늘고 피곤했다. 밖에서 이리저리 치이고 돌아올 곳은 가족밖에 없었다. 왜 사람들이 나이가 들면서 자기 가족으로 돌아가는지 조금은 알 것 같았다. 인간관계를 위해 공을 들여도 허사가 되는 때가 수두룩한 반면, 가족은 공을 덜 들여도 항상 내 곁에 있었다.

구남친과도 헤어졌고, 친구들과는 격차가 벌어져 때때로 자격지심이 들고, 사회생활은 나서도 뒤처져도 안 되니 중간 가기가 힘들고….
가족처럼 편한 사람도 없었다.

남친이 없으니 이제 맛있는 집을 찾아내거나 먹고 싶은 것이 있으면 엄마와 함께 갔다. 엄마와 시간을 많이 보내니, 가까워졌다. 달리 말하자면, 늘 똑같다고 생각했던 가족도 멀어질 수 있다는 것을 느꼈다.

머릿속에 활성화되어 있는 정도가 확실히 달랐다. 동생과 엄마의 관계가 더 가까워지다 보니, 엄마는 동생이 좋아하는 것은 잘 기억하시면서 내 취향은 종종 깜빡하셨다. 엄마도 모르게,

"어머, 너도 이거 잘 먹니?"

라고 되물을 때가 있었다. 엄마와 나는 식성이 거의 똑같은데도 불구하고.

그런데 나도 마찬가지였다. 구남친에게 정신이 팔려 있느라, 엄마, 아빠가 뭘 좋아하시는지 정보 업데이트가 전혀 되어 있지 않았다. 최근에 뭘 좋아하시는지 전혀 모르겠고, 멀고 먼 옛날에 아빠는 팥을 좋아하고, 엄마는 수박, 복숭아를 좋아한다는 것만 알고 있었다.

엄마, 아빠의 근황, 친척들의 근황도 전혀 몰랐다.

걸핏하면, "엄마 요즘에는 거기 안가?", "엄마 요즘에는 그거 안 해?" 같은 대화가 오갔다.

가족이라고 늘 그 자리에 그대로 있는 것은 아니었다.
각 개인의 역사, 관심사는 계속 변화한다.
그대로 있는 것은 서로를 좋아하고

서로의 편이 될 준비가 늘 되어 있다는 정도이다.
가족이라 해도, 관심을 가지는 만큼만 알 수 있다.

가족판 왕좌의 게임

서른 살이 된 이후, 소시민 가정에도 가족판 '왕좌의 게임'이 일어났다. 재벌 2세, 3세들처럼 후계를 둘러싼 치열한 암투가 벌어지는 것은 아니었으나, 영원무궁할 것 같던 부모님의 절대 권력이 점점 줄어들며, 딸들의 목소리가 커지는 지각변동이 일어났다.

모든 결정은 아빠, 엄마가 하셨는데, 이제는 나와 동생도 목소리를 내기 시작했다. 경제적으로 능력 없는 딸내미였으나, 어쨌거나 '직장인'으로서 '어른' 대접을 해주셨다.

우선 엄마는 시간이 늦어도 나에게 전화하지 않으셨다. 스무 살, 대학생 시절에는 조금 더 놀고 싶은데 10시면 엄마에게 부재중 전화가 37통씩 와 있었다. '차 끊기는데 왜 빨리 안 들어오냐'고. '10시인데 어디냐'고.

20대에 직장생활을 할 때도 엄마의 전화 때문에 힘든 날이 많았다. 그때는 빨리 시집을 가거나 독립을 해서 밤에 마음 편히 밖에서 놀고 싶은 마음이 굴뚝같았다.

10시가 넘어도, 12시가 넘어도 집에서 전화 안 오는 친구들이 가장 부러웠다. 그랬던 엄마가 서른 살이 되자, 전화 한 통만 딱 하고, 내가 늦으면 쿨하게 불 끄고 주무시고 계셨다. 예전에는 내가 들어올 때까지 잠 안 자고 기다리셨다가 혼내시던 분이 변하셨다.

아빠는 소소한 집안일을 의논하기 시작하셨다.
예전에는 엄마와 상의하셔서 두 분이 결정하시던 일을
이제는 내 의견도 한 번씩 물어보셨다.
정말 어른이 된 것 같았다.

반면, 나는 점점 더 제멋대로가 되었다. 예전에는 엄마, 아빠의 허락이 없으면 할 수 없는 일들이 많아 엄마, 아빠 눈치를 살폈는데 점점 내 멋대로 해버리는 일이 늘어났다. 먹고 싶은 것이 있으면, 엄마 눈치를 살펴 "엄마, 나 이거 먹고 싶은데…"라며 부탁을 하거나 아빠 눈치를 살펴 "아빠, 우리 요거 먹으러 가면 안 돼?"라고 애교를 부렸다. 그러나 이제는 내가 제안을 하게 된 것이다. "아빠, 우리 이거 먹으러 가자."

엄마, 아빠는 내가 뭘 먹고 싶다고 하면, 딱히 뭐라고 하는 분들이 아니셨다. 매일같이 외식하자고 조를 때면 안 된다고 하시기도 했지만, 대체로 들어주셨다. 더욱이 이제 내가 돈 내는 사람이 되자, 머뭇거릴 것이 없었다. 돈 내는 사람에게 힘이 있다.

동생은 더 당당했다. 결혼하고 자기도 돈을 벌고 남편에게 용돈도 받아서인지, 돈을 잘 썼다. 어쩌다 집에 오는 날이면, 맛있는 것을 사주고, 집에 필요한 것을 사주고 갔다. 멋졌다.

돈, 그것 참 좋은 것이었다. 가족 관계도 바꿔준다. 아빠, 엄마와 생각이 달라도, 아빠가 돈을 내는 상황이라면, 결국 최종 의사결정자는 아빠가 된다. 그러나 내가 돈을 내는 상황에서 최종 의사결정자는 내가 되는 것이다.

어느 날인가부터 엄마는 돈이 필요할 때 조심스레 내게 이야기를 했다. 직접적으로 돈이 있는지, 줄 수 있는지 묻지는 않으셨다.

"걱정이다. 이번 주 토요일날 ○○이 결혼식인데. 고모네 집 첫째 알지? 예전에 뽀동이 결혼할 때 100만 원이나 보냈었는데. 돈이 있으면 100만 원이 아니라 더 주면 좋을 텐데, 어떻게 할지 정말 걱정이다."

"아빠 몸이 많이 안 좋으신 것 같은데… 돈이 있으면 홍삼 한 번 다려드리면 좋으련만…."

이라는 이야기를 하셨고, 마음이 무거워진 나는 쌈짓돈을 꺼내 놓곤 했다.

엄마는 돈을 달라는 의도가 아니셨을 수도 있다. 둘째 딸은 시집갔고, 말할 사람이 없으니 남아있는 첫째 딸에게 '이야기'를 했을 뿐이다. 그러나 나는 그 이야기들이 이야기로 들리는 것이 아니라, 어느 순간 해결해야 할 문제처럼 들렸다.

엄마의 고민거리 대부분은 돈과 인간관계에 관한 것이었다. 성당 연령회 활동을 하다가 만난 이해하기 힘든 사람 이야기, 황당한 이웃

사람 이야기, 고지서보다 무서운 청첩장, 장례, 그 밖의 걱정거리들이 었다. 속 시원한 해결책이 없는 것들이 대부분이었다. 엄마는 그냥 이야기를 하면서 마음을 푸셨던 것 같다. 그러나 엄마의 이야기가 '문제'로 들리기 시작하자, 답도 없는 이야기가 싫었다. 가슴이 답답해왔다. 나라도 돈을 잘 벌어서 돈 문제라도 턱턱 해결해드리면 좋으련만, 내 코도 석자다. 내 돈 문제만으로도 골머리가 아픈데, 엄마의 입을 통해 듣는 우리 집의 어려운, 걱정스러운 형편은 더 골치가 아팠다.

마음은 어떻게 해드리고 싶지만, 능력 없는 못난 내 자신에게 화가 났다. '구남친 만나 뭘 해보겠다며 깝죽거리지 말고, 대학교 졸업하고 성실하게 일하고, 돈을 모았으면 지금 좀 더 도움 되는 딸이 되었을까' 같은 생각을 하면 무언가 울컥 치밀어 올랐다. 내가 참 한심했다. 속에서 자격지심과 반성, 분노가 들끓자, 나도 모르게 퉁명스러운 말들이 튀어나갔다.

"엄마는 뭐 즐거운 이야기는 없어? 어째 밖에서도 힘든 이야기만 듣는데, 엄마랑 이야기할 때도 온통 어렵고 힘든 이야기뿐이야?"

라며 핀잔을 드렸다. 짜증도 냈다.

"또 그 할아버지 얘기야? 그냥 놔둬. 그렇게 살다 죽게. 엄마가 어떻게 할 수 있는 게 아니면 신경 끄라고."

나와 상관도 없는, 엄마를 짜증나게 하는 어떤 할아버지 이야기도 듣기 싫었다. 말만 하면 퉁퉁거리니 엄마도 나와 이야기하는 것이 재미 없으셨나 보다. 그 뒤로는 말을 꺼내지 않으셨다. 고민을 이야기하려다가도 입을 닫으셨다. 엄마가 내 눈치를 보는 것이 느껴지자, 그게 또 화가 났다. 엄마와 딸 사이가 어째 이렇단 말인가. 방귀 뀐 놈이 성낸다고, 내가 그 꼴이었다. 내가 퉁퉁거리면서 엄마를 불편하게 만들어 놓고는, 엄마가 조심하시면 그것에 또 짜증을 냈다. 내가 하는 행동이 잘하는 짓이 아니라는 것은 알고 있으니, 또 마음이 불편했다.

"사원 김아영은 상냥하지만 딸 김아영은… (퉁명하고)
꽃집주인 이효진은 친절하지만 엄마 이효진은… (괴팍하고)
친구 김범진은 쾌활하지만 아들 김범진은… (무뚝뚝하고)
부장 김기준은 자상하지만 남편 김기준은… (무심하고)
당신은 안과 밖이 다른 사람인가요?"

한 공익광고에 나온 이야기다. 딱 내 모습이었다. 밖에서는 나도 꽤 친절하고, 이야기도 잘 들어줄 것 같이 생긴 사람이지만, 엄마에게는 퉁명스럽고 무뚝뚝하기 그지없는 딸이었다. 어느 순간 HBO 드라마 '왕좌의 게임'에서 왕이 되면서 안하무인이 된 조프리처럼 나도 쥐꼬리 만한 돈이라도 벌기 시작한다고 엄마, 아빠께 안하무인인 작은 왕이 되어가고 있었다.

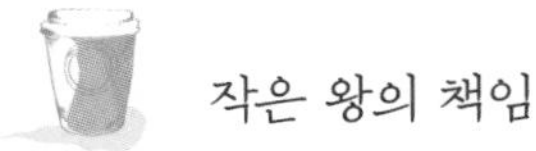

작은 왕의 책임

작은 왕은 권력만 휘두르는 것이 아니라,
책임도 주어졌다.

이전에는 집안 대소사는 당연히 아빠, 엄마의 몫이었고, 나는 열외였다.

그러나 작은 왕이 되면서 나도 참여해야 했다. 원체 가족의 일이나 나 외의 다른 사람의 신변에 관심이 없던 터라, 가족 대소사를 챙기기 시작하니 몹시 피곤했다. 이렇게 된 데에는 동생이 먼저 결혼한 영향도 컸다. 동생은 따뜻하고 해맑고 귀여운 막내딸이었는데, 결혼 이후, 더욱 따뜻한 아이가 되었다.

원래 사람을 잘 챙기는 아이이기도 했고, 결혼을 하고 보니 가족의 소중함이 더욱 크게 느껴졌단다. 그래서 누구 무슨 일이 있다 하면 제부를 대동하고 나타났다. 동생이 제부와 온다고 하면 자연스레 나도 호출이 되면서 온가족이 출동해야 했다.

"뽀동이도 온다고 하고, 전 서방도 온다는데…."

라고 하시면, 무조건 가야했다. 동생과 만나면 재미있고 좋았으나, 이제는 제부도 있다 보니 신경이 쓰였다. 철없고 만만한 처형이 되면 안 된다는 생각에, 철든 척하느라 애 먹었다.

엄마의 환갑잔치를 챙기는 일도 가족 대소사가 되었다. 요즘 시대에 무슨 환갑잔치냐며 손사래를 치셨는데, 가족끼리 밥이나 먹자고 한 것이 일이 커졌다. 친척들이 많다보니, 가까운 친척들만 모여도 40명이었다. 집 근처 '좋구먼 한정식 3만 5,000원짜리 상'을 예약했더니 식비만 훌쩍 100만 원이었다. 그리고도 나는 환갑기념 선물도 사야 한다며 설쳤다. 집에 TV를 벽걸이로 바꿔드렸다. 동생에게 연락해서 반반 부담하자고 했으나, 반응이 시큰둥하여 내가 결제를 했다. 그리고 이런 독선적 판단 때문에 제부와 의가 상했다.

엄마 환갑잔치 자리에서 식사를 하는데, 제부가 웃으면서,

"처형이 선물 샀으니까 묻어가야겠다."

라며 화기애애하게 운을 뗐다. 나도 만면에 웃음을 띠며 화답했다.

"그럼요. 함께 산 건데요."

제부가 원하던 것은 TV는 내가 사는 걸로 하고, 밥값을 반반 부담하는 것이었고, 내가 원하던 것은 TV 반, 밥값 반씩 부담이었다. 결국 TV를 내가 계산하고, 밥값을 제부가 계산하는 것으로 끝이 났다. 하지만 이 일로 제부는 마음이 상했다. 자신은 TV까지 사는 것에 동의한 적이 없는데, 내 멋대로 사 놓고는 밥값을 일방적으로 떠안긴 상황이어서다.

남도 아니고 부모님 환갑잔치인데 인색하게 구는 것 같아 나 또한 마음이 상했다. 그러나 내가 제부를 가족이라 여기면서도 남이라 여겼기 때문에 이렇게 한 면도 있었다. 내 동생 돈 쓴다 생각하면 부담스러울까봐 "너도 돈이 없을 텐데, 우리 아끼자"라고 했을지도 모른다. 그러나 제부니까, "나도 이 정도 냈으니, 제부도 이 정도 내요"라는 식으로 가능한 더 많이 부담하게 만들려고 들었던 것 같다. 제부 입장 따위는 안중에도 없고, 친척들 모인 자리에서 부모님 면을 세워드리는 것이 중요했다.

나의 이런 독선적인 행동 때문에 제부가 삐쳐서 그 뒤로 한동안 집에 발길도 하지 않았다. 나는 이유를 잘 알고 있었지만, 내막을 아실 리 없는 엄마, 아빠는 제부가 바빠서 못 오는 줄 알고 걱정하셨다. 보고 싶어 하면서도 말도 못하고 기다리셨다.

처형 역할, 그것도 아무나 하는 것이 아니었다. 작은 왕처럼 내 멋대로 권력만 휘두를 것이 아니라, 손아랫사람 - 제부가 나보다 여섯 살 많았지만 어쨌거나 - 대할 때 상대의 마음을 헤아리고, 손윗사람이면 손윗사람답게 구는 책임을 질 줄 알아야 했다.

서른 살이 되어 내 맘대로 할 수 있는 것이 늘어나는 것은 좋았으나, 책임도 '1+1 패키지 상품'처럼 따라오는 것은 달갑지 않았다.

시사인 고재열 기자님이 했던 말씀이 있다.

"20대에는 무조건 따라가기만 하면 되고,

30대에는 내가 알아서 잘하면 됐는데,
40대는 더 이상 내가 무언가를 해서
성과를 내는 나이가 아니에요.
이제는 사람들을 잘할 수 있게 만들어서
성과를 내는 때가 된 건데….
그게 어렵더라고요."

정말 그랬다. 20대에는 내가 주도적으로 무언가를 하기보다 배우며 따라가면 되었는데, 서른에는 나만 생각해서는 안 되는 상황에 놓인다. '알아서 잘 하는 것'이 그런 것이었다. 나 말고 위아래 입장도 두루두루 생각하지 않으면 안 되는.

'My way!'를 외치며 나는 나대로 살 건데 왜 위아래를 신경 써야 하냐며 허리 역할을 팽개치면, 나 하나 때문에 사람들을 불편하게 만들 수도 있는 나이가 된 것이다.

서른을 목전에 둔 고민은 '남들에게 어떻게 하면 잘 보일까'였을 뿐, 나로 인해 그들 입장이 어찌 변하는지는 관심이 없었다. 어느덧 '남'의 시선보다 '남'과 잘 관계 맺고 사는 것이 중요해지고 있었다.

나이가 먹어간다는 것은 나 혼자 사는 세상이 아니라 함께 사는 세상에서 더 잘 사는 방법을 익혀가며 '어설픈 사회인'에서 좀 더 '괜찮은 사회인'이 되어가는 과정이다.

/ 03 /

어떻게,
서른

* * * *

처음 심리학을 접했을 때, 무척 재미나고 쉬웠다. 조금 배워보니 세상만사 사람들의 모습을 심리학의 잣대로 들이대면서 다 설명할 수 있을 것 같았다. 대학원에 들어가고 심리학에 대해 한층 더 파고들자 갑자기 머릿속이 하얘졌다. 다 알고 있는 것 같았는데 아무것도 아는 것이 없었다. 심지어 내가 알고 있던 유명한 심리학 이론도 내가 아는 이론이 아니었다. 좀 더 공부하고 보니, 여전히 잘 모르겠지만, 내가 아는 것과 모르는 것이 무엇인지를 알게 되었다.

서른 살이 딱 이 중간 과정 같았다. 20대는 모르는 것이 없다고 느꼈다. 호기롭게 나도 세상에 대해 모르는 바가 없다며, 어른들의 훈수를 꼰대 같다며 싫어했다. 나도 다 아는데 뭐 그딴 것에 훈장질을 하려고 드는지 답답했다. 그러나 서른을 목전에 둔 시점에서 나는 아무것도 알 수 없었다. 어떻게 살아야 하는지를. 서른 살이 지나면서도 여전히 모르겠다. 다만 아주 조금씩 알게 되는 것들이 있다.

20대에는 물불 안 가리고 덤벼들던 일도 이제는 내가 잘 모른다는 두려움 때문에 섣불리 덤벼들기가 겁이 난다. 나이를 먹으면서 사람이 몸을 사리고 조심스러워진다는 것이 무엇인지 그 나이가 되니 알겠다.

하나하나 사람들이 했던 말들을 체감하게 되면서, 두려워졌다. 20대 초반에는 나는 아줌마가 되지 않겠다고 결심했다. 서른, 마흔이 되어서 유행가 가사도 모르고, 최신 트렌드에도 무심하고, 아줌마같이 하고 다니는 여자가 싫었다. 30대 여자의 패션이 촌스럽고 나이 들어

보였다. 그러나 서른 살이 되니, 아름다움의 기준이 달라졌고 관심사도 달라졌다. 유행가 가사 따위는 관심도 없고, 누가 최근에 핫한 아이돌인지도 시큰둥해졌다. 그들은 더 이상 나를 설레게 하는 오빠가 아니라 나와 띠동갑 동생 정도였다. 유행가도 시끄러워서 싫었다. 가끔 듣기는 하지만 열광하게 되지는 않았다. 또래 집단에서 여전히 아이돌과 유행가에 열중하고 있으면 철없게 보는 것도 큰 이유였다. 이제는 모이면 가수 이야기는 하지 않는다. '우리 오빠' 같은 건 없다.

화장법과 옷 취향도 변했다. 스무 살 시절에는 하얀 얼굴에 파란 아이섀도우가 유행이었고, 통통 튀는 차림이 좋았다. 그러나 서른 살이 되니 고급스러워 보이는 차림이나, 어려보이는 화장이 좋았다. 화장을 한 듯 안 한 듯 피부가 좋고 어려보이는 것이 중요했다. 스무 살이 하고 다니는 것이 촌스럽고 억지스러워 보이고, 서른 살 또래들의 차림이 근사해 보였다.

나는 '나이만 먹었다 뿐, 여전히 아무것도 모르는 철없는 서른 살이구나' 하는 생각에 혼란스러웠다. 때로는 서른 살, 삼십대 언니로 인생 꽤나 산 사람처럼 굴고 있지만, 실은 나도 아무것도 모른다는 사실이 두렵다. 또 다른 한편으로는 고작 서른 살 먹고도 20대 동생들의 상태가 거울 들여다보듯 훤히 보이는데, 마흔, 쉰 잡수신 선배들, 어른들 눈에는 내가 하는 말과 행동들이 얼마나 우스웠을까 하는 생각이 들어 부끄러워졌다.

성공을 위한 발버둥,
사람

포기하면 편해

"아님 말고."

"포기하면 편해."

"그러든지 말든지."

이런 말이 싫었다. 그게 뭔가. 아님 말고? 포기하면 편하다고?

나의 포기를 모르는 열정을 사람들은 때때로 '똥고집'이라 폄하했지만, 희망을 잃지 않았다. "포기는 배추 셀 때나 하는 말이야"라며 포기하지 말라고 하는데, 다른 한편에서는 포기하란다. 이게 말이야 똥

이야?

그러나 이 말도 깊은 철학이 담겨 있었다. 스스로 할 수 있는 일에는 포기하지 않는 것이 맞지만, 자신이 할 수 있는 최선을 다 한 뒤에는 포기하는 것이 맞는 것 같다.

프로젝트 입찰에 참여했다. 최선을 다해 자료를 준비하고 발표 연습을 하고 마지막까지 노력을 했다. 그 뒤의 결과는 프로젝트 발주자의 결정에 달린 것이지 내가 어찌할 수 있는 것이 아니다. 무조건 포기하지 않고 덤벼드는 것도 좋지만, 내가 할 수 있는 것과 아닌 것을 '분간'하는 지혜도 필요하다.

남친도 그랬다. 나는 해산물 채식주의자(pesco vegetarian)에 가까운 식성을 갖고 있다. 고기를 먹기는 먹는데, 남들이 가자고 할 때 따라가는 수준일 뿐, 내가 고기가 먹고픈 날은 연중행사 수준이다. 따라서 고기 좋아하는 남자는 내 식성에 맞추기가 꽤나 어렵다. 그럼에도 남자친구가 내 식성에 맞춰주기를 바랐다. 무던하게 내가 좋아하는 것을 같이 먹어주기는 했으나, 나를 위해 먹는 것과 그가 정말 좋아하는 것

채식주의자의 구분

- **반 채식주의자(semi vegetarian)** : 소, 돼지고기만 안 먹고, 닭고기, 해산물, 계란, 우유는 먹음.
- **해산물 채식주의자(pesco vegetarian)** : 육고기를 먹지 않고, 해산물, 계란, 우유 정도는 먹음.
- **계란 유제품 채식주의자 (lacto-ovo vegetarian)** : 육고기, 물고기 모두 먹지 않고, 계란, 우유 먹음.
- **유제품 채식주의자 (lacto vegetarian)** : 계란도 안 먹고 우유만 마심.
- **순수 채식주의자 (vegan)** : 오로지 채식만 섭취함. 우유도 안 마심.

을 먹는 것은 달랐다.

나는 뮤지컬도 아주 좋아한다. 뮤지컬 티켓을 선물로 준다고 하면 90도로 인사를 하며 좋아한다. 그래서 남친도 뮤지컬을 좋아하기를 바랐다. 그래야 앞으로 같이 공연을 보러 다닐 수 있으니까. 그러나 뮤지컬 공연장은 대부분 극장보다 좌석이 좁고 작다. 여자인 나는 좌석의 불편함을 느낀 적이 없으나, 남자는 아니었던 것이다. 더불어 뮤지컬의 반복적인 구성도 썩 마음에 들지 않아했다.

내가 좋아하니까 초밥 먹자고 하고, 회 먹자고 하고, 뮤지컬 보자고 졸랐다. 내가 낸다고 했다. 그래도 싫단다. 내가 돈도 내겠다는데, 내가 좋아하는데, 좀 같이 좋아해주면 안 되나. 이 정도도 못 맞춰주나 싶었다.

나는 내가 좋아하는 것을 남친도 당연히 좋아할 것이라 가정하고 한 행동이다. 그 속에는 내가 좋아하는 것을 너도 좋아했으면 좋겠다는 바람 겸 강요가 숨어 있었다.

그랬기에 남친이 소신 있게 자신은 싫다고 하면 마음이 상했다. 내가 할 수 있는 것은 소개까지가 끝이다. 그 뒤에 그가 어떻게 느끼는가는 자신의 몫이며 오롯이 그의 자유이다. 그러나 그 부분도 내 마음대로 하고 싶었던 것이다. 포기를 모르는 나는 줄기차게 계속 내 취향을 들이밀었다.

가랑비에 옷 젖는 것이니, 계속 들이밀다 보면 바뀔 줄 알았다. 그러나 사람은 그리 쉽게 변하는 창조물이 아니었다. 더욱이 서른 살이 넘은 성인은 제 고집, 제 취향, 제 철학이 견고히 들어앉은 상태다. 수십 년을 그리 살아온 것을 하루아침에 뿌리를 흔들어 내 스타일로 고치려고 든다고 될 일이 아니다. 이럴 때는 제발 포기를 해야 한다.

주체할 수 없는 열정은 자아 계발에 쓰자. 타인 개조에 쓰지 말고.

포기할 부분과 포기해서는 안 되는 부분을
분간할 줄 알게 되는 것.
이것도 한 살, 한 살 먹어가는 과정 아닐까.

인맥 관리

인맥, 참 중요하다. 성공하는 데 가장 중요한 것이 학연, 지연, 혈연이라 할 만큼 인맥 중요하다는 말 많이 한다. 독고다이로 혼자 성공하겠다며 덤벼들어도 쉽지 않고, 설령 타인의 평가 따위 아랑곳하지 않는다 해도 뭘 좀 하려고 하면 소위 '평판 확인(reference check)'을 당하기 십상이다. 이러니 이 좁은 땅에서 잘 살아보겠다고 인맥 관리에 열심히 노력하게 된다.

어느덧 전화번호부에 저장된 번호가 수백 개가 넘고 명함첩이 넘쳐 명함첩을 세 개쯤 살 무렵, 내게도 이 정도의 인맥이 있다는 생각에 뿌듯했다. 그러나 이 인맥이란 것도 근육과 똑같았다. 한창 운동을 해서 근육을 관리할 때는 배에 복근 비스름한 것도 생기고, 팔에도 잔 근육이 붙는다. 이 근육이 1~2년은 버텨줄지 모르지만 운동을 안 하고 팽팽 놀며 방치하면 오간데 없이 사라지며 지방만 남는다. 설익은 연주 실력과도 비슷하다. 서른네 살부터 가야금을 배우고 있다. 오랜 꿈이었는데, 가야금을 배워 보니 손가락이 여간 아픈 것이 아니었다. 집게 손가락에 물집이 잡히고, 물집이 터졌다가 굳은살이 박히는 과정이 몇 번 반복되었다. 그러면서 '밀양 아리랑', '꼭두각시'도 연주할 수 있게 되고, 드라마 대장금의 주제가였던 '오나라'도 연주할 수 있게 되었다. 이제 뭔가 좀 할 수 있을 것 같았는데, 2주를 쉬고 자치동갑국악원에 갔더니, 손가락이 다시 아파왔다. 이제는 좀 굳은살이 베긴 줄 알았더니만 다시 물집이 잡히고 원래도 부족했던 솜씨에 손가락이 아프니 더 어쭙잖은 소리가 나왔다. 2주 만에 제자리로 돌아간 것이다. 원장님이 인자한 미소로 이야기하셨다.

"원래 채우기는 어려워도 비우기는 쉬운 법이죠. 어느 정도 가야금을 뜯고 탈 수 있게 되는 것보다 그걸 유지하는 게 더 어려워요."

사람은 가야금보다 더 어렵다. 가야금은 내가 한동안 연습을 하지 않았다고 해서 나를 잊지는 않는다. 어차피 내 소유의 가야금이니 주도권이 나에게 있다. 그러나 사람은 잠시 시야에서 멀어지면, 기억에서도 사라진다. '점화(點火, priming)'가 되지 않는 것이다.

점화는 어떤 단서를 보고 무언가가 떠오르는 것이다. 예를 들어, 아무 생각 없다가도 여행지의 멋진 사진을 보면 여행가고 싶다는 생각이 점화된다. 추운 겨울 사진을 본 사람은 자신도 모르게 몸이 움츠러들며 따뜻한 커피가 생각난다. 최근에 가깝게 지내는 친구에 대해 잘 알고 있기 때문에, 누군가 '사람 추천을 해 달라' 물으면, 대뜸 그 친구가 떠오른다.

점화효과는 어떤 사람이 무척 강렬한 인상을 남기거나, 특정 분야에서 독보적이면 계속 유지가 된다. 가령 돌아이 열전을 하며, '지금까지 내가 만나본 최고의 돌아이는…'이라는 주제로 불이 붙을 때, 독보적이면 바로 점화되어 생각이 날 것이다. 또는 전공 때문에도 점화효과가 나타난다. 음악이야기가 나오면 음악을 하는 친구가 떠오르고, 컴퓨터 이야기가 나오면 컴퓨터 공학한 친구가 떠오른다.

달리 말하면, 인맥을 쌓기 위해 어지간히 노력을 해도, 한정된 시간 안에 수백 명을 다 관리하는 것은 불가능에 가깝다. 독보적인 무언가가 있어서 상대가 수시로 내 생각이 나게 만들지 않는 한, 내가 일주일, 열흘만 연락을 하지 않아도 상대는 나를 잊어버릴 것이다. 심하면 내 연락처는 물론이요, 나라는 사람 자체에 대해서도 까맣게 잊어버릴 수도 있다.

인맥이란, 한 번만 연(緣)을 맺어두면 영원불변으로 유지되는 것이 아니다. 내 머릿속에 집어넣은 지식도 나이와 시간에 따라 사라지는데, 남의 마음에 담아놓은 인상이 영원불변하기를 바라는 자체가 애초에 무리다.

나를 잊지 않게 만들고 계속 쉽게 점화되도록 만들어야 하기 때문에, 인맥 관리의 비법으로, '매일 한 명에게 연락해 보라'는 방법이 자주 나온다. 자꾸 깜빡하면, 엑셀표를 출력해놓고 체크하면서 하루 5분 운동하듯 사람들에게 연락을 해보라고 했다.

나도 따라해 보았다. 전화번호부에서 매일 한 친구씩 연락을 해보았다. 수년 만에 친구와 통화를 하니 기분이 엄청 좋았다. 그러나 그 순간뿐이었다. 매일 한 명씩 연락을 해야 한다는 자체가 스트레스였다. 이런 식으로 '인맥 관리'를 하려고 드니, 일처럼 느껴졌다.

연락을 하지는 않지만 수시로 친구를 그리워하고 떠올리는 것으로는 안 되는 걸까?

수민이와 마지막 만남은 수민이가 아이를 가졌을 때였다. 그때도 내가 연락을 해서 함께 만난 것은 아니었고 효민이 덕분에 함께 만났다. 틈틈이 수민이 생각이 난다. 수민이는 기억도 못할 수도 있지만, 내 어릴적 친구의 모습, 수민이가 가고 싶어 했던 아프리카, 지금 행복하게 사는 모습을 떠올린다. 그러나 생각에서 끝이다. 연락을 하지 않는다. 어쩌면 수민이도 아주 가끔은 내 생각을 할지도 모른다. 그러나 역시 먼저 연락하지는 않는다.

효민이는 다르다. 먼저 손을 내밀어 준다. 무슨 날이면 정성 담뿍 담은 따뜻한 메시지를 보낸다. 친구들을 모아 한번 보자며 챙겨준다. 지금 효민이는 울산에 사는데, 부산에 놀러왔다니 신랑까지 데리고 한 달음에 보러 와서 부산 안내를 하며 챙겨주었다. 큰 키와 또렷한 이목

구비를 가진 서구적인 미녀상인데, 상냥하고 따뜻하기도 하다. 자주 생각이 난다. 그러나 역시 연락하지는 않는다. 그냥 효민이를 좋아하고 자주 생각한다.

한때 진희와는 바로 옆집에 있었다. 우리 집 옆이 진희의 사무실이었으나, 지나면서 불이 켜져 있으면 '진희가 있겠지'라고 생각할 뿐, 전화하지도 불쑥 올라가보지도 않았다. 수년이 지나고 한 번씩 만나면서 "바로 옆인데도 보기 힘들어!"라고 하고 넘어갈 뿐이다.

숙이는 페이스북으로도 연락이 된다. 그러나 소극적으로 '좋아요' 한 번 누르고, 댓글도 잘 안 남긴다. 보고 싶다. 많이. 표현하지는 않는다.

이런 내 성격 탓에 서운해 하는 보경이도 있다. 연인을 떠 올리듯 많은 순간 보경이를 생각한다. 함께한 시간, 추억만큼 보경이를 떠올리게 하는 소재들이 너무나 많다. 와인, LG, 꽃, 향기, 맛있는 음식, 여행. 거의 모든 것들이 보경이를 떠올리게 만든다. 보경이를 만나면 새벽 2시까지 동네의 문 열린 커피점을 전전하며 이야기를 하다가 못내 아쉬워하며 헤어진다. 새벽까지 이야기를 나누고도 아쉬워서 돌아와서는 마이피플로 몇 시간을 더 이야기한다. 그럼에도 먼저 연락하는 날은 거의 없다. 목적이 있을 때만 연락한다. 영화표가 생겼다거나, 물어볼 것이 있다거나.

나는 어째 이렇게 옛날 사람 같은가?

옛날 공중전화기에 붙어있던 '용건만 간단히'라는 말처럼 용건이 있을 때나 한 번 연락하고, 생각난다고 연락하지 않는다.

이런 성격을 고쳐보려 했으나 쉬이 고쳐지지 않는다. 요즘 사회에서는 성공하려면 인맥 관리를 잘해야 한다는데, 인맥 관리는 고사하고 친구들에게 연락 한 번 하는 것도 힘이 드니 어쩌면 좋단 말인가.

포기했다. 포기하니 편했다.

송충이는 솔잎을 먹어야 한다고, 이 말은 보통 주제파악하고 분수에 넘는 욕심을 내지 말라는 비유로 많이 쓰이나, 나는 이것이 성격에 오히려 맞는 말이라 생각한다. 타인을 수시로 살갑게 챙기기 어려운 사람도 있다. 좋아는 하되 표현 못하고 그냥 생각하고 사는 사람도 있다.

대신 욕심내지도 않기로 했다. 내가 마음 깊이 친구들을 생각하고 있을지라도, 친구들이 보는 내 모습은 수년간 연락 한 통 없는 친구 최미정일 뿐이다. 단 한 번도 표현한 적이 없는데 내 마음을 알 리가 없다. 무슨 수로 알겠는가. 수년 동안 연락 한 통도 안 했는데.

내 마음을 몰라준다고 섭섭해하지 않기로 했다.

여행지 같은 친구가 되기로 한 것이다.
광화문 스타벅스처럼 수시로 들르고 찾아주는
친구가 아니라 생각나면 한 번 훌쩍 찾는 그런 친구.

훌륭한 사람

'인맥 관리'에 소질이 없음을 깨달았다 해도, 한자리하고 있는 사람, 유명한 사람을 만나면, 그 사람에게 잘 보이고 친하게 지내두어 '무언가 얻을 것이 있을까' 하는 기대가 생겼다.

그러나 별 볼일 없는 사람이 대단한 사람과 가까워지는 것이 쉬운 일은 아니었다.

"무슨 일 하세요?"라고 할 때, 학원 강사라고 답하거나, 대학원 다닌다거나, 책 쓴다고 하면 대부분 흥미를 잃었다. 나를 알아둬 봤자 쓸모가 없을 것이라는 촉이 바로 온 모양이었다.

대학원에서도 그랬다. 대학원에 입학했을 때 나는 이런 나도 받아주셨다는 사실에 몹시 기뻤다. 그래서 다음 학기에 신입생 모집 입학시험 조교를 자처해서 지원자들에게 용기를 주었다.

"회사 경력을 지나치게 보시지 않으시니까요. 마음 놓으셔도 돼요. 연구 계획 착실히 말씀드리세요."

나중에 합격자들의 스펙을 보고 부끄러워졌다.

나나 별 경력도 없는 주제에 운 좋게 입학했을 뿐, 그들은 나보다 대여섯 살은 어린 나이에 이미 컨설팅 회사 경력 3년차, 대기업 경력 4년차 등 화려한 경력을 가지고 있는 사람들이었다. 나에게나 "경력을 크게 따지지 않으시니 너무 긴장하지 마세요"가 위로였을 뿐, 그들에게는 차라리 경력을 높게 쳐준다는 말이 도움이 되었을 것이다.

좋은 스펙을 가진 동기들과 내가 있을 때, 자연히 좋은 기회는 그들에게 갔다. 나는 나이도 서른 둘, 굽히고 배우는 맛도 없고, 고작 서른 둘 먹은 주제에 "내가 다 해봐서 아는데"라면서 거들먹거렸다. 이러니 누가 나를 추천한단 말인가?

거부당할 것에 대해 미리 방어를 했다.

"난 저렇게 선배들이 혹시나 취업시켜줄까 싶어서 잘 보이려고 애쓰는 것 너무 싫어. 내 앞가림은 내가 하는 거지."

솔직한 속내는 대단한 동문들의 도움을 나도 받고 싶었다. 혹여 그들이 나를 불러준다면 뛸 듯이 기뻤을 것이다. 그러나 아니었기에 한 줌 남은 자존심을 지키고자 지껄여대기라도 했다. 그들이 나를 선택하지 않은 것이 아니라, 내가 그들을 버린 것처럼.

혼자 예민하게 날을 세우며 지내니 피곤했다. 이게 무슨 꼴인가.

사실 그분들은 내가 이런 생각을 하며 자위하는 것에 전혀 관심이 없다. 결국 혼자 욕심내고 기대하고 실망하고, 1인 사물놀이를 하는 것이다. 그냥 포기했다. 대신 아무런 이익이 없는 나와 어울려주는 사람에게 고마워했다. 잘 보여서 콩고물이라도 얻을까 하는 기대를 버리고 나니, 인상관리를 하려고 허세를 부릴 필요도, 자기PR을 하려고 애쓸 필요도 없었다.

나에게서 불순한 의도가 사라져서일까?

그토록 바라던 훌륭한 분들과의 인연이 생겼다. 마음을 비우고 편히 쳐다보니, 대단한 분들일수록 소탈했다. 자신이 대단하다하여 남을 깔아뭉개는 오만함보다 높은 자리를 잠시 잊게 만드는 편안함이 있으셨다.

이제는 훌륭한 분을 처음 만나는 자리가 어떤 면에서 더 편안하다. 실제로 그분들이 무슨 생각을 하시는지 모르겠으나, 적어도 속단하고 경시하는 것을 내가 느낄 수는 없기 때문이다.

내 옷차림을 머리부터 발끝까지 스캔하고 평가하는구나 하는 인상.

내 직업을 물어본 뒤 별 볼일 없으니 더 이상 말 섞을 필요 없겠구나 하는 인상.

그런 인상이 없다.

웃기지도 않을 정도로 나를 뭐나 되는 사람인양 귀히 여긴다. 그분들은 나에게 잘해준다고 자신에게 티끌만큼의 도움 될 것도 없는 사람인데 말이다.

그리고 이런 놀라운 경험은 내게 또 다른 오만함이 생기게 만들었다.

"'내가 만나봐서 아는데' 진짜 잘나가는 사람은 별 볼일 없는 사람이라고 무시하고 말 안 섞는 짓을 안 하더라고. 1차적으로 옷차림과 외모로 스캔한 뒤에 직업 경력 물어본 다음, 별 볼일 없어 보이면 명함도 안 건네주는 사람과는 다르더라고."

하면서 나를 무시하는 사람을 '대단하지 않은 사람', '진짜 잘 나가는 사람은 아닌 허울 좋은 사람'으로 깔보는 오만함이다. 이 역시 삐딱한 마음이다. 나를 무시한다고 열 낼 필요 없이 '넌 아직 멀었구나. 흥!' 이래 버리면 속은 편해진다.

함부로 인연 맺지 마라

어릴 적에는 뷔페를 엄청나게 좋아했다. 동네에 있던 오래오래 무제한 고기뷔페도 좋아했고, 빕스에 가면 환장했다. 호텔 뷔페는 말할 것도 없다. 하얏트 포시즌 뷔페 한 번 얻어먹은 것을 8년간 떠들어댔다. 호텔 뷔페 다녀왔다고.

그런데 점점 뷔페가 시원찮게 느껴졌다. 그 돈으로 한 가지 음식을 정말 제대로 하는 음식점에 가는 편이 낫다는 생각이 들기 시작한 것이다.

이를테면 초밥뷔페에 가면 초밥을 많이 먹을 수는 있는데, 정말 맛있는 감동적인 초밥을 먹을 수는 없다. 대신 초밥 장인의 집에 가면 초밥뷔페 가격에 초밥을 10점 정도 먹을까 말까 하지만 한 점, 한 점 기가 막힌 초밥을 맛볼 수 있다.

점점 같은 돈으로 어설픈 수준의 다양함보다 좋은 수준의 하나를 찾게 되는 것이다.

뷔페처럼 이 사람 저 사람 다양한 사람을 맛봄으로 인해 배우는 세상에 대한 지혜도 분명 있다. 하지만 뷔페에서 한 점 집어먹었다가 다시 뱉게 되는 꽁꽁 얼은 맛없는 육회처럼 괜히 맛보았다가 입맛 버리고 불쾌하게 만드는 사람도 있다. 뷔페에서 집어 먹었다가 '우웩!' 하는 음식이야 뱉어버리면 그만이고, 저녁에 맛있는 것만 먹어도 점심 때 먹은 최악의 뷔페는 금방 잊힌다. 그러나 사람은 뷔페 음식 한 종류처럼 하잘것없는 존재가 아니다 보니 후유증도 훨씬 크게 남았다. 거지 같은 사람을 만나면 그 불쾌감과 짜증이 오래, 타르처럼 남는다.

대상이 '사람'이기 때문에 내 마음속에 있는 도덕심, 박애주의를 건드리기 때문이다. 내가 대단한 성인군자는 아니더라도 사람이 사람을 미워하는 것에 대해 늘 마음 한편에 부담감이 있다. 아무리 미워할 만한 짓을 했더라도 미워하지 않아야 된다고 배웠으니 말이다. 그런데 미운 걸 어떻게 하나.

마음을 바꾸려고 수없이 노력해봤다. 심리학을 한 이유 중에 상대를 조금 더 이해하면 미움이 줄어들기 때문이라는 이유도 있었다. 실제로 심리학 공부 덕분에 이해가 늘면서 미움이 많이 줄어들었다.

그러나 이해한다고 해서 불편한 것이 안 불편해지는 것은 아니다. 좀 더 어릴 때는 "대체 왜 저래? 난 도무지 이해가 안 돼. 미친 거 아냐?"라면서 씩씩거리다가 지금은 '아마도 지금 상황적으로 이런 심리를 느낄 수도 있겠지. 그래서 방어기제로 저런 행동을 하는 것이고. 실질적으로 저 사람은 내 성격이 불편할 수 있겠지' 하는 생각은 든다.

그러나 이건 어디까지나 머리다. 마음은 예전처럼 죽도록 밉지는 않더라도 짜증이 나거나 불편하다. 한편으로는,

'저 사람은 자기가 엄청 불편한 민폐 캐릭터인걸 알까?'

같은 생각이 든다. 더욱이 내 나이가 한 살, 두 살 먹어가면서 만나게 되는 사람의 연령층이 올라갈수록 절망감도 커진다. 어린 사람들이야 나이 먹으면서 바뀔 거라는 희망이라도 있는데 저 성격으로 50년, 60년 살아온 분들이 절대 바뀌지 않을 것 같기 때문이다. 때로는 이제 서른이어도 안 바뀔 것 같은 고집쟁이들도 많다. 물론 나도 그중 하나다. 사람의 성격이 과연 바뀔 수 있을 것인가 하는 말이다.

호간(Hogan)검사로 유명한 호간 박사는 사람의 성격이 7년 정도에 한 번씩 바뀐다고 이야기했다. 심리학에서는 인간의 성격을 정의할 때, '인성(Personality)', '기질(Temperament)', '성격(Character)'으로 나눈다. 인성은 기질과 성격이 합쳐진 개념이다. 기질은 사람이 날 때부터 가지고 있는 특성으로 불변하는 것이나 성격이란 환경이나 교육 등의 영향으로 인해 변할 수 있는 것으로 본다. 그러나 한글로는 인성이나 기질이나 모두 '성격'이라 뭉뚱그려 말한다. 때로는 성질과 성격

으로 나누어서 성질은 기질처럼 타고난 것으로 바뀌지 않는 것, 성격은 인격적 수양이 가능한 것으로 구분하기도 한다.

"성질은 더러워도 성격은 좋다."

이런 말이 나오는 이유다. 우리가 상대에게 바뀌었으면 좋겠는 것이 성질이든, 성격이든 간에 쉬이 바뀌지 않는다. 더욱이 스스로 특별한 계기로 인해 바꾸지 않는 한 옆 사람이 잔소리 한다고 바뀔 것이 아니다. MBTI 교육을 받던 중, 유형별로 특성을 이야기하는 자리였다.

"이런 말 많이 듣지 않아요? '너무 차갑다'고."
"맞아요. 근데 그걸 어쩌라고? 난 정말 남의 일에 관심이 없는데, 없는 오지랖을 어떻게 만들어요?"

다른 성격도 마찬가지였다. 어떤 성격 특성을 지녔던 간에 장단점은 있었고, 그냥 그렇게 생겨먹은 것을 딱히 고칠 생각은 없다는 반응이 대다수다. 나의 (진심어린) 피드백으로 상대방이 고쳐질 거라 생각하면 엄청난 오산이다. 그 사람의 성격이 바뀌는 것이 아니라, 나에 대한 그 사람 인식만 바뀐다. 재수 없는 소리하는 사람으로.

만나면 기운이 쭉 빠지는 사람, 허탈하고 우울해지는 사람, 마음이 너무 불편한 사람.

그런 사람 말고 잘 맞고 좋은 사람, 만나서 행복해지는 사람도 있다. 스트레스 받아가면서 정신건강에 해로운 사람을 만나 맞추느라 애쓸 필요가 없다. 이미 일하면서도 만나서 괴로운 사람들을 강제적으로 충분히 만난다. 무차별적 스팸전화, 온라인 게시판을 통해 몰라도 좋을 사람들에 대해 알게 되기도 하고.

어쩔 수 없이 환경에 던져지는 것은 피할 수 없더라도, 최소한 내가 선택할 수 있는 범위에서는 좋은 사람에게 집중하는 편이 낫다.

법정스님이 하신 말씀이 있다.

"함부로 인연 맺지 마라."

불법(佛法)을 어쭙잖게 주워들어 '옷깃만 스쳐도 인연'이라며 불필요한 만남에도 다 인연이라는 이름을 붙이기도 한다. 그러나, 스님은 좋은 인연과 스쳐가는 인연을 구분해서 인연을 맺으라고 하셨다. 옷깃을 한 번 스친 사람들까지 인연을 맺으려고 하는 것은 소모적이라는 것이다. 사람과의 만남을 귀하게 여기는 자세는 가지고 있어야겠지만 모든 것이 인연이라며 가치를 부여하는 것도, 귀한 인연을 무가치하게 만든다.

성공하겠다고 연을 만들려고 하기보다, 정말 삶에 도움이 되는 좋은 인연 하나 찾는 게 귀했다.

다시,
꿈

미래에 저당 잡힌 현재

취업 준비할 때는 알콩달콩 잘 사귀던 커플이 둘 중 하나가 취업하고 나서 깨지는 경우가 허다하다. 우습게도 취업 안 되서 같이 고민하면서 취업 준비할 때가 사이는 더 좋다. 꿈이 있으니까. 취업 전에는

"내가 취업하면 맛있는 거 많이 사줄게. 이것밖에 못 해줘서 미안해."

라는 말 한마디에 뭉클해지면서 '네가 있는 것만으로 괜찮다' 생각

이 든다.

"우리 취업하고 돈 벌어서 결혼하자."
"우리 취업하면 매주 영화도 보고 맛있는 것도 먹고 그러자."

같은 꿈들이 있다. 취업만 하면 다 될 것 같은.
사실 우리는 이미 고등학교 때 겪고도 면역이 안 되어 있다. 고등학교 땐 무엇이든 대학에 가면 다 될 것 같았다.

"대학에 가면 여행가자."
"대학 가면 연애하고, 네 남친이랑, 내 남친이랑 네 명이서 만나서 노는 거야!"
"대학 가면 나는 진짜 꾸미고 다닐 거야."

라고 했으나, 막상 대학에 간다고 다 되는 것은 아니다. 우선 집에서 용돈을 많이 안 주시면 할 수 있는 것이 없다. 알바를 하면 알바를 하느라 놀 시간이 줄어든다. 연애도 마찬가지다. 대학시절, '대학만 가면 다 된다고 그러더니 다 거짓말이었다'고 선생님들과 부모님들을 실컷 원망해놓고, 취업준비생 시절에 또 그러고 있다.
지금 야근도 그렇다. 이렇게 하노라면 언젠가는 내가 여유있게 살게 되지 않을까, 하는 미래 때문이다.

유리천장

'여자'라는 것이 유리천장이 되는 경우가 있다. 이런 말에는 직장의 승진에서 여자라는 조건이 걸림돌이 된다는 것을 떠올리는데, 유리천장을 만나는 상황은 의외로 연애하는 과정에서 드러난다.

대학생 때 용돈 받아서 고만고만하게 쓸 때는 덜한데, 돈을 벌기 시작하면 여자가 남자보다 돈을 더 번다는 것에 스트레스를 받는다. 온라인 게시판에는 '여자나 남자나 똑같이 용돈 받고, 똑같이 일하는 상황에서 남자더러 돈을 다 내라는 것이 말이 되느냐!'라며 성토하는 네티즌들도 있지만, 현실에서 만나면 돈 잘 벌고, 잘 쓰는 여자를 남자들은 부담스러워한다.

이상순과 결혼한 이효리가 때때로 방송에서 과거 연애담이나 결혼을 결심한 계기를 공개할 때가 있다. 이효리가 밝힌 이유 중 하나는, "과거에 돈 없는 남친도 만나봤어요. 하지만 남자의 자격지심 때문에 헤어졌어요. 여자가 바라는 것은 실팔찌 하나인데 자격지심이 있었던 남자들은 저에게 '네가 돈 많으니까 네가 사면 되잖아'라며 자신을 깎아내렸어요. 그런 것들이 이별의 이유가 되었어요. 하지만 오빠(이상순)는 자기가 돈 덜 번다는 것에 대해 자격지심이 전혀 없어요. 자기 돈은 없더라도 자기 것이 있는 당당함이 있어요"였다.

남친이 돈을 잘 못 벌기 때문에 돈을 더 벌기가 겁난다고 하면 궤변같이 들린다. 그러나 상당수 커플이 남자의 경제력에 비해 여자의 경제력이 약간 아래여야 편안하다. 남자의 자존심도 치켜세워주고 여자는 편안해진다. '셔터맨이 꿈이다. 부인은 나가서 하루 종일 일하고 돈 잘 벌어오고, 나는 아침저녁에 나가서 셔터만 올려주고 내려준다면 얼마나 좋겠느냐? 나는 살림이 체질이야. 하하하하!'라고 농을 하면서도 실제로 셔터맨보다 더 편안하게 - 셔터조차 올리고 내려줄 필요 없이 - 여자의 능력에 기대어 살 수 있는 상황이 되면 남자들은 당황한다.

안타까운 경우로는 여자가 벌어오는 돈으로 생활을 하고, 생색은 다른 곳에 가서 조금 더 만만한 여자에게 내기도 한다. "돈 잘 내는 여자가 좋네" 하면서도 결국은 자신이 생색내고 '남자'로서 폼 잡을 수 있는 여자가 편하다는 것이다.

어린 여자 선호도 일맥상통한다. 또래 여자를 만나면 3만 원짜리 밥을 사줬어도 '별로네'라며 평을 하는데, 다섯 살, 열 살 어린 여자를 만나면 3만 원짜리 밥 한 번에 까무러친다는 것이다. 또래 여자의 경우 자동차로 픽업하고 집까지 바래다줘도 시큰둥하거나 자기도 차가 있어 불편해하기도 하는데, 열 살가량 어린 여자를 만나면 차로 픽업하고 바래다만 줘도 좋아 죽는다고 한다. 똑같은 조건에도 반응이 어릴수록 좋다는 것이다.

근거 없는 말은 아니다. 친구에게 밥을 사면, 3~4만 원짜리 한정식

〈경향신문〉 2014. 7. 23. '매직아이' 이효리 '남편 이상순, 돈은 안 벌지만 자격지심 없어 좋다'

을 샀어도 "고맙다. 잘 먹었다. 다음에는 내가 살게"와 같은 담담한 고마움을 받는다. 그런데 학교에서 열 살가량 차이나는 동생에게 3~4만 원짜리 뷔페를 사주면 인기 최고 선배가 될 수 있다. 차를 태워줘도 그렇다. 또래 친구를 데려다 주면 덤덤하게 '고맙다'가 끝이다. 그러나 나이 차이가 많이 나는 어린 동생들은 차를 태워주면 훨씬 고마워하고 즉각적으로 좋은 티를 팍팍 내서 운전하는 사람을 기분 좋게 만들어 준다.

나이가 들더라도 여자가 능력이 좀 없으면 남자가 해주는 것들에 감탄하며 좋아할 가능성이 높다. 여자의 능력과 남자의 자존심 간의 균형이 어렵다. 그리고 놀랍게도 남친이 있는 여자들 중에 이런 예민한 문제 때문에 좋은 기회를 걷어차는 경우도 있다.

다시, 꿈

"꿈이 뭐예요?"

'뭐라고? 지금 서른이 넘은 나에게 꿈을 묻는 건가?'

술 취해서 잘못 들은 걸까? 그럴 리 없는데. 주량이 얼마 되지 않아 기껏 맥주 두어 잔 마시는 사람이다 보니 나는 취하는 일이 없다. 그냥 알딸딸하고 졸린 상태가 지속되기는 하나, 상대방이 무슨 말을 했는지 못 알아들을 정도로 취하지는 않는다. 그쯤이면 이미 기절해서 자고 있기 때문이다. 그런데 방금 전에 앞자리에 앉은 남자 선생 하나가 나에게 꿈을 묻는다. 내 꿈이 뭐냐 한다.

글쎄다. 학원 강사 하고 있던 때라서, 학원 강사 하는 사람들 꿈은 그냥 나중에 자기 학원 하나 차려서 밑에 선생 두고 노는 것이다. 선생 월급은 조금 주고, 남는 걸로 그냥 애들이나 키우면서 '학원 원장님'이라는 타이틀 하나 가지고 사는 것? 똘방똘방한 선생 하나 밑에 두면 출근할 필요도 없고, 오후에 나가서 상담이나 몇 번 하고 선생님들 간식이나 한 번씩 사주면 되는 일이라 꽤 할 만하다. 여자가 하기에 그보다 좋은 직업도 없다고 생각했다.

그 밖의 꿈이라면 좋은 남자 만나서 결혼하고, 건강하게 아이 잘 낳고 행복하게 사는 것. 그 정도가 전부였다.

분명 나에게도 '꿈'이라 할 만한 것들이 아주 많이 있었는데, 어느 순간 쳇바퀴에 들어간 뒤에는 꿈 따위 생각할 여력이 없었다. 서른을 목전에 둔 스물아홉 여자뿐 아니라, 삼십대에게 꿈이 뭐냐는 질문은 꽤나 어벙벙하다.

재작년 신년회에서 한 교수님이 내 동기 - 서른다섯의 10년차 프로페셔널 직장인, 아이 둘 - 에게 "자네는 꿈이 뭔가?"라고 하셔서 내 동기가 일주일 넘게 어벙벙했던 기억이 난다. 사실 내가 그 자리에 있었어도 "서른다섯인 나에게 꿈이 뭐냐고 물어봤어"라며 한 달도 넘게 말하고 다녔을 것이다. 그만큼 꿈이 뭐냐는 질문은 나이 먹을수록 당황스럽다. 굳이 묻고 싶다면, 단서 조건이라도 붙였다면 조금 더 자연스러웠을 것이다.

"만약에 네가 하고 싶은 대로 다 할 수 있다면, 너는 뭐가 제일 하고 싶어?"

정도로. 물론 이렇게 물어도 서른의 대답은 참 재미없다.

취업이나 되었으면 좋겠다거나 결혼이나 했으면 좋겠다는 다소 뻔한 대답이 나온다. 그도 아니면 그냥 좀 쉬고 싶다는 답이다. 직장 휴가 얻어서 여행이나 가고 싶다는 것이다.

다시 꿈을 꾸기까지는 꽤 오래 걸렸다.
꿈을 생각하기가 겁이 났던 이유는
꿈이란 꿀수록 현실과 꿈 사이의 괴리도
크게 다가오기 때문이었다.

다시, 연애

"올 해 몇 살이지? 서른은 넘었지?"

"네."

"아, 그럼 결혼을 해야지. 왜 아직 그러고 있어?"

"네."

지루할 정도로 반복되는 대화다.

패륜(悖倫)은 인간으로서 마땅히 하여야 할 도리에 어긋나는 것인데, 결혼을 하지 않고 버티고 있는 것은 폐륜(廢倫)이라고 한다. 시집가거나 장가드는 일을 하지 않거나 못하는 서른 살은 폐륜아(廢倫兒)인 것이다. 한자도 다르고, '패'와 '폐'가 구분되기는 하나, 어감이 좋지 않은 것은 매한가지다. 결혼하기 위해, 소개팅이라 쓰고 맞선이라 읽는 자리에 안 나가 본 것은 아니었다.

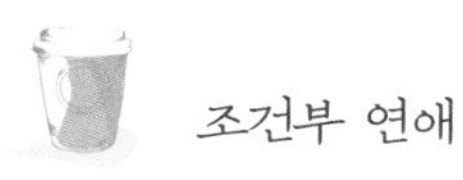

조건부 연애

"다 준비되었는데 여자가 없네. 하하하."

서울 내 4년제 졸, 대기업 3년차, 중형차 보유, 지방이 집이라 일찍이 자기 전셋집(부모님이 돈은 주셨던)을 가지고 있다가 자기 아파트 마련, 결혼하고 싶어 하나 여친이 없음.

한때는 이런 이야기를 종종 하며 웃었던 것 같다. 다 갖춰져 있지만 애인감이 없다고. 어쩌면 이런 이야기를 하면 웃을 수 있는 사람이기에 꼬꼬마 후배들과 놀 여력도 있었던 모양이다. 막상 내 나이 서른이 넘었는데 난 준비된 것이 아무것도 없었다.

서른이 넘어서 아무것도 없으면 정말 한심하게 보였는데. 그게 나라니.

다 갖추고 남자만 없다면 참 좋으련만, 아무것도 없다 보니, 점점 자신감이 사라져갔다. 한두 번은 소개팅도 해 보았다. 위축되어 있던 탓인지, 실제로 남자가 영악한 것인지 소개팅은 참 계산적으로 진행이 되었다.

남: “석사를 하시는구나. 박사도 할 거예요?”

나: “하고 싶기는 하지요. 우선은 잘 모르겠어요.”

남: “돈(등록금)은 누가 내요?”

나: “제가 내지요.”

남: “그럼 박사 하면 박사 등록금도 직접 낼 거예요?”

나: “그래야겠지요.”

남: “학교 다니느라 돈 하나도 못 모으겠네. 그렇게 학교 다녀서 뭐 하게요?”

나: “글쎄요.”

남: “만약에 결혼을 하면 그래도 일은 계속할 거죠? 아, 정확히 무슨 일 해요? 그거 해서 먹고 살만해요?”

내 귀의 필터가 이 상황을 더 불편하게 들었는지도 모른다. 내 귀에는 그 남자의 말이 “너 혹시 나한테 등록금 내 달라고 하는 거 아니지? 네 앞가림은 네가 할 수 있지?”로 들렸다. 삐딱하게 들어서인지, 있는 놈이 더 무섭다는 말을 실감했다. 그 남자는 연봉 1억이 넘는 소위 말하는 돈 잘 버는, 나보다 여덟 살인가 열 살가량 많은 사람이었다. 통상적으로 나이 차가 많이 나는 고액 연봉자를 만나면 여자는 얹혀사는 경우가 왕왕 있다. 나이를 무기로 그의 재산에 무임승차 하는 것이다. 그를 만나러 소개팅에 나갔던 것은 사실 그 목적도 있었다. 돈 잘 버는 오라버니 만나면 학교도 보내주고 하지 않을까 하는.

참 알뜰하게 잘 따지는 모습을 보니, 그래서 부자인가 싶었다. 아니면 돈이 많다 보니, 돈 보고 꼬이는 여자가 많아서 그도 마음이 조금 꼬여 있었을까.

그렇게 단도직입적으로 묻는 것은 아니라 해도 서른 이후의 소개팅이라는 것은 경제력에서 자유롭기가 힘들었다.

남: "대학원을 다시 다닌다고요? 저도 다녔지요. 하하. 그래서, 대학원 졸업하면 뭘 할 거예요?"
나: "글쎄요. 아직은 졸업도 요원한 상태라서요."
남: "음. 그 과 졸업한 선배들은 주로 어디에 취업했나요?"
나: "○○이나, ○○○ 같은 곳에 많이 가더라고요."
남: "그렇구나. 그러면 준공무원처럼 안정적이겠네. 그런데 석사 졸업하면 거기 신입으로 들어갈 수 있어요? 지금 나이가 서른둘인데."

참 지혜로운 질문이다.
나와 엮였을 때 자신의 인생이 어느 정도 말릴지 잘 아는 똑똑한 남자다. 그 남자가 걱정했던 것처럼 나와 만나 결혼을 하려고 한다면 남자는 많은 희생을 해야 할 것이다.

몇 차례 소개팅에서 이런 일을 겪고 나니, 연애도 아무나 하는 것 아니라는 생각이 들었다. 준비된 남녀가 합의하에 하는 성격도 커지는 것 같았다. 어느 정도 조건이 갖추어지지 않으면 이제 연애, 못할 것 같았다.

한편으로는 에라 모르겠다. 그럼 안 하면 되지 뭐. 하는 마음도 따라붙었다. 거절당하느니 내가 거부하겠다는 마음이다. 연애를 못하는 것이 아니라 내가 자의에 의해 안 하기로 했다고 주장하고 싶었다.

또 다른 한편으로는 부지런히 준비해서 좋은 나의 짝을 찾고픈 마음도 굴뚝같았다. 그러나 1년, 2년 준비한다고 되는 일이 아니었다. 번듯한 직장과 경력, 재산이 어디 1, 2년에 될 일인가. 더 큰 문제는 내가 한 살, 한 살 먹어갈수록 사회적 기대도 더 높아진다는 점이었다. 서른둘이 되어 이제 취업을 했다면, 남들(내 또래의 여자)은 과장님 소리 들으면서 다니고 있었다. 기껏 천만 원 모았으면, 누군가는 몇 천을 모으고 결혼 준비까지 착착 하고 있었다.

삼십대의 연애는 다 끝나버린 것 같았다.
서른 살이 되자마자, 친구의 사촌이 했다는
“이로써 너는 결혼하여 살 수 있는 인생 등급이
한 단계 낮아진 거야”라는 말처럼
삼십대의 연애는 조건을 담보로 한 협상 같았다.

이렇게까지 아등바등하면서 연애시장에 뛰어들어야 되나.

혼자라면 좀 외롭기는 하지만 그래도 누군가를 신경 쓰지 않고 내 삶을 좀 즐길 수 있지 않을까. 연애를 내려놓았다. 연애 시장에 삐죽삐

죽 발 들이밀어 봤지만 혹독하고 냉정한, 그곳 역시 취업 시장 못지않게 '시장'이라 할 만큼 매물들이 오가는 곳이라는 생각이 들어 그 틈바구니에서 간택 받을 수가 없었다.

끝나지 않는 연애 시장

스물아홉에 솔로부대로 돌아오며 가장 두려운 말은,

"멀쩡한 남자는 다 짝이 있다. 남아 있는 것은 돌싱 아니면 이상한 놈이다."

였다. 물론 이 말은 몇 년이 지나자, "멀쩡한 남자는 다 결혼을 했고"로 바뀌었다. 즉 지금 내가 괜찮은 남자를 찾으려 해도 찾을 수 없을 것이라는 단정적인 말이었다. 그러나 실제로 30대의 연애 시장에 들어서자, 의외로 괜찮은, 멀쩡한 남자들은 차고 넘쳐났다.

그냥 일하느라 바빠서, 여자에게 별 관심이 없어서, 연애에 관심이 없어서 혼자인 남자들도 수두룩했던 것이다. 어쩌면 멀쩡한 남자는 다 짝이 있다는 말은, 서른 이전에 짝을 결정지은 친구들이 자기위안을 위해 하는 말인지도 모르겠다. 내 말처럼 서른이 넘은 괜찮은 남자가 수두룩하다면, 그녀들이 서른이 되기 전에 서둘러 결혼을 한 것이 오히려 실수 같아 보이지 않겠는가.

그녀들이 샘날 만한 이야기를 하나 곁들이자면, 남자 나이 서른이 넘어가니 싸울 일이 줄어들었다. 나이와 관계없이 철 안 드는 중생은 물론 있으나, 30대 남자는 20대 남자와 다른 여유가 있었다. 전화 몇 통 안 했다고 전화해서 불같이 소리를 지르며 화내지도 않고, 돈 몇 푼에 소리를 지르지도 않았다.

20대 남자는 열정적이다. 보고 싶으면 찾아오고, 전화하고, 적극적이다. 그리고 사귀게 되었을 때 소유에 대한 주장도 적극적이다. 전화를 안 받으면, “왜 전화를 안 받아!”라며 불같이 화를 낸다. 회사 회식 때문에 조금 늦었는데 그런 것에 대한 이해도 없었다. 회식이어도 시간이 되면 일어나서 나와야지, 왜 의사 표현을 똑 부러지게 못하냐며 잔소리를 해댔다. 자신에게는 관대하나 여자에게는 관대하지 않았다.

그러나 30대 남자는 일일이 여자의 일거수일투족에 잔소리를 해대지는 않았다. 관심은 있으나, 통제하고 구속하려 들지는 않았다. 나이를 먹은 탓에 귀찮기도 하고, 여자도 나이 서른이 넘었는데 구속한다고 구속될 것 같지 않다는 것을 깨달은 지혜로움 덕이다.

편해진 것이다.

경제적으로도 편해졌다. 만나서 밥 한 끼 먹는 것이 부담스럽지 않았다.

NC백화점 꼭대기층 CGV에 가려고 엘리베이터를 탔을 때였다. 20대 초반이 갓 되었을까. 한 커플이 있었다. 남자가 말했다.

"우리 찜질방 갈래?"

여자가 대뜸 응수한다.

"돈 있어?"

남자가 우물쭈물한다. 호주머니를 뒤지더니 구깃한 천 원짜리 몇 개를 꺼낸다. 여자는 시니컬하게 대꾸한다.

"나도 지금 만 원밖에 없어. 합치면 찜질방 입장료도 안 돼. 그리고 찜질방을 가려면 밥을 못 먹어. 둘 중 하나만 선택해야 돼."

남자가 머뭇거리다 호기롭게 "에이. 다 하면 되지"라며 그냥 여자의 어깨를 감싸 안으며 엘리베이터에서 내렸다.

20대 연애는 돈 문제가 수도 없이 불거져 나왔던 것 같다. 뭐라도 하려면 "돈 있어?"라는 대화를 참 많이 했었다. 그러나 30대의 연애에서는 이런 경우가 참 드물다. 더욱이 만 원이 없어서 데이트를 못 한다는 경우가 줄어든다.

삼십대가 되고 보니 삼십대 남자의 매력에 눈 뜨게 되었다.

내 나이 20대에는 30대 남자는 그저 얼굴의 모공이 귤껍데기 같은 징그러운 아저씨들이었다. 그러나 내 나이 30대가 되고 보니, 이들의 매력이 보이는 것이다. 보는 시선도 달라진다. 20대 시절에는 30대 아저씨 패션이 몸서리치도록 싫었다. 아저씨 정장, 촌스러운 캐주얼, 전반적으로 균형이 맞지 않는 차림의 아저씨와 같이 있는 것만으로도 창피했다. 그러나 어느 순간 그런 것들은 아무렇지 않았다. 샌들에 양말을 신으면 좀 어떠며, 티셔츠를 배바지 속으로 집어넣은들 크게 신경이 쓰이지 않았다. 그보다는 사람이 30대가 되면서 편안해지고 성숙해진 것에 더 시선이 갔다. 나와 비슷한 또래임에도 열심히 30대를 살아 온 사람은 깊이가 달랐다. 깊고 성숙한 사고에 빠져들게 만들었다. 삶의 경험에서 우러나오는 연륜은 20대 남자에게서는 본 적이 없는 것이었다. 이런 남자라면 믿고 따라갈 수 있을 것 같았다. 때때로 여자가 말하는 '존경할 수 있는' 남자가 드디어 나타났다.

20대 여자의 이상형 조건 중 성격에 관해 적어둔 상당 부분은 남자가 나이를 잘 먹으면 자연스레 갖추게 되는 것이다.

덤으로 하나 더 좋은 장점은, 연애 경험이었다. 30대 남자들은 20대 때 아픈 연애의 추억을 통해 여자에게 어떻게 대해야 하는가에 대한 깨달음을 얻은 것 같았다.

그리고 어느 나이대에나 그들만의 연애 시장이 있다. 서른 중반의 오빠들이 말하는, "서른 넘은 여자가 어디 여자냐? 아줌마지. 여자는 20대가 지나면 꺾이는 거야"는 거짓말이었다. 말은 그렇게 하더니만 정작 본인과 열 살 차이나는 여자를 만나면 겁이 난다고 했다. 세대차이, 공감 결핍 등에 힘들어 몇 살 차이 안 나는 여자와 정이 들곤 했다.

집 근처 가까이에 북한산이 있어 주말이면 북한산 등산을 하고 내려오는 어른들을 자주 본다. 부부 같지는 않은 남녀 할아저씨, 할아주머니 모임이다. 그분들도 로맨스가 가득하다.

"오늘 김 여사님, 이 여사님같이 아름다운 분들과 함께 해서 즐거웠습니다! 허허허"라며 백발의 할아버지가 말을 건네면, 할머니들이 소녀처럼 얼굴을 붉히신다. 정말 그 모습은 10대 사춘기 소녀 같다.

"어머. 호호호. 아이 참."

혹자는 불륜이라며 그분들에게 손가락질할지도 모른다. 그러나 매주 그런 분들을 보노라니, 불륜과는 다른 것이 있었다. 그냥 모임에서 아직 이성적인 매력이 남아있음을 인정받음으로 인해 삶의 즐거움을 찾는 것 같아 보였다.

누군가의 엄마, 누군가의 아빠, 그냥 꼰대 부장님, 아줌마.

이렇게 살다보면 여성으로서의 매력, 남성으로서의 매력은 오간 데 없다. 남아 있더라도 아무도 알아봐 주는 이가 없다. 그런데 등산모임에서 수십 년간 외면 받던 매력을 인정받으니 그 얼마나 즐거울까.

요지는 이것이다. 20대 시절에는 연애가 20대의 전유물이라 착각한다. 20대가 끝나면, 두 번 다시 연애라는 것을 할 수 없을 것 같이 느껴진다. 여자는 20대만 끝나면 끝장난 것 같기 때문이다. 그러나 이것은 남자들 모두를 20대 성애자로 몰아가는 위험한 착각이다. 남자라고 다 20대 여자만 갈구하는 것이 아니다. 그런 사람이 있는가 하면, 자기 또래의 이야기가 통하고 공감이 되는 여자를 찾는 이들도 많다.

30대가 되니 30대 후반 오빠들, 40대 오빠들이 생긴다. 아마도 내가 40대가 되면 여전히 40대 후반의 오빠, 50대의 오빠가 생기겠지. 그리고 60대가 되면, 60대 후반, 70대 할아버지를 오빠라 부르며, 예쁘다고 하면 여전히 10대처럼 미소지을 것이다.

연애 시장은 영원하다.

취향 존중

연애시장이 영원하다 생각하면, 포기하고 싶지 않은 것이 '취향'이다.

연애가 20대 중반에 끝나고, 결혼이라는 짝짓기로 완성된다고 보던 때는 20대 중반에 고를 수 있는 적은 선택지 중에 하나를 빠르게 고르는 데 급급했다. 모두가 자신의 이상형과 사귀는 것은 아니니, 사귀다 보면 정들고, '다 그렇게 사는 것 아닐까' 하는 생각을 했다.

구남친과 헤어지고 몇 년 뒤, 구남친을 다시 만났다. 구남친이 상당히 현명한 사람이었던 덕분에, 치덕치덕한 돈 문제로 지저분하게 끝날 것 같던 상황이 좋은 친구로 남을 수 있었다. 구남친 사는 동네에 갈 일이 있어 연락을 했다. 커피 한 잔 먹고 있는데 웬 여자아이가 왔다.

"내 여자 친구야."

3초 정도 당황했다. 그녀에게 반갑게 인사를 하고, 속으로 나도 모르게 피식 웃음이 나왔다. 그녀는 구남친의 이상형에 꼭 들어맞는 여자였기 때문이다. 구남친보다 8살 어리고, 작고 귀여웠다. 여리여리한 소녀 같은 인상에 백치미도 뚝뚝 흘렀다. 애교 많고 남자 말 잘 들을 것 같은 여자였다. 내가 누구인지 짐작도 못 하는 눈치였고, 관심도 없어 보였다. 그냥 순수하게 '오빠 친구', '아줌마' 정도로 보는 것 같았다. 하긴. 스물네 살 앳된 아가씨에게 서른두 살 여자는 나이 많은 아줌마처럼 느껴질 터이다. 이야기를 나누는 중에도 대화에 끼어들지 않고 그냥 방긋방긋 귀엽게 웃기만 했다. 참으로 순수한 아가씨였다.

그녀를 보는 순간 피식 웃음이 난 이유는 나도 구남친과 헤어진 후 내 이상형에 가까운 남자를 만나고 있었기 때문이다. 결국 사람이 원래 좋아하는 것, 본능적으로 끌리는 것은 어쩔 수 없나 싶은 생각도 들었다.

구남친과 나는 서로의 이상형과 상당한 거리가 있었다. 구남친은 귀엽고 애교 많은, 품에 쏙 들어오는 여자를 좋아했다. 그러나 나는 구남친과 5cm도 차이 나지 않는 제법 큰 키에 귀여움과는 거리가 멀었다. 더욱이 내 맘에 안 드는 것은 다 따지고 넘어가는 피곤한 성격까지 갖추어 백치미와는 일억 광년 정도 멀었다.

내 취향은 체격이 좋고 배가 좀 나온 남자다. 오빠와 공학도에 대한 로망이 크다. 그러나 구남친은 인문계열의 동갑내기였다. 어쨌거나 사귀면서 취향의 아쉬움은 있더라도, 다른 장점을 계속 찾으려 애를 쓰긴 했다.

서른 살 이전에 해치우듯 결혼하려던 계획이 망하고 난 뒤, 이런저런 사람들을 만날 기회가 많아졌다. 서른 중반은 넘기지 않고 시집보내려고 애쓰는 주위 사람들의 노력도 컸고, 많은 친구들이 20대 후반에 결혼을 했기 때문에 남아있는 것이 나밖에 없어서 나에게 소개팅 기회가 오기도 했다.

정작 20대, 결혼적령기에는 못했던 탐색을 이제 시작한 것이다. 그리고 취향의 힘을 깨달았다. 이상형에 가까운 사람을 만나면 싸우려고 하다가 누그러지는 때도 있었다. 내가 좋아하는 요소들을 보는 순간, 사소한 것들은 가라앉아버린다. 오빠의 넓은 어깨. 볼록 나온 배를 보며 변태처럼 배시시 웃다가 괜히 가서 키를 재며 올려다본다. 그냥 좋아진다. 볼 때마다 좋다.

공학도의 지식을 뽐내면 오빠의 머리 뒤에 광배라도 두른 듯 대단해보였다. 동일계열 사람과는 '내가 너 못지않게 많이 아니까 조용히 해'라며 싸우던 것을, 아예 전공이 많이 다르니 싸울 일이 없었다.

어쩌면 '자기가 좋아하는 스타일의 여자'를 만난 남자의 마음도 이렇지 않을까. 사람을 떠나 시각적 자극에서도 보기만 하면 그냥 기분

광배(光背) 회화 조각에서 사람의 등 뒤에 후광처럼 빛나는 것.

이 좋아질 수도 있다.

여자에게 종종 '내가 좋아하는 남자보다 나를 좋아해주는 남자를 만나라'라고 하는 말은 이런 뜻일 수 있다. 나 같은 스타일을 좋아하는 남자를 만나면, 그는 나를 보면서, 그냥 보는 것만으로 좋아지는 순간이 있을 것이다. 부르르 화가 났다가도 내 생김이나 내가 말하는 것에 화가 어느 정도 누그러지면서 사이가 계속 유지될 수도 있다.

정말 내 마음에 쏙 드는 원피스, 내 마음에 쏙 드는 귀여운 피규어를 보면 그냥 보면서도 므흣하고 세상을 다 가지기라도 한 듯 기분 좋아진다. 서로의 취향에 꼭 들어맞는다면 가장 좋겠지만, 그게 아니라면 한 명이라도 이상형에 들어맞으면 적어도 한 명은 상대를 바라보는 것만으로 기분이 좋아질 것이고, 조금 더 양보하지 않겠는가.

그런데 이상형을 만나기가 왜 이리 어려울까? 인연이 없기 때문일까?

글쎄. 어쩌면 정말로 내가 좋아하는 이상형이 무엇인지 모르기 때문일 수도 있다. 우리는 특정한 어떤 부위에 끌린다는 말을 하면, 대뜸 페티시(fetish)라는 말을 들이댄다. 특정 사물이나 신체 부위에 성적 흥분을 느끼는 것 아니냐며, 변태 취급을 한다. 대놓고 나는 '손가락 성애자요!'라며 하얗고 긴 손가락을 보면 반한다고 외치는 사람이 있는가 하면, 하얗고 긴 손가락이나 금속안경테 등에 반하는 사람이라 해도 괜한 오해가 두려워 자신이 좋아하는 것을 언급하지 않는다. 어떤 것을 좋아하느냐고 집요하게 물어도 '좋은 사람', '괜찮은 사람'이라는 두루뭉술한 답으로 넘어간다. 이상형에 대한 솔직한 이야기가 금기시될수록 자신의 취향이 뭔지도 모르는 채 그냥 묻힌다. 참 이상한 일이다.

보통은 나이가 먹을수록 쇼핑이 빨라진다. 딱 보면 저 옷이 나한테 어울리는 스타일인지 아닌지 금세 알아채기 때문이다. 귀엽고 프릴 잔뜩 달린 옷은 내가 무척 좋아하는 스타일이기는 하나 나에게 어울리지는 않는 옷, 회사원 같은 깔끔한 정장은 내가 좋아하는 스타일은 아니지만 나에게 잘 어울리는 옷, 적당히 편안한 디자인에 여기저기 입고 다니기 편한 스타일은 예쁘지는 않지만 사면 내가 가장 많이 입을 옷임을 안다.

반면 연애하고 평생 같이할 사람을 고를 때는, 안타깝게도 서른이 되도록 자기 취향을 모르는 사람이 수두룩하다. 연애 경험이 적으니 어쩔 수 없다. 사람들 말마따나 많이 만나봤어야 어떤 사람이 나와 잘 맞는 사람인지 아닌지를 아는데, 그럴 틈이 없던 것이다.

더욱이 요즘은 첫 취업 하는 나이가 점점 늦어지면서 서른이 되어도 변변찮은 연애 한 번 못해본 사람도 늘어나고 있다. 2년 전 내가 첫 책 《우라질 연애질》을 쓰면서 조사했던 자료에 서른 살 미혼 남녀 중 연애경험이 전무한 소위 '모태솔로'의 비율이 25%라고 했다. 네 명 중 한 명은 연애경험이 없는 것이다. 그렇게 되면 서른이 지나, 정말로 결혼 상대를 골라야 될 때에는 얼굴만 보고 나에게 가장 잘 맞는 사람을 콕 찍어낼 수 있는 신기(神氣)라도 있어야 될 판이다.

'사람이 완벽하게 맞는 경우가 어디 있나, 다 맞춰가면서 사는 거지'라는 말도 사실이지만, 애를 써서 맞추려고 들지 않아도 잘 맞는 사람이 있는 것도 사실이다. 예뻐서 샀지만 어깨도 좀 안 맞고 허리도 안 맞는 옷을 총체적으로 수선하는 것과 기장 약간 줄이는 정도는 많이 다르다.

내가 무엇을 아주 좋아하는지, 어떤 점에서 남들과 잘 맞는지 아닌지, 나 스스로도 모르니 문제다. 남들이 페티시라 놀리든, 눈이 높아서 결혼을 못한다고 꼬집든, 한 번쯤은 '정말로 내가 무엇을 좋아하는지', '다 양보하더라도 절대로 양보 못하는 것 세 가지는 무엇일지' 생각해 볼 필요가 있다. 완벽한 이상형을 찾아내는 것은 어렵지만, 양보할 수 없는 세 가지를 갖춘 남자를 만나는 것은 생각보다 쉽다.

예를 들어, '키 크고, 잘생기고, 구리빛 피부에, 담배 안 피우고, 종교 똑같고, 옷 잘 입고, 형제자매 관계 좋고, 직업 좋고, 성격 좋고, 나만 좋아해주고, 한눈팔지 않고, 나랑 같이 취미활동을 즐기고, 다른 사람과의 대인관계도 좋으면서 나를 1순위로 하는 사람'을 찾으려면 정말 어렵다. 경험상, 특히 타인과의 대인관계가 좋으면서 나를 1순위로 하는 것은 고도의 기술을 요한다. 인간관계는 시간과 돈, 노력과 마음이 필요한데 나를 1순위로 하면 다른 사람들은 섭섭함을 느낄 수밖에 없다. 더욱이 한국사회에서 여자를 1순위로 하고 다른 사람을 후순위로 하면 대인관계 관리가 쉽지 않다. 여기에서 딱 세 가지만 추리고 나머지는 눈 감기로 하면 이상형 찾기가 쉬워진다. '여자보다 키 크고, 종교가 같고, 직업이 좋은 남자' 찾는 것은 훨씬 수월하다. 구리빛 피부에 담배 안 피우고 성격 좋은 남자 찾는 것도 방금 전 '키 크고, 잘생기고, 구리빛 … (중략)… 남자' 찾는 것에 비해 훨씬 쉽다.

이런 사람을 만나면 내가 생각했던 가장 중요한 요인은 다 갖추고 있으니 만족도도 높아진다. '키 크고, 잘생기고, 구리빛 … (중략)… 남자' 정도로 이상형이 즐비하면 몇 가지 조건이 빠지기 마련이다. 그러나 세 가지 정도만 뽑으면 완벽한 이상형이 꽤나 많아진다. 이상형과 만나 사귀는 행복한 여자가 되는 것, 생각보다 쉽다.

결혼자격증

이상형은 여고 시절, 아니, 초딩 시절부터 "너는 어떤 남자가 좋아?"라면서 물어보곤 했는데도, 왜 이리 모를까. 스스로 어떤 스타일을 좋아하는지.

연애를 경시하는 풍토 때문은 아닐까?

어느 모임이건 간에 이야기는 자주 연애 이야기로 흐르곤 한다. 연애 이야기만큼 쉽게 상대의 흥미를 잡아끄는 소재도 드문 것 같다. 나도 모르게 '남자들은 이런 거 좋아한대'라고 하면 귀가 쫑긋해진다. '말도 안 돼. 남자 나름이지'라고 하든, '정말?'이라며 새겨듣든 간에 재미나다. 그러나 한참을 연애 이야기를 하면 소모적이라는 기분이 든다. 때때로 여자들을 욕할 때 자주하는 말이, '재들은 맨날 남자 애기만 해'이다. 한심하다는 소리다. 만나서 발전적인 이야기가 아니라 남자 이야기, 연애 이야기를 하는 것은 연예인 이야기와 동급 취급을 받는다. 인생에 중요한 이야기가 아니라, 쓸데없는 흥미성 주제에 열을 올린다는 소리다.

다들 연애는 여자의 매력이나 외모, 또는 애교만 있으면 된다고 했지, 연애에도 공부가 필요하고 많은 노력이 필요하다는 이야기는 한 적이 없다. 그럴 시간 있으면 책이나 한 자 더 보라고 했다. 성공하면 다 따라온다고.

아직도 고등학교 급훈에 '한 시간 더 공부하면 남편 얼굴이 바뀐다'가 붙어있는 교실이 있다고 한다. 내가 고등학교 시절에도 그랬다. 공부 열심히 해서 좋은 대학에 가면, 명문대를 다니는 앞길 창창한 남친은 딸려온다고 배웠다. 대신 내가 공부를 못해서 후진 대학교에 가면 어울리는 남자도 별 볼일 없는 놈들과 어울리게 된다고 으름장을 놓았다. 중고등학교 때 남친을 사귀겠다며 쓸데없이 신경 쓰지 않아도, 짚신도 제 짝이 있기 때문에 다 만나게 되어 있다고 했다.

만남은 우연도 많은 작용을 하기에, 일견 맞는 말일 수도 있으나, 만남 이후의 관계 유지는 다르다. 사회생활 잘하는 법, 처세술을 연마하는 것 이상으로, 연인과 잘 지내는 법이 절실했다. 처음 보고 설레고, 좋아서 사귀는 것은 오래 행복하게 사귀는 방법에 비하면 아무것도 아니었다. 처음에야 그냥 좋으니까, 잘 보이고 싶으니까, 내숭도 떨고 웬만하면 다 맞춰주었다. 그러나 사귀는 기간이 길어지니 이내 본래 유형이 드러나면서 아옹다옹할 일이 늘었다. 이해 못 할 일은 너무나 많았다. 아주 사소하게는 무슨 말을 하면 바로바로 대답하는 것이 아니라 왜 이렇게 뜸을 들이는지, 내가 먹고 싶은 거 먹으라고 해놓고는 왜 입을 내미는지, 만나고 싶다고 해놓고 표정은 왜 무뚝뚝한지, 카톡 보낼 때는 살갑더니 얼굴을 보면 왜 말을 안 하는지, 도무지 이해하기 힘든 것들이 수두룩했다.

어린 시절 보던, '남자가 좋아하는 여자 특징', '남자가 좋아하는 여자 행동' 이런 것이 별로 쓸모가 없었다. 남자이기 이전에 한 사람이고, 사람이면서도 남자, 그것도 개성을 가진 한 남자 사람이었다. 남자의 사고방식, 그렇다고 남자의 전형과는 또 차이가 있는 내 남친을 제대로 이해하는 것은 여간 힘든 일이 아니었다. 연인이니까 다 이해해야 한다고 생각을 했다.

그러나 이럴 때, '포기하면 편해'가 딱이었다. 엄마들이 하시는 말씀이 있다. '내 뱃 속에 열 달을 넣어가지고 있었고, 내 배 아파 나은 자식이지만 온전히 그 속을 알 수 없다'는 말이다. 나는 남친과 피로 엮인 사이도 아니고, 수십 년을 함께 해 온 사람도 아니다. 연인이라는 이유 하나만으로 그를 순식간에 온전히 이해하는 것은 불가능하다.

비단 남친뿐이 아니다. 애초에 사람이 사람을 이해한다는 자체가 어불성설일 수도 있다. 남을 이해하기 위해 내 생각의 틀로 풀어서 생각하기 때문이다. 온전히 상대방과 똑같은 맥락, 똑같은 생각으로 받아들이는 것이 아니라, 내 상황, 내가 가지고 있는 배경지식에 맞추어 받아들인다.

'아, 피곤해', '그래, 이해해'라고 했어도 피곤하다고 말한 사람이 말한 뜻과 이해한 사람이 생각하는 것은 사뭇 다르다. 그렇다고 이해하기를 포기할 수는 없지만, 사람을 이해한다는 것이 늘 '내 기준', '내 배경지식', '내 상황'이라는 편견이 반영된 점을 생각하면, 조금 나아진다.

그렇다. 나는 남친을 이해할 수 없다. 이해했다 해도 내 마음대로 해석한 이해일 뿐이다. 온전한 이해하기를 포기하면, 내가 원했던 바는 아니더라도 일부 인정을 할 수 있다. 이해되지는 않지만, 저 사람은 저런 사람인 것이다.

역시 여기에도 문제는 내가 나를 모른다는 데 있다.

구남친과 고 과장을 물리쳐야 할 적으로 보면서 전투력을 불태우던 때에는 '구남친 시키'가 나쁜 놈이라는 생각만 했다. 서른 살이 되어 어찌 살 것인가 걱정하느라, 구남친과 사귀던 때의 나에 대해 돌아볼 겨를이 없었다. 그의 장점 따위를 생각할 여력은 더더욱 없었다.

그 뒤에 다른 사람의 이야기를 듣다가 깨달았다. '아, 내가 정말 잘못했구나' 하는 생각이었다. 내가 잘못해서 구남친이 바람피웠다는 것이 아니라, 내가 왜 연애하면서 불행했는지를 깨달은 것이다. 나는 '직장인 김아영씨는 친절하지만 딸 김아영은…' 했던 공익광고처럼 다른 사람에게는 친절하지만 남친에게는 까칠했다. 다른 사람에게 쌓인 스트레스를 전부 남친에게 풀었다.

"진짜 짜증나. 저런 방식으로 하니까 완전 비효율적이지. 그 방식은 이렇게 나누어야 되는데 말이야. 진짜 멍청해. 짜증나."

라며 투덜대기 일쑤였다. 구남친도 내 편을 들어준 적이 있는지도 모른다. 나는 기억나지 않지만. 그러나 꽃노래도 한두 번인데, 다른 사람들과 일하다 스트레스 받는 족족 이렇게 말하니 짜증이 났나보다. 불난 집에 기름을 부었다.

"상사라고 해도 할 말을 해야지. 네가 바보같이 "네네"거리고 웃으니까 모르는 거 아냐. 다 네 탓이지."

가뜩이나 짜증나 있는 상태에서 이 말을 들으면 분노했다.

"누가 너더러 해결책을 달랬어? 그냥 들어달라고 하는 게 그렇게 힘들어? 직장생활하다 보면 짜증나고 힘든 때도 있지. 그래도 그냥 이렇게 뒷담화하고 참고 하는 거지. 다 너같이 일일이 말을 하는 줄 알아?"

퇴근 시간 맞춰 데리러 온 사람에게 할 소리는 아니었다. 데리러 오는 것은 아주 당연한 일이라 생각했으므로 고마워하지 않았고, 내 말에 공감하지 않는 것에만 분노했다.

구남친이 아니라 친구였다면 내가 그랬을까? 스트레스 받는 고민을 말을 하긴 했어도, 공감을 안 해준다고 쏘아 붙이지는 않았을 것이다. 아마도 '네가 있어서 다행이다. 너한테 말하고 나니까 속이 시원해졌어. 들어줘서 정말 고마워'라고 말했겠지. 난 좋은 친구니까.

하지만 '남친'은 원래 내 얘기를 들어주고 나를 이해해 줘야 하는 사람이니까, 이런 감사 같은 건 하지 않았다. 사람이 말을 하시는데 제대로 듣고 공감하지 않는다고 나무랐을 뿐. '들어줘서 고마워요' 같은 건 없었다.

가식적으로라도 이미지 관리도 하지 않았다.

알바 할 때 아프면 욕을 먹었다. 사장은 "미정이는 사회생활 한 번도 안 해봤나봐. 사회생활하는 데 아픈 게 어딨니. 아파도 다 참고 일하는 거지"라며 비아냥거리셨다. 일을 할 때면 아파도 회사 출근했다가 점심때 병원에 가서 링거를 맞았다. 그게 프로라고 생각했기 때문에, 밖에서 만난 사람에게는 아픈 내색을 하지 않았다. 그러나 남친은 역시 예외였다.

"나 너무 아파"라며 다섯 살 꼬꼬마처럼 투정을 부렸다. 나 좀 챙겨달라고. 물론 내가 아프시다는데 구남친이 제대로 챙기지 않으면 섭섭함이 파도처럼 몰려왔고 분노했다. 남친은 원래 내가 아프면 챙겨줘야 하는 사람인데, 챙기지 않으니 100배는 더 서운했다. 내가 아프다고 짜증내고 들들 볶은 것은 그냥 애교로 받아줘야 옳다고 봤다.

다른 여자가 남친에게 이렇게 구는 것을 보면, 눈살을 찌푸리며, 왜 저러나 해 놓고는 나는 정작 남들 앞에서만 좋은 여친 코스프레를 했을 뿐, 늘 남친은 당연히 나를 마음으로, 정성으로 챙겨야 하는데 그러지 않는다고 불만을 가졌던 것이다. 남들은 사정을 모르니 "너랑 사귀면 얼마나 좋겠니. 네 남친은 복 받은 거지", "너 같은 여친감이 어디 있니"라며 치켜세워주니 정말 그런 줄 알았다.

남들이 치켜세워주면서 나 같은 여친 사귀는 것을 행운으로 알아야 된다는 둥, 어디서 나 같은 여자를 찾겠냐고 할수록 기고만장해져서 남친을 들볶았다. 나 같은 여친님과 사귀면 훨씬 더 잘해야 되는데, 너무 눈에 차지 않았던 것이다.

나는 너무 몰랐다. 남자를 몰랐고,
그보다 나 자신을 너무 몰랐다.
내가 친구들이나 다른 사람에게 하는 것과
남친에게 하는 것이 얼마나 다른 사람인지.

만족할 줄도, 감사할 줄도 몰랐다.

이거 딱! 하나만 고치면 달라질 것 같은가? 과연. 하나 고치고 나면 - 정확히는 꺾어놓고 나면 - 다른 것이 또 고치고 싶을 것이다. 그냥 있는 그대로 두고, 내 옆에 있어주는 것에 감사했어야 한다.

지금 돌이켜 생각하면 미안하다. 나는 몰라도 너무 몰랐고, 아무것도 준비되지 않은 채 연애만 하고 싶었다. 그나마 다행은, 구남친이 나와 결혼하는 불행은 피할 수 있던 것 아닐까 싶다. 구남친과 있으면서 빚만 늘고 되는 것도 없던 것은, 구남친의 탓보다도 내가 욕심만 많아서였던 것이다.

헤어지고 나서 구남친도 뒤늦게 공부도 하고 자신이 하고 싶은 일을 하며 잘 살고 있다. 나 역시 구남친과 연애하던 올챙이 시절은 까맣게 잊을 정도로 많은 일들이 일어났고, 하고 싶은 일을 하고, 좋은 사람을 만나 행복해졌다.

'그냥 다 만나서 살면 된다'는 말은 너무 무책임한 말이다. 나 혼자 불행해지는 것이 아니라 상대도 불행하게 만든다. 최근 '결혼자격증'을 만들어야 한다는, 결혼도 미리 수업 듣고 자격증 받은 사람만 해야 된다는 뼈 있는 농담이 떠돈다. 동의한다.

공부 잘했고, 일 잘하고, 사람 좋다고 연애와 결혼 준비가 되어 있는 것이 전혀 아니다. 무식해도 너무 무식하다. 공돈이 생기면, 쉽게 얻은 것은 쉽게 잃게 되어 있다며 불안해하고, 남의 호의에도 세상에 공짜가 없다고 의심하면서, 어찌하여 연애나 결혼만큼은 공(空)으로 '다 그냥 될 거'라고 생각했을까.

수많은 사람 중에 단 한 명을 골라서 수십 년을 함께 살아가고, 유전자를 조합하여 후손을 만들어내는 어마어마한 일인데.

연애의 기술(技術)로 '남자는 이렇게 하면 좋아 한다더라'가 아니라 사람을, 특히나 반평생을 함께하는 사람과 어떻게 해야 행복할지에 대해서는 정말로 나름대로 파고들며 '연구'라는 것을 해야 되는 것 아닐까.

내려 놓기

철학자의 깊이 있는 생각은 없지만, 번뇌만 많던 서른 살의 철학은 결국 '내려놓음'으로 끝이 났다. 서른 살을 목전에 두고 아등바등했던 것, 무엇이 되지 못해 버둥거리던 것은 내가 짜 놓은 틀이 아니었다. 사회가 짜 놓은 틀에 미디어가 그림을 그리고, 나는 아무 의심도 내 철학도 없이 시류에 나무 조각을 타고 불안하게 휩쓸려 다니고 있던 것이다.

인생의 '트루먼쇼'

명품을 진열할 때, 쉬이 사기 힘든 가격인 1,000만 원짜리를 놓고, 무언가 조금 아쉬운 100만 원짜리를 진열한 뒤, 그 중간에 400만 원짜리를 진열해 놓으면 사람들은 400만 원짜리를 집어 들게 된다. 1,000만 원짜리는 너무 부담스럽고, 그렇다고 최하품은 사기 싫으니, 적당한(?) 가격대인 400만 원짜리를 고르게 된다는 것이다.

비단 명품뿐일까. 무심코 가는 이마트 진열 매장, 광고, 세상 모든 것에 사람의 심리를 노리는 이미 잘 짜인 틀이 즐비하다.

한 발짝만 떨어져 보자면, 인생이 꽤 길고, 지금 이 순간도 지나갈 일인데. 왜 서른을 두고 무언가 하지 못해 안달복달하게 되는 것일까. 이 또한 사회적으로 짜인 틀의 영향을 무시할 수 없다.

우리나라가 참 좋아하는 '빨리빨리', '제일주의(第一主義)'의 영향 말이다. 이 두 가지가 결합하여 탄생하는 것이 '세계 최초!', '세계 최고', '최연소'이다. 누구보다 먼저, 빨리 성취를 해 낸 것에 큰 의의를 둔다. 최연소가 아니면 의미가 없다.

이러한 바람에 꼭 들어맞는 여자로 '윤송이'가 있다. 그녀는 서울과학고를 2년 만에 조기졸업하고, 카이스트를 수석졸업한 데 이어 만 24세에 MIT에서 한국인 '최연소' 공학박사 학위를 받았다. 귀국하자마자, 매킨지 컴퍼니 매니저와 와이더댄 닷컴 이사 등을 지낸 후, 29세에 SK텔레콤 '최연소' 이사가 되었다. 이후 엔씨소프트 김택진 사장과 결혼하며 엔씨소프트 부사장이 되었다. 윤송이 이사의 이력이 세간에 드러나면서, 그 연배를 사는 여자들은 바빠지기 시작했다.

이제 주목을 받으려면 윤송이보다 빠르고 뛰어나야 한다. 더 빨리 학교를 마치고, 더 빨리 성과를 드러내야 한다. 이러한 여파라 단언하기는 어렵지만 지금 아이를 키우는 엄마들은 5세만 되면 영재센터에 아이를 데리고 온다고 한다. 아이들의 대부분은 영재 테스트를 받아보며, 우리가 모르는 사이 수많은 아이들이 공식, 비공식 영재 교육을 받고 있다고 한다. 송유근이 천재라면 내 아이는 영재로라도 키우겠다는 열의다. 천재(天才)는 하늘이 내린 인재이고, 영재(英才)는 하늘이 내린 수준은 아니나 꽃처럼 가꾸고 키우면 탁월한 성취를 보일 인재이다.

한때 중학교 1학년 소녀가 토플 만점을 받아 화제가 되었다. 그 어린 나이에 영어 소설을 읽고, 재미있어서 영어가 나오는 드라마 영화를 보다보니 영어 실력이 일취월장하게 되었다고 한다. 이제는 초등학생 중에 토플 만점자가 나오지 않는 이상 주목하지 않을 것이다. 중3에 토플 만점을 받아도 대단한 일이지만, 최연소도 최고도 아니니까.

비단 오늘날 우리네만의 극성은 아니다. 우리 조상들도 최연소를 무척이나 좋아하셨다.

"세 살에 천자문을 읽고, 일곱 살에 소학(小學)을 읽으니 일찌감치

송유근 1997년생으로 2004년 만 6세의 나이에 초등학교 6학년에 입학, 3개월 만에 졸업하고 2006년 인하대학교 자연과학계열에 입학하는 등 '천재소년'으로 알려졌다.

그 총명함이 고을에 유명하였다.”

“○○○은 일찍이 어려서부터 총명함이 남달랐다. 세 살에 천자문을 읽었으며, 그의 나이 열다섯에는 당대의 학자들과 학식을 견주어도 밀림이 없었다.”

그렇다. 우리는 세 살에는 글을 떼어야 총명하다 명함이라도 내밀 수 있는 역사를 가진 민족인 것이다. ‘조금’ 똑똑하다 소리를 들으려고 해도 이 정도이니, 다섯 살까지 말문이 트이지 않으면 엄마들은 애가 끓어 아이를 데리고 언어치료 상담소로 나설 수밖에 없다. 늦어도 걱정이요, 기왕 아이가 약간의 총기라도 있으면 영재를 만들고 싶은 것이 바람 아닐까. 어려서부터 남보다 먼저, 빨리.

나이로 딱딱 구분 짓는 것도 이런 초조함에 박차를 가한다. 우리는 만나면 나이부터 묻고 교통정리를 한다. 언니, 오빠, 동생에 따라 말도 편히 놓고, 호칭도 깔끔히 정리가 되어야 관계가 편안해진다. 언니, 오빠 역할이 되면 밥도 좀 사주고 커피라도 한 잔 더 사는 대신, 자리에 앉아서 동생이 가져다주는 커피를 마실 권리가 생긴다. 동생 역할이 되면 수시로 엉덩이를 들썩이며 움직이는 대신 윗사람들이 챙겨준다.

위아래가 확실한 만큼 윗사람이 아랫사람보다 못하면 그 스트레스도 엄청나다.

“너보다 어린데도 재는….”

한마디면, 수많은 사람을 자격지심으로 몰아넣을 수 있다. 포털사이트에서도 같은 나이 유명인들을 보기 좋게 정리해주고, 79라인, 82라인, 85라인 등 출생연도에 따라 동갑내기 유명 연예인들을 쫙쫙 비교해준다. 내 또래의 연예인들은 어떤지.

이효리는 400억을 벌었단다. CF에서 허리 한 번 흔드니 10억을 벌었다. 이승기는 윙크 한 번 날리고 광고 하나 찍으니 7억을 벌었단다. 전지현은 머리 한 번 쓸어내리면서 30억을 벌었단다. 그리고 모두 효자, 효녀들이라 부모님이 호강하고 살고 계신다고 한다.

한심하다 가슴을 쿵쿵 찧고 있는데, 구혜선은 바쁜 와중에 연기도 하고 책도 내고 영화감독으로 데뷔하고 전시회도 한단다. '시간 없다' 하는 내가 너무 한심하게 만든다. 엄정화는 속옷 하나 만들어서 준재벌이 되었단다. 인터넷 쇼핑몰 한 번 해볼까 한 번쯤 기웃거렸던 사람과 달리 화끈하게 성공해버렸다. GD는 곡 하나 작곡해서 부모님 별장을 사드렸단다.

나는 타고난 외모도 없는데 아이디어도 없고 수완도 없구나. 이 와중에 홍진경은 엄마 김치 솜씨를 뽐내며 더김치(THE 김치)로 초대박 사장이 되었다고 한다. 우리 엄마도 요리 솜씨는 전국 제일이라 할 만큼 뛰어난데. 참…. 나는 뭐하고 사나 싶다. 저들은 빼어난 외모, 끼도 모자라 사업수완과 돈 버는 능력까지 뛰어난데 참 부끄럽다. 한없이 초라해진다.

그냥 그들은 그들이고 나는 나라고 생각이 되면서도, 부러운 것은 부러운 것이다. 그들은 연예인이요, 유명인이니까, 나와는 다르다 싶어도, 어느 순간 "나는 같은 나이인데 뭘 했나?"라는 비교평가가 한 번씩 되는 것은 어찌하기 어렵다.

고맙게도 나이별로 말끔히 정렬을 해 준 덕에 사회적 비교(social comparison)를 하기 참 편하다. 역설적이게도 어렵고 힘든 상황을 딛고 이겨낸 유명인들보다 태생부터 다른 이들을 주목하기 시작한 것도 사회적 비교 스트레스 때문일 수도 있다. 나와 비슷한, 혹은 나보다 훨씬 열악한 상황을 딛고 이겨낸 이들이 주목받을수록 상대적으로 자격지심이 커진다. 그러나 나와는 비교도 되지 않는 좋은 출신 성분을 가지고 있는 사람이 성공을 하면 쉽게 이유를 댈 수 있다.

"그 사람은 원래 집안이 3대째 음악가 집안이니까."
"아버지가 재벌인데 뭐."

그들이 얼마나 노력하고 치열하게 살았건 간에 그들은 타고난 것이 좋아 잘된 것이고, 나는 타고난 배경이 없어 안 되었다고 하면 마음이 편해진다. 그러나 그들은 그들이고 나는 나요, 제발 비교하지 말고 살자 해도, 순간순간 살아온 날들이 송두리째 하잘것없이 느껴지는 상황은 수시로 찾아온다.

석사를 할 때였다. 나는 서른둘에 대학원에 다시 입학했다. 회사에서 석사를 보내줘서 간 것도 아니요, 딱히 직업과 큰 관련이 있어서 간

것도 아니었다. 석사학위 하나 더 생긴다고 뭔가 달라질 것도 없었다. 왜 진학한 것인지 물으면 할 말이 없을 정도로 미련 맞은 일이었다. 좋다고 공부할 정도로 여유로운 것도 아니었다. 그저 하고 싶었다.

이런 마음으로 할 만큼 공부를 정말 좋아하는가는 모르겠다. 과거에는 좋아했었다. 남과 비교해서는 제일이라 말하기 어렵지만 내가 할 수 있는 것 중에 공부를 제법 쉽게 잘했으니까. 하지만 툭툭 던져지는 질문에 나는 바보가 되기 일쑤였다.

"왜 대학원에 갔어?"

"대학원 졸업하면 뭘 할 건데?"

"그러려면 외국으로 가지 왜 한국 대학원에 가?"

"대학원 그거 그냥 직장 다니면서 저녁에 몇 번 가면 되는 거잖아. 그까짓 게 뭐 힘들다고 유세야? 야근도 하는데. 어차피 네가 좋아서 한 거 아냐?"

다 옳다. 그런데 듣기는 싫었다.

대학원 학비 십 원 한 푼 안 보태주면서 무슨 거드는 말은 그리도 많은지. 참 남의 인생에 관심들도 많다 싶었다. 박사 때는 조금 나았다. 석사 나부랭이와 '박사'는 조금 쓸모가 달랐나보다. 박사 과정생, 박사 수료생은 정확히 말해 박사가 아니지만, 주위에서는 편의에 따라 나를 박사라 부르고 박사로 써 먹었다. '내가 아는 애가 성대 심리학과 박사인데'가 되기 시작한 것이다. 그러나 박사 과정이라 해서 크게 달라질 것도 없었다.

"박사는 왜 한 건데?"
"그거 해서 뭐 할 건데?"
"외국으로 가지, 왜 한국에서 한 건데? 한국 박사 학위 가지고 뭘 할 게 있다고."
"우리나라는 박사 공장이지. 개나 소나 다 박사지. 지나친 과잉스펙이야. 아무나 다 박사라니까."

그랬다. 그 아무나 다 하는 그걸, 딱히 쓸 곳도 없으면서, 돈 퍼 들이면서 하는 바보가 나다. 이 순간에도 다시금 사회적 비교가 일어난다. '보통 여자들은 머리 좋으면 스물여덟이면 박사 따지 않나?' 이런 것이다. 서른이면 정교수도 된다는 것이다. 그에 비해 서른둘에 대학원에 다시 와서 서른여섯에 간신히 박사수료를 했고, 관련 경력이 전무하다시피 한 나 같은 사람은 남들이 보기에는 '뭐 하러 사서 고생하는지 모를 사람'인 것이다. 나 자신에 대한 분노와 허탈함, 걱정과 후회가 뒤섞여 얼굴 표정이 어두워지면 급히 마무리를 한다.

"뭐 자기가 좋으면 하는 거지…."
"공부는 계속 하면 좋지…."

라고 말을 흐리고는 이야기가 끝나곤 하지만, 흔한 사회적 경로와

맞지 않는 삶은, 자주, '왜 그렇게 사냐'는 식의 도전을 받는다. 어떤 날은 '너나 잘하세요'라며 굳건히 튕겨내기도 하지만, 힘든 날은 그냥 울컥 눈물이 나기도 한다. '그러게. 나는 왜 이러고 살까. 그냥 시집이나 갈 걸.'

내가 사는 꼴이 한심하고 서글퍼져서 울다보면, 그제야 왜 이런 선택을 했는지 떠올랐다. 나도 취집을 바랐던 여자다. 지금도 마다하지는 않는다. 남편 재력은 있으면 좋으니까. 그리고 돈을 벌기를 원했다. 그러나 돈은 영원무궁한 것이 아니었다. 상황이 삐끗하여 내 뜻대로 풀리지 않으면 순식간에 빚더미에 앉을 수도 있고, 모아놓은 돈이 순식간에 사라질 수도 있는 것이었다. 보다 영구적으로 가지고 있을 수 있는 재산은 '돈'이 아니라 '지식'이라는 생각이 들었다. 설령 앞으로 또 다시 힘든 상황이 있더라도, 내 머리에 들은 것이 있으면 다시 일어설 수 있다는 생각이 들었던 것이다. 내 돈은 언제고 덤벼들어 뺴 갈 수도 있다. 내 지식도 일부는 뺴 갈 수 있겠지만, 그것을 가지고 있는 나처럼 온전히 가져갈 수는 없을 것 같았다. 그러나 이러한 이유도 시작인지 이후에 덧붙인 것인지 불분명하다.

이 고생이 옳은지, 바보 같은지는 나도 모른다. 다만 한 가지 아는 것은 인생사 새옹지마라는 것이다.

인생사 새옹지마

중학교 한문 이준섭 선생님은 무척 유쾌한 분이셨다. 하모니카를 즐겨 부시고, '중국의 신문 보지(報知)'와 같은 야한 농담도 좋아하셨다. 새옹지마에 관한 이야기도 맛깔나게 해주셨는데, 나는 수많은 사자성어 가운데 새옹지마라는 말이 가장 마음에 들지 않았다.

새옹지마(塞翁之馬)

옛날에 새옹(塞翁)이라는 노인이 기르던 말이 오랑캐의 땅으로 도망을 가 노인은 크게 낙담했다. 얼마 후 도망갔던 말은 준마를 한 필 데리고 왔다. 말이 한 마리에서 두 마리로 늘자 노인은 크게 기뻐하였다. 그러나 아들이 그 준마를 타다가 떨어져 다리가 부러져버렸다. 노인은 다시 낙심을 했다. 그러나 마침 전쟁이 일어나 남자들이 징집되는데 아들은 다리가 부러져 전쟁에 끌려가지 않을 수 있었다. 노인은 크게 기뻐하였다.

- 중국 〈회남지〉 인간훈(人間訓)

안 좋은 순간에 보면 결국 다시 좋아질 것이라는 이야기도 되지만,

잘 될 때는 그것이 나빠질지도 모른다는 불안감을 주지 않는가.

그러나 서른 살에 벌어진 일들을 돌아보면, 인생사 새옹지마라는 말에 크게 공감할 수밖에 없었다. 나는 고등학교 시절 하지 않아도 되는 논술과 수학2까지 준비를 했었다. 쓸데없는 노력을 했던 것 같은데, 우습게도 나이 서른이 되어 글을 써서 밥벌이를 하고 있다. 서울대 미대에서는 보지도 않던 논술 준비를 한 것으로 십여 년이 지나 글로 밥벌이를 할 줄이야.

수학도 그렇다. 심리학과가 이토록 통계를 많이 하는 학과인 줄은 모르고 대학원에 진학한 것인데, 심리학은 수학과 떼기 힘든 과목이었다. 특히 석사 시절 지도교수님은 심리 측정 통계에 대단한 열정을 가지고 계신 분이셨다. 얼마 전 찾아뵈니, 책상 위에 고등학교 미분, 적분을 펼쳐놓고 다시 공부하고 계셨다. 재미있다고 하신다. 그런 분이다 보니, 석사시절 내내 엄청나게 수학 공부, 통계 공부를 해야 했다. 대학원에서 다시 배운 통계는 수학2에 비해 더 난감했지만, 수학2까지 배워두었던 것은 꽤나 도움이 되었다. 정말 모르고 들어갔던 것이라서, 고등학교 때 해둔 수학2를 서른두 살에 다시 써먹게 될 줄은 꿈에도 생각 못했다.

인생사 참 재미있다. 나는 왜 고등학교 시절 사서 고생을 해가며 그랬을까 하는 후회를 했는데, 그런 것들을 십 년이 지나 써먹을 줄이야.

스물아홉의 일도 그렇다.

그 누구도 내가 연애 칼럼리스트가 될 거라곤 상상 못했을 것이다.

나도 그랬다. 그때의 일은 두고두고 파묻어 놓을 생각이었다. 남친이 바람나서 서른 목전에 두고 헤어진 것이 무슨 자랑이라고. 남들은 꽃 같은 연애를 하는 20대에 속 끓이며 번뇌의 시간을 보낸 것이 뭐 즐거운 추억이라고 되새김질 하고 싶겠는가. 친구들은 자신이 남친에게 얼마나 사랑받았고 얼마나 대접받았는지 이야기하는 가운데, 나는 바보 같다 못해 병신 소리 들을 정도로 멍청하게 보냈다는 것은 말하고 싶지 않은 일이었다.

그런데 그 이야기들이 나의 샘솟는 연애 칼럼 소재가 될 줄이야. 그때 잠 못 이루며 '대체 뭐가 문제일까? 왜 그럴까? 나는 왜 사랑받지 못할까?'를 고민했던 것이 나의 인생을 펴주는 원동력이 되다니.

인생사 참 우습고 재미나다. 지금 속상한 일, 참 쓰잘데기 없어 보이는 일들도 사십대의 어느 순간, 오십 대의 어느 순간에 그때 그러길 참 잘했다 생각하게 될까? 그때가 되면, 지금 내가 하고 있는 수많은 쓸모없고 헛되어 보이는 것 중에 어떤 것이 내 삶을 바꿔줄까?

남들이 뭐라 하든, 왜 그렇게 사냐 하든, 한심해 보이는 일들, 때로 쓸모없어 보이는 일들이 어느 순간 빛을 발할지 모를 일이다.

마지막을 모르기 때문에 다시 해 볼 맛도 난다.

오링 게임에서 돈을 다 잃은 것. 도박이나 기타 등등에서 쓰이는 전문 용어로, '올인(All in)'을 일본식으로 발음한 것이나 의미는 약간 다르다. '올인'의 경우 '자신의 판돈을 전부 건다'는 뜻이나, 오링은 '판돈을 전부 잃었다'는 의미를 지닌다.

한게임 신맞고를 신바람 나게 치고 있었다. 입꼬리가 절로 올라가면서 히죽히죽 웃음이 났다. 지금 막 20연승에 성공했기 때문이다. 상대방은 머지않아 탈탈 털려 오링이 날 상황이었다. 20연승을 하는 동안 뒷패가 어찌나 잘 붙던지, 오늘 나의 일진이 끝내주는 것 같았다. 상대는 속이 상했는지, "우이씨", "안돼", 같은 아이콘을 계속 보냈다. '곧 끝내주지'라며 슬슬 미소를 짓고 있는데, 20회 차 만에 상대방이 작은 판을 한 판 먹었다. '그래, 그까짓 거라도 한 번쯤은 먹어야 계속 칠 맛이 있겠지'하며 슬렁슬렁 게임을 했다. 그는 순식간에 나에게 잃은 돈뿐 아니라 몇 배를 땄다. 그러더니 '큭'이라는 아이콘을 한 번 날린 뒤 방에서 나가버렸다.

게임이지만 순간적으로 멍해졌다. 20연승이나 하면서 승승장구하고 있었는데. 방심한 틈을 타서 내 돈을 따서 약을 올리고 사라져 버린 것이다.

산다는 것이 더 재미나고 무서운 것은, 지금 따고 '큭'이라며 상대방을 비웃고 방을 나갔어도 어디서 또 암초에 걸릴지 모른다는 것이다. 또 지금 20연패 하고 있어도 언제 상황이 역전될지 모른다는 점이다. 마지막에 웃는 자가 진정한 승자라고 하는데, 그 마지막이 언제인지 알 수 없기에, 지금 웃는 것으로 마냥 두 손 놓고 있어도 될는지는 미지수인 것. 지금 우는 것으로 자포자기하기에는 이른 것. 그런 것이 사는 맛인 모양이다.

크고 작은 성공이 '엉덩이의 힘'에서 나온다는 것이다.

미국의 예술가 브루스 나우먼(Bruce Nauman)은 아침 9시에 출근하여 5시에 퇴근을 한다고 한다. 흔히 화가들은 자기 기분 내킬 때 작업을 한다고 하는데, 직장인처럼 출근해서 5시까지 무엇이라도 매일 한다고 한다. 작품구상이 잘 안 되면 공을 튀기다가 공을 튀기는 행위예술 비디오를 찍기도 하고, 매일 오전 9시 ~ 오후 5시 동안 무엇이든 한다. 그 결과 1993년 울프상, 1999년 베니스 비엔날레 황금사자 공로상을 수상한 작가가 되었다. 그의 작품 역시 매력적이다.

무라카미 하루키 역시 매일 일정한 시간동안 엉덩이를 붙이고 글을 쓴다고 한다. 글이 잘 되든 아니든 간에 그 시간 동안 글을 쓰고, 일과가 끝나면 근처 바에 가서 굴튀김에 시원한 맥주를 한잔한다고 한다.

흔히 예술가 - 그림, 글 등을 쓰는 사람 - 은 밤에 올빼미처럼 앉아 영감을 받으며 몰아친다 생각하지만, 오래가는 대가들은 자기관리도 철저하고, 매일 꾸준히 노력을 한다고 한다. 역작은 하루아침에 횡재가 아니라, 엉덩이를 늘어 붙이고 앉아 애쓰는 것들이 쌓이는 것 아닐까.

감히 대가들에게 비할 것은 아니지만, 나도 엉덩이의 힘을 쏠쏠히 보았다.

엉덩이의 힘 덕분에 블로그가 유명세를 탄 것이다. 내가 봐도 내 블로그는 썩 재치있고 재미있는 블로그가 아니다. 다소 우울하고 주관적인 이야기들이 대부분이다. 나보다 글을 잘 쓰는 사람은 정말 많다.

나보다 재미나게 글 쓰는 사람, 재치 있는 사람, 속 시원하게 써내려가는 사람들은 차고 넘친다. 다만 꾸준하지 않은 경우가 많았다.

나보다 뛰어난 사람들이 중간에 흥미를 잃고 블로그를 그만둘 때도 나는 계속 썼다. 때로는 내가 쓰고도 마음에 안 들 때도 있고, 어떤 날은 정말 잘 썼다고 혼자 만족하는 날도 있었다. 글의 질이 좋거나 말거나 계속 썼다.

슬럼프도 있고, 자가 반복하는 날도 있다. 글이 쓰기 싫은 날도 있다. 내가 우울하고 시니컬하거나 어떤 한 가지 생각에 빠져 있으면, 무슨 말을 하는지 모르겠는 글도 나왔다. 그래도 계속 썼다. 블로그에 글이 쌓이자 놀라운 일이 벌어졌다. 출판 제의를 받았다! 세상에나! 책을 내자니!

나의 어릴 적 꿈이 수능 1등해서 《최미정 공부법》 책을 내는 것이었는데, 그 꿈은 이루지 못했지만 내 '책을 내고 싶다'는 소원성취는 한 셈이다.

엉덩이의 힘을 느끼게 된 것은
삼십대의 삶에 다른 희망이 되었다.
무슨 일이든 엉덩이 붙이고 조금씩 하다보면
몇 년이 지나면 눈에 띄는 무언가가 있다는 것이다.

시작이 어려울 뿐, 뭐든 시작하고 계속하다보면 끝이 나기도 하고, 뭔가가 남기도 했다. 대학원도 언제 끝나나 싶었으나, 등록하고 다니다보니 어느덧 코스워크(course work)는 끝이 났다. 영어를 다시 배우고 있는데, 처음에는 선생님과 인사도 제대로 하지 못했고, 영작을 해오라는 데, 고작 세 줄을 써서 갔다. 추석에 대해 고작 세 줄 쓰는데도 힘이 들었다. 지금은 여전히 콩글리쉬지만 용감하게 내뱉게 되었고, 영작 한 페이지를 할 수 있게 되었다. 좋은 선생님을 만난 행운도 따랐고, 하다 보니 변화가 일어났다.

돈 벌이도 그랬다. 미약해도 하나하나 파이프라인을 늘려갔다. 주식도 조금씩 해보고, 이자 1%라도 더 받으려고 CMA 계좌도 철새처럼 옮겼다. 거액 넣어두는 것도 아니니, 고작 1% 차이는 몇 백 원도 안 된다. 구차하게 그렇게까지 안 하는 것이 나을 수도 있다. 그러나 1%도 따지는 습관은 돈이 모이는 데 꽤 도움이 되었다. 돈이 들어가는 곳에는 1%, 2%도 허투루 보지 않았다. 일회성 소비까지 이런 것은 아니나, 장기적으로 쓰는 통장, 카드는 칼같이 체크했다.

몰랐는데, 내가 흔히 쓰는 통장은 연 이자가 0.2%도 안 되었다. 10만 원을 넣어두면 1년에 고작 몇 십 원 준다. 그러나 CMA 통장으로 옮겼더니 매일 이자가 몇 십 원이었다.

카드 혜택도 그랬다. 그냥 은행에서 만들어 준 카드를 쓰다가, 주유할인이 안 되기에 물어봤더니 내가 쓰는 것은 아무런 혜택이 없는 것이었다. 돌아와서 가지고 있는 카드를 죄다 꺼내놓고 엑셀표를 만들었다. 카드 혜택이라고 같은 할인이 아니었다. 카드의 혜택에는 할인과 적립이 있다. 할인은 보통 30만 원 어치를 쓰면 5,000원 할인해주고, 50만 원 어치 쓰면 1만 원 할인해준다. 적립은 카드사 포인트 적립이다. 포인트 역시 현금처럼 쓸 수 있으나, 포인트 적립보다 할인 쪽이 가계부에는 조금 더 도움이 된다.

꾸준히 쌓이는 것이 긍정적인 것만 있는 것은 아니다. 서른둘부터였나. 매일 밤을 새가며 글을 썼더니 피부가 상하기 시작했다. 서른둘 때만 해도 '스물여섯처럼 보여요'라는 접대 멘트를 들을 수 있었으나, 차곡차곡 쌓인 밤샘의 후유증으로 지금은 그냥 내 나이로 본다. 이제는 삼십대 초반처럼 보인다고만 해줘도 고마울 지경이고, 사십대로 안 보면 다행이다.

좋은 것이든 나쁜 것이든 쌓이면 언젠가 드러난다.

지금 내가 엉덩이를 붙이고 앉아서 하는 것들이 언제쯤, 과연, 쓸모가 있을지는 모를 일이다. 그러나 기한이 지나면 소멸되는 적립 포인트와 달리 사람이 쌓아가는 일들은 언제고 한 번쯤은 쓸모가 있을 가능성이 훨씬 크다. 그런 희망에 오늘도 엉덩이를 붙이고 글 한 줄을 더 써본다. 고작 1kg짜리 아령이라도 한 번 더 들고.

어쭙잖은 철학

서른이 지나고 얼마 되지 않아, 소개팅을 했을 때였다. 어려운 형편의 나를 구제해주기 위해 친구가 마흔 살의 돈 많은, 자기 집도 있고, 연봉도 세고, 외모도 제법 훌륭하지만 마누라감만 없는 남자를 소개해주었다. 내심 기대를 하고 있었는데, 첫 만남부터 삐거덕거렸다. 만날 약속을 잡는 순간부터 몹시 불편했다. 언제 시간이 괜찮은지, 나는 언제가 가능한지 이야기를 하면서 약속을 잡아가는 것이 일반적이라 생각했는데, 그분은 자신이 시간 있을 때 불쑥 연락을 했다.

"나 오늘 시간 있는데, 오늘 보는 게 어때요? 빨리 보죠."

처음에는 내가 정말 만나고 싶어 서두르는 줄 알았다. 그러나 나도 사정이 있었다. 사정이 있어 오늘 만나기 어렵다고 하면 다음 약속을 정하는 것이 아니라, '뚝' 끊고 끝이었다. 계속 이런 식이었다. 급기야, 어느 날 갑자기 연락이 와서 연신내로 와 있으니 나오라고 했다.

우리 집에서 연신내는 두 정거장 거리다. 지근거리이긴 하나, 집에서 초췌한 몰골의 떡진 머리로 일을 하고 있던 상황이라 첫 만남에 그렇게 나갈 수는 없었다. 나갈 준비하는 데만 족히 1시간은 이상 걸릴 상황이었다. 당장 연신내로 나갈 수 없고, 하던 일도 마무리해야 한다고 말을 했다. 그는 연신내까지 왔으니 오늘은 보고 가겠다며, 무조건 나오라고 떼를 썼다. 벌써 몇 차례 이런 상황도 피곤해졌고, 나도 그냥 한 번 만나고 끝내버리고 싶었다. 소개해 준 친구 입장이 있으니 한 번은 만나고 예의 있게 끝내야 할 것 아닌가. 결국 그는 두 시간 가량 기다렸고, 나는 나가기는 했다.

불편하게 시작된 첫 만남은 힘들게 진행되었다. 그렇다. 나는 그가 제멋대로 시간 약속을 잡고 집 근처로 쳐들어왔을 때, 독선적인 성격을 눈치챘어야 했다.

그는 귀가 없었다. 내가 무슨 말을 하면 이제 고작 서른 살 먹은 여자가 뭘 아냐는 듯 무시하고, 자기 말만 했다. 그는 '아직 뭘 모르시네', '그건 그게 아니죠' 같은 말을 즐겨 사용했다. 마흔 살의 눈에 서른 살 여자의 이야기는 들을 가치도 없는 개똥철학인지 모르겠으나, 서른 살 내 입장에서는 나도 나름의 생각을 가지고 하는 소리였다.

남의 이야기는 듣지 않고 자기만 옳다는 듯 재단을 해대던 그는, 나와의 만남에 대해서도 평가를 내렸다. 미정씨는 '이런 사람 같다'고. 면전에 두고 나에 대한 평을 한 뒤, 자신에 대한 평도 곁들였다.

"나 몇 살처럼 보여요? 사람들은 보통 이제 막 서른 되었냐고 하던데. 피부도 너무 좋고, 몸도 좋다고. 하하. 왜 혼자냐는 얘기 많이 듣죠. 외모도 괜찮고, 돈도 잘 벌고, 내 앞으로 아파트도 있고, 차도 있는데…."

틀린 말은 없었다. 그는 마흔 살처럼 보이지 않는 괜찮은 외모를 가지고 있었고, 그의 말처럼 결혼상대로서 좋은 조건을 지니고 있었다. 참 완벽한데, 단 하나, 사람으로 좀 부족해보였다. 너무 이기적이고 독선적이었다. 속으로 '그러니까 완벽해도 결혼을 못하고 아직 혼자인 거예요. 쯧쯧'이라 생각했었다. 그런데, 한 살, 두 살 먹어가면서 왜 그렇게 되는지 알 수 있었다.

흔히 국가의 문제, 정치의 문제를 두고 '철학'이 없어서 그렇다고 한다. 나아갈 방향이 없기 때문에 늘 오락가락 한다고 한다. 서른 살 이후 나만의 '철학'이 조금씩 생기며 방향성을 갖게 된 것은 좋은 일이었다. 그러나 이 철학을 잘못 휘두르니 남을 평가하는 혹독한 잣대가 되면서 아집이 심해졌다.

스무 살 때도 나도 알만큼 다 아는데, 어른들은 너무 움츠러들어서 그런다며 무시했었는데, 서른 살에도 또 그러고 있는 것이다. 나도 알만큼 다 아는데, 어디다 대고 훈장질이냐고. 어째 나이가 먹었으면, 이제 뭘 모르는 것도 좀 깨달을 법 하건만, 여전히 익지 않은 벼인지 고개가 빳빳했다.

점점 친구는 줄어들고, 주위의 듣기 좋은 소리 해주는 사람만 느는 것도 문제였다. 친구 하나는 자신이 얼마나 인기 있고 다정한 사람인지 자주 자랑을 한다. 자신은 사교적이어서 네일숍 언니들과도 친구처럼 지내고, 헬스클럽 트레이너와도 친구같이 지낸다고 한다. 심지어 어쩌다 한 번 본 매장 언니, 우연히 갔던 레스토랑 직원들도 자기 성격에 반해 개인적으로 연락을 한다고 한다. 보는 즉시 친구가 되는 사교성과 좋은 성격, 매력을 지녔다는 자랑이다. 공통점을 발견했는가? 하나같이 친구가 돈을 쓰는 대상들이다.

정말로 그들이 친구의 매력이 흠뻑 빠져서 친구에게 연락을 하고,

친하게 지내고자 했을 수도 있다. 그러나 어째 칭찬을 하면서 가까이 다가오는 사람들이 하나같이 연락을 함으로서 이익을 취할 건더기가 있는 사람들뿐이라는 점은 좀 씁쓸하다.

나도 별반 다르지 않았다. 나이가 한 살, 두 살 들면서 결혼한 친구들은 육아에 힘쓰고, 결혼 안 했어도 일하느라 바쁘고, 자주 접하게 되는 것은 내가 돈 쓰는 곳뿐이었다. 회원 관리 차원에서, 그들은 반복적으로 "최미정님은 예쁘시잖아요. 성격이 정말 좋아요. 목소리가 좋으세요" 같은 달콤한 말들을 계속해줬다. 으쓱해졌다. 역시 난 괜찮다고. '사람들'이 다 그렇게 말한다고.

엄마가 독설을 멈추신 것도 나의 자뻑에 가속도를 붙여주었다.

지금껏 '고슴도치도 제 새끼는 예쁘다'라는 속담을 이해하기 힘들 정도로 엄마는 솔직한 비평가셨다. 딸이라는 콩깍지를 시원하게 걷어내고 할 말을 하셨다. "너 그 머리 너한테 하나도 안 어울려", "그 옷 이상해", "넌 성격이 어째 그러니" 같은 말들을 수십 년을 들어왔다. 그런데 삼십대에 접어드니, 더 이상 내 성격 지적을 하지 않으셨다. 이제는 더 이상 지적할 것이 없어서, 정말로 난 다 괜찮아서 그런 것 같았다.

어느 순간, 나는 "나이에 비해 예쁘다. 괜찮다. 성격 좋다. 매력 있다" 같은 말만 듣고, "네 성격 이상하다. 삭았다. 촌스럽다. 이상하다" 같은 소리는 듣지 않게 되었다. 칭찬을 해주면 여전히 어떻게 반응해야 할지

자뻑 '스스로 뻑간다'라는 은어로 스스로가 대단하다 여기는 것.

몰라 어색하지만, 칭찬이 아닌 비판은 더 어색했다. 왜 그런 소리를 하는지 이해하고 싶지 않았다. 작은 비판에도 몹시 언짢아졌다.

'너나 잘해. 어디다 대고 지적질이야', '네가 나에 대해 뭘 안다고!' 같이 감정적으로 반응했다. 상대의 말이 옳고 그른 것은 나중 일이었다. 우선 기분이 확 상했다. 그 사람 빼고 '다른' 사람들은 다 내가 괜찮다고 하는데, 그 사람이 이상해서 그런 것 같았다.

주변 친구나 엄마에게 나에 대한 아픈 조언도 많이 듣던 상황에서는 칭찬이 정말 고맙고, 지적도 겸허히 받아들일 수 있었다. 나도 내가 그런 것을 인정했다. 그러나 칭찬일색인 상황이 반복되고, 나의 잘못된 행동에 대해서는 나 스스로 돌아보는 것 외에 누군가 말해주는 일이 줄어들자, 나도 모르는 사이 이상하게 변해가고 있었다.

고작 서른 중반인데도 나이를 먹으면서 피드백을 해주는 사람이 현저히 줄어들었다. 앞으로 살면 살수록 내 윗사람보다 아랫사람이 늘어난다. 그리고 우리나라의 문화에 따라 그들 대부분은 나에게 지적을 하기 보다는 칭찬과 비위맞추기를 해 줄 것이다. 결국 내 스스로 계속 나 자신을 돌아보는 메타인지를 풀가동해야 되는 시점이 왔다.

메타인지(meta-cognition)는 자기 자신을 타자화하면서 객관적으로 바라볼 줄 아는 자기 성찰 능력이다. 이제 가장 경계할 것은 나 자신 아닐까. '사람들이 그러는데, 나는 정말 괜찮은 사람이라더라'라는 말을 하면서 남을 깡그리 무시하는 그런 사람이 되지 않으려면.

서른이 되기까지는, 남에게 그럴싸하게 보이는 것만 신경썼다. 남에게만 신경 쓰다 보니 남들이 괜찮다고 하면 정말로 괜찮은 줄 알았다.

그러나, 이제 한 살 한 살 먹을수록, 어쭙잖은 철학으로 옹고집을 부리고 있는 것은 아닌지 돌아볼 때가 된 것이다.

서른 살의 목표는 집, 차, 연봉, 명함, 남편이었다. 마흔에도 그런 경제적 조건이 좋아지는 것은 바란다. 다만 이제 꿈이 하나 더 생겼다. 남들이 뭐라 하는 것보다 내 스스로 괜찮은 사람이고 싶다. 내 나이 마흔에는 향기 나는 사람이고 싶다. '마흔이면 얼굴에 책임을 져야 한다'고 한다. 미간에 주름이 있으면 그만큼 인상을 자주 썼다는 뜻이고, 눈가의 주름은 자주 웃었다는 증거이고, 삐뚤어진 입은 그만큼 썩소를 자주 날렸다는 증거일 것이다. 마흔이면 정말 속에서 우러나오는 좋은 인상을 품은, 사람 냄새 좋은 사람이고 싶다. 나 스스로 괜찮다고 느낄 수 있는.

Flavell, 1979

Epilogue

마흔에는…

내 뜻과 다르게 꼬여버린 서른.

그 기억을 되짚는 것이 썩 유쾌한 일은 아니었다. 그때 그 시절 내가 했던 짓들을 생각하면 이불 뒤집어쓰고 발길질을 뻥뻥해도 시원치 않을 부끄러움과 후회가 몰려왔다. 그래도 어쩌겠는가. 리셋(reset)하여 다시 스무 살부터 살 수도 없는 노릇이다. 설령 인생에도 리셋버튼이 있어 그때로 돌아가게 해준다고 해도 가고 싶지 않다.

다시 그때로 돌아간다면, 조금 더 예쁘고 편한 인생 경로를 택할 수 있을 수는 있다. 그러나 언제고 내 인생에 정면으로 마주해서 부끄럽기 짝이 없는 자신에 대해 돌아보는 아픈 시간은 겪었어야만 할 것이다. 너무 평탄한 인생을 살다가, 내 나이 마흔이나 쉰이 되어서야 나를 직면하고 마주하며 부끄러움을 받아들이는 시간을 마주해야 했다면, 서른에 겪는 것보다 훨씬 더 아프고 힘들지 않을까.

물론 이것도 아직 마흔, 쉰을 살아보지 않은 삼십대 중반, 이제는 후반으로 넘어가고 있는 여자의 소회(所懷)이다. 이 책에 쏟아낸 이야기들은 현재로서는 나의 최선이나 훗날 다시 돌아보았을 때는 이 책도 무척 부끄러운 과거 이야기가 될 수도 있다.

이런 걱정을 하는 이유도 여전히 타인들이 나를 어떻게 볼까. 혹여 나의 과거 이야기를 보면서 정말 이상한 사람이라 손가락질하는 것은 아닐까 하는 두려움이 있기 때문이다. 애써 벗어나고 초연해지려고 노력을 해도, 집단주의 사회 속에서 수십 년을 살고 있는, 이곳에 뿌리내린 여자의 사고가 하루아침에 변하지는 않는다. 그저 '나의 생각은 온전히 나의 성격 탓이나 소심함 때문만이 아니라 사회적 영향이 있구나'하고 의식을 할 뿐이다.

걱정 끝에 결론을 얻었다.

나의 스물아홉, 서른, 서른한 살이 참 많은 일이 있었다고 생각했는데, 돌아보는 과정을 겪으니 적지 않은 것들은 기억의 왜곡이 많이 일어났다. 어쩌면 내가 구남친에 관해 적은 것에 대해 구남친은 매우 놀랄지도 모르겠다. 입장이 다른 탓도 있고, 기억하고 있는 내용이 판이할 것이다. 저마다 제 유리한 대로 기억하고 편집하기 마련이니까.

적어도 이 책을 통해 하나의 중간 매듭을 지을 수 있었다. 내 나이 삼십대 중반에 생각한 것들이 이런 이야기라는 것이다.

마흔에 이 책을 보았을 때, 부끄러웠으면 좋겠다.

'어쩌면 삼십대 중반에 이리 부족한 이야기를 가득 지껄였을까' 후회했으면 좋겠다.

만약 내 나이 마흔이 되어 이 책을 다시 뒤적이면서 '어쩌면 이렇게 잘 썼지? 이거 내 머리에서 나온 것 맞아? 지금은 이렇게 못 쓰겠어. 어쩜 그때는 저런 생각을 다 했을까?' 하는 생각이 든다면, 나 개인에게는 그보다 안타까운 일이 또 있을까.

이제 우리의 기대 수명은 120세라고 한다. 할머니 두 분이 90세를 넘기고 돌아가신 것으로 보아 뻘소리는 아닌 것 같다. 아마도 우리 부모님 세대는 백수(白壽)를 넘기시는 분들이 많으실 것 같다. 내 나이 마흔이 되어도 아직 인생 3분의 2밖에 안 살았다는 뜻이다. 계속 돌아보고, 부끄럽고, 나아지는 재미에 인생 살아가는 것은 아닐까.

한 가지 소망을 덧붙이자면,
마흔이 되어 돌아보는 삼십대는
조금 더 '재미나게 살았군' 하는 소리를 해보고 싶다.

기대수명 출생자가 향후 생존할 것으로 기대되는 평균 생존연수, '0세의 기대 여명'으로 통상 '평균수명'으로 불림 (출처 : 통계청, 생명표)

백수(白壽) 아흔 아홉 살, 백(百, 일백 백)에서 일(一, 한 일)을 빼면 99가 되고 '백(白, 흰 백)'자가 되는 데서 유래한 단어.

논문

Dudley, N. M., McFarland, L. A., Goodman, S. A., Hunt, S. T., & Sydell, E. J. (2005). Racial differences in socially desitable responding in selection contexts: Magnitude and comsequences. Journal of Personality Assessment, 85(1), 50-64.

Festinger, L. (1950). Informal social communication. Psychological Review, 57, 271–282.

Festinger, L. (1954). A theory of social comparison processes. Human Relations, 7, 117–140.

Festinger, L. (1957). A Theory of Cognitive Dissonance. Stanford University, Stanford, CA.

Flavell, J. H. (1979). Metacognition and cognitive monitoring. American Psychologist, 34, 906-911.

Hofstede, S. (1980). Culture's consequences: International difference in work-related values. Beverly Hills, CA: Sage.

Kahneman, D. & Tversky, A. (1979). Prospect theory: an Analysis of decision under risk, Econometrica, 47, 263-291.

Markus, H. R., Kitayama, S. (1991). Culture and the self: Implications for cognition, emotion, and motivation. Psychological review, 98(2), 224-253.

Paulhus, D. L. (1998). Manual for the Balanced Inventory of Desirable Responding(BIDR-7). Torronro/Buffal Multi-Health systems.

Sticker, L. J. (1963). Acquiescence and social desirability response styles; item characteristics, and conformity. Psychological Reports, 12, 319-341.

Triandis, H. C. (1989). The self and social behavior in differing cultural contexts. Psychological review, 96, 506-520.

Triandis, H.C. (1995). Individualism and collectivism. Boulder: Westview Press.

Wiggins, J. S. (1964). Convergences among stylistic response measures from objective personality tests. Educational and Psychological Measurement, 24,

551-562.

Zerbe, W.J., & Paulhus, D. L. (1987). Socially desirable responding in organizational behavior: A reconception. Academy of Management Review, 12, 250-264.

책

송강희, 2006. 《내 남자가 바람났다》 서울: 한스미디어.

곽호완, 박창호, 이태연, 김문수, 진영선. 2008. 《실험심리학 용어사전》 서울: 시그마프레스.

최상진, (2011). 《한국인의 심리학》 서울: 학지사.

한규석, (2009). 《사회심리학》 서울: 학지사.

법정, (2009). 《인연이야기》 서울: 문학의 숲.

사이트

통계청 http://www.index.go.kr/

네이버 지식백과 사전 http://dic.naver.com/

신문기사

〈경향신문〉 2014. 7. 23. - '매직아이' 이효리 "남편 이상순, 돈은 안 벌지만 자격지심 없어 좋다". 문정선 인턴기자.

〈머니투데이〉 2007. 5. 31. - '내가 사랑하는 삼성을 떠나는 이유'

영화

박찬욱. (2003). 〈올드보이〉, 한국: CJ엔터테인먼트.

샤리 스프링거 버만, 로버트 풀시니. (2007). 〈내니다이어리〉 미국: ㈜프라임엔터테인먼트.

이언희. (2007). 〈어깨너머의 연인〉, 한국: 쇼박스(주)미디어 플렉스.

임상수. (2010). 〈하녀〉, 한국: 싸이더스 FNH.

최동훈. (2004). 〈범죄의 재구성〉, 한국: 쇼박스(주)미디어 플렉스.

최동훈. (2012). 〈도둑들〉, 한국: 쇼박스(주)미디어 플렉스.